어느 작은 도시의
유쾌한 촌극
Sunshine Sketches of a Little Town

Stephen Butler Leacock

Sunshine Sketches of a Little Town

어느 작은 도시의 유쾌한 촌극

스티븐 리콕 지음 · 허윤정 옮김

RAINBOW PUBLIC BOOKS

차례

1장. 스미스 호텔 … 006

2장. 제퍼슨 소프의 투기 … 044

3장. 우애 공제회의 유람선 나들이 … 072

4장. 드론 사제의 목회 … 106

5장. 마리포사 회오리 캠페인 … 131

6장. 언덕 위의 횃불 … 144

7장. 펍킨 씨의 특별한 연애 관계 … 160

8장. 제나 페퍼리와 피터 펍킨의 운명적 사랑 … 178

9장. 마리포사 은행의 미스터리 … 199

10장. 미시나바주州 총선 … 225

11장. 스미스 씨의 출마 … 243

12장. 에필로그 : 마리포사행 기차 … 265

1장. 스미스 호텔

혹시 마리포사를 아는지 모르겠다. 뭐, 몰라도 대수는 아니다. 캐나다를 조금이라도 안다면 마리포사 같은 도시를 열 군데도 넘게 잘 아는 셈일 테니 말이다.

마리포사는 그 도시가 세워진 언덕 기슭에 펼쳐진 작은 호수를 끼고서 햇살이 잘 드는 곳에 자리 잡고 있다. 호숫가에는 선착장이 있고, 선착장에는 증기선이 한 대 정박해 있다. 증기선은 대양을 건너는 대형 여객선에서 사용하는 것과 굵기가 비슷한 밧줄 두 개로 선착장에 묶여 있다. 그런데 증기선 '마리포사벨호號'는 딱히 가는 곳이 없다. 호수가 육지에 가로막혀 있어 항해할 일이 없기 때문이다. 단, 캐나다 건국일인 7월 1일과 여왕 탄생일에는 '기념 운항'을 하고, 우애 공제회(고대 그리스에서 목숨을 걸고 맹세를 지킨 다몬과 피티아스의 우정 이야기에 영감을 받아 설립된 단체 - 역자 주)와 금주 형제회(금주禁酒 운동을 하는 우애 단체 - 역자 주)에서 지방으로 유람선 나들이를 다녀올 때도 운항한다.

지리학적 명칭을 쓰자면 그 호수는 위사노티호수이고, 그 호수로 흘러들어오는 강은 오사위피강이다. 마리포사의 중심가는 미시나바가街이며 그 이름은 행정구역인 미시나바주州에서 땄다. 하지만 그런 이름들은 사실 중요하지 않다. 아무도 그 이름들을 사용하지 않기 때문이다. 사람들은 단순히 '호수', '강', '중심가'라고 부른다. 콘티넨털 호텔을 '피트 로빈슨', 제약회관을 '엘리엇 약국'이라고 늘 부르는 것과 마찬가지다. 여기처럼 다른 도시에서도 다 그런 호칭을 쓰니 굳이 강조할 필요는 없겠다.

이 도시로 말할 것 같으면 호수에서부터 이어지는 큰 길이 하나 있는데 이 거리는 보통 중심가라고 부른다. 거리의 너비에 대해서는 말이 필요 없다. 마리포사는 비좁고 답답한 뉴욕의 월스트리트나 런던의 피카딜리처럼 근시안적으로 길을 설계한 도시가 아니다. 중심가인 미시나바가街는 무척 넓어서 그 위로 제퍼슨 소프 이발소를 굴리면 길 맞은편까지 절반도 채 닿지 못한다. 그 길을 쭉 따라서는 엄청나게 두꺼운 삼나무 전신주들이 다양한 각도로 서 있다. 전신주에는 대서양횡단 해저 케이블보다 훨씬 많은 전선들이 걸려 있다.

중심가 자체만 보면 스미스 호텔, 콘티넨털 호텔, 마리포사 하우스, 그리고 양대 은행인 상업은행과 외환은행 같은 중요한 건물들이 늘어서 있다. 게다가 오래전에 지은 맥카시 빌딩, 글로버 철물점, 비밀공제조합Oddfellow 회관이 들어선 것은 말할 필요도 없다. 미시나바가街를 열십자로 교차하는 사거리의 모퉁이 요지에는 우체국과 소방서, 기독교청년회YMCA, 마리포사 뉴스 패킷 신문사가 자리 잡고 있다. 주의 깊게 보면 공공기관들로 완전히 들어찬 거리의 광경은 런던의 금융가인 스레드니들가街나 뉴욕의 번화가인 브로드웨이가街와 맞먹는다. 중심가의 모든 골목에는 단풍나무들이 줄지어 있고 널찍한 보도가 깔려 있다. 곧게 뻗은 칼라릴Callalily이 피어 있는 잘 손질한 정원들도 눈에 띈다. 곳곳에 보이는 베란다가 있는 집들은 회랑이 있는 저택으로 바뀌는 추세다.

건성으로 보면 중심가의 여름 오후 풍경은 완전히 평화에 잠긴 듯 보인다. 텅 빈 거리는 햇살을 받으며 잠들어 있다. 글로버 철물점 앞에는 말뚝에 묶어 놓은 말과 마차가 서 있다. 스미스 호텔 앞에는 주인장인 건장한 체격의 스미스 씨가 항상 각양각색의 조끼를 입고 호텔 계단 난간에 기대어 서 있다. 그 외에 맥카트니 검사가 오후에 도착한 우편물을 찾으러 가는 광경이 보일 때도 있고, 영국 국교회 지역 주임 사제인 드론 사제가 어머니회 모임을 마치고 낚싯대를 가지러 집으로 향하는 모습도 보인다.

이런 고요한 풍경은 그저 겉모습일 뿐이다. 중심가를 정말로 아는 사람들에게 그곳은 북적북적하고 활기가 넘치는 거리다. 어째서 그러냐고? 네틀리 푸줏간에는 남자 일꾼이 넷이나 지하실의 소시지 기계에 달라붙어 있고, 뉴스 패킷 신문사에서는 인쇄 물량이 나날이 늘고 있다. 전화국에는 장거리 전화를 연결하는 아가씨 넷이 헤드폰을 쓰고 높은 걸상에 앉아 끊임없이 떠들고 있어 정신이 하나도 없다. 맥카시 빌딩 안의 사무실에는 치과의사와 변호사들이 웃옷을 벗은 채 언제라도 일에 뛰어들 준비가 되어 있다. 호숫가 아래 기찻길 옆 큰 제재소에서는 여름 낮 내내 톱질하는 소리가 길게 끄는 음악 소리처럼 들려온다.

그러니 이 도시가 바쁘게 돌아간다고 봐야 하지 않겠는가? 주민 중 아무나 붙잡고 한번 물어보라. 마리포사가 분주하고, 활기차고, 번화한 도시인지 아닌지 말이다. 외환은행 지점장인 멀린스에게 한번 물어보라. 그는 매일 아침 10시 30분이면 마리포사 하우스에서 사무실로 허둥지둥 출근한다. 오전 내내 잠깐이라도 나가서 상업은행 지점장과 차 한잔할 여유도 없는 사람이다. 아니면 그 문제에 대해 이곳 주민 누구에게라도 한번 물어보라. 지금까지 마리포사보다 더 빠르게 앞서가는 도시를 알고 있는지 말이다.

뉴욕에서 막 도착한 사람이라면 속는 게 당연하다. 그런 사람은 마리포사가 정말 조용하다고 생각한다. 스미스 씨가 눈을 감고 서 있다는 이유만으로 진짜 잠이 들었다고 여긴다. 마리포사에서 여섯 달이나 일 년쯤 살아본 사람이라면 이 도시를 더 잘 이해하게 될 것이다. 건물들은 점점 높아지고, 마리포사 하우스는 갈수록 호화로워지며, 맥카시 빌딩은 하늘로 솟아오른다. 마차들은 시끄럽게 바퀴를 굴리며 정류장으로 내달리고, 기차는 날카로운 쇳소리를 내며 칙칙폭폭 달리고, 교통량은 몇 배로 증가한다. 사람들은 점점 빨리빨리 움직인다. 빽빽한 군중은 우체국으로 싸구려 잡화점으로 이리저리 빙글빙글 돌아다닌다.

이제 마리포사의 유흥에 대해 한번 이야기해보겠다. 주민들은 라크로스(하키와 비슷한 구기 – 역자 주)와 야구 따위의 운동 경기를 즐기고, 소방관 겨울 무도회를 비롯한 댄스파티를 열며, 교회 여름 수련회 등의 나들이를 간다. 음악 행사로는 매주 수요일 저녁 마리포사 주립 악단이 공원에서 하는 연주회가 있다. 금요일에는 격주로 비밀공제조합Oddfellow 관악대의 거리 공연이 있다. 구세군 소속 마리포사 사중주단 연주회도 빼놓을 수 없다. 이처럼 마리포사에서 몇 달 지내다 보면 흥겨운 놀이가 도심 곳곳에서 정신없이 벌어진다는 사실을 깨닫게 된다.

인구에 관해서 굳이 숫자로 말하자면 캐나다 인구조사에서 매번 주민 수를 5,000명 정도라고 추정한다. 마리포사에서는 연방정부의 인구조사가 대체로 악의적인 시샘의 결과라는 게 일반적인 중론이다. 그래서 인구조사 결과가 나온 뒤에는 보통 마리포사 뉴스 패킷의 편집장이 신문 구독료 미납 자료를 바탕으로 신중하게 재추산한다. 그 결과에 따르면 인구가 6,000명까지 올라간다. 그 후에 다시 마리포사 타임스-헤럴드가 추산한 결과를 보면 그 숫자는 6,500명까지 치솟는다. 그다음에는 지방 정부에 인구동태에 관한 통계를 제공하는 장의사 깅엄 씨가 '사망자'라고 부르는 사람들과 본인의 관심이 덜한 생존자들을 비교하여 인구를 추산한다. 그러면 7,000명이라는 숫자가 나온다. 그 후에 또 다른 사람이 인구를 산정한 결과에 따르면 그 숫자는 7,500명으로 바뀐다. 그러고 나면 마리포사 하우스 바텐더가 마리포사 주민 9,000명을 홀에 받을 수 있다고 장담한다. 그런 결말에 따라 주민 수는 머지않아 1만 명에 이르게 된다. 그래서 연방정부의 인구조사원이 다음 조사차 마리포사를 불시에 방문하면 이 도시는 맨 처음으로 돌아가 이 과정을 또 되풀이해야 한다.

어쨌거나 마리포사는 번화한 도시이며 이 사실은 의심할 여지가 없다. 이곳 주민이라면 누구나 말해주겠지만 심지어 대륙횡단 철도도 마리포사를 관통한다. 기차는 주로 밤에 지나가고 정차하지 않는다. 잠이 오지 않는 고요한 여름밤에는 마리포사를 통과해 서부로 가는 기차가 울리는 긴 경적 소리를 들을 수도 있다. 그러면 이내 선로 변환기가 작동하는 소리가 덜커덩 나고 신호기를 지난 기차는 오사위피강 위의 철교를 지나면서 성난 듯 한참 요란하게 달리다가 그 소리가 점점 멀어진다. 더 좋은 광경은 겨울에 펼쳐지는데 그때는 저녁 8시쯤 북부 광산 지역으로 가는 야간 고속열차를 볼 수 있다. 그 열차는 침실 객차와 식당 객차가 길게 이어져 있는 기차로 창문에서는 불빛이 환하게 빛난다. 차창 너머로 보이는 무늬가 새겨진 유리잔과 눈처럼 새하얀 테이블보, 미소를 띤 흑인들과 턱에 냅킨을 두른 백만장자들의 모습이 바깥에 몰아치는 눈보라 속에서 휙휙 지나간다.

마리포사 사람들이 그 기차들을 자랑스러워하는 것은 분명하다. 심지어 기차가 이곳에는 정차하지도 않는데 말이다! 주민들은 마리포사가 주요 철도 노선상에 있다는 사실을 기뻐하며 자신들이 티컴세와 니콜스 코너스 지역 내 이웃 주민들보다 생활 수준이 높다고 생각한다. 사통팔달하고 더 넓은 세계에 사는 시민이라도 되는 양 자부심도 느낀다. 당연히 마리포사에도 자체적으로 운영하는 구간 열차인 '마리포사 로컬'이 있다. 마리포사 역 마당에서 제작된 이 기차는 160킬로미터 남짓 떨어져 있는 마리포사의 남쪽까지 달린다. 객차 안 한쪽에는 박스형 난로가 하나 있는데 난로 안에는 장작이 거꾸로 들어가 있다. 객차와 기관차 사이에는 소나무 목재를 싣는 화물차가 열일곱 칸이나 연결되어 있어서 선로가 바뀌는 지점에서는 기차가 엄청난 충격을 받는다.

마리포사 외곽에는 농장들이 자리 잡고 있다. 도시 근교에 농장들이 많이 보이지만, 멀리 갈수록 드문드문해지고 조금 더 지나면 덤불과 늪, 북부 지역의 암벽에 가로막힌다. 그 너머로는 멀긴 하지만 벌목 지대답게 거대한 소나무 숲이 북쪽으로 끝없이 펼쳐져 있다.

이 작은 도시가 언제나 활기를 띠거나 이곳에 늘 햇살이 환하게 비치는 것은 아니다. 사실 마리포사만큼 계절에 따라 분위기가 달라지는 곳도 없다. 어두컴컴한 겨울밤에는 나무로 만든 보도가 얼어붙어 삐걱거리는 소리가 나고 가게 창문 너머로는 흐릿한 불빛이 감돈다. 옛날에는 기름 램프로 불을 밝혔지만, 지금은 30킬로미터쯤 떨어진 오사위피강 하류의 발전소에서 공급하는 전기를 사용한다. 오사위피강의 급류를 이용해 전기가 어찌어찌 생성되기는 하는데 그 전기가 마리포사에 이르러 상점들의 꽁꽁 언 창문 너머 작은 전구 속까지 들어올 즈음이면 전깃불은 옛날 기름 램프 시절과 다름없는 침침한 노란 불빛이 되곤 한다.

겨울이 지나 눈이 녹고 얼음이 호수에서 사라질 무렵에는 해가 높이 떠 밝게 빛나고 숲속 오두막에서 지내던 나무꾼들이 시내로 나와 스미스 호텔 앞 길가에 여기저기 취한 채로 드러눕는다. 이것이 바로 봄철 풍경이다. 이때 마리포사는 험하고 무서운 벌목 도시가 되어 이곳에 처음 온 사람을 공포에 떨게 만든다. 이 또한 겉보기에만 그렇지 거친 인상의 나무꾼들이 이제 곧 옷을 갈아입고 농부로 돌아간다는 사실을 모르기 때문에 생기는 오해다.

그 후로 햇볕이 점점 따뜻해지고 단풍나무의 잎들이 무성해지는 시기에 맥카트니 검사가 테니스 바지를 입고 나타나면 바로 여름이 왔다는 신호다. 그러면 이 작은 도시는 여름 휴양지 같은 곳으로 변한다. 대도시에서 방문객들이 찾아오고 호숫가에 자리 잡은 별장 일곱 채가 전부 사람들로 꽉 찬다. 선착장에 묶여 있던 마리포사벨호號는 위사노티호수에 물보라를 일으키며 출항한다. 이때 배에는 수많은 깃발이 펄럭인다. 갑판 위에서는 우애 공제회 자매님들이 악단의 연주에 맞춰 신나게 춤을 춘다.

그러다가 계절이 또 바뀐다. 해가 짧아지고 방문객들은 사라진다. 목장 옆에 다닥다닥 붙어 있는 미역취 나물들이 축 늘어져 있고 줄기는 시들어간다. 단풍나무들은 찬란한 불꽃처럼 타오르다가 빛을 잃는다. 어둡고 쌀쌀한 저녁이 되면 마리포사 중심가에서는 구세군들이 나프타 램프 주변에 모여 자신들의 죄를 고백하고 회개한다. 이것이 바로 가을 풍경이다. 이처럼 마리포사에서도 다른 도시와 별반 다르지 않게 계절이 바뀌고 한 해가 흘러간다.

이제 이 도시에서의 생활과 흐름에 익숙해졌다 싶으면 이 유월 오후에 중심가를 따라 절반쯤 걸어 내려가거나, 아니면 선착장에서 출발해 절반쯤 걸어 올라가 스미스 씨가 서 있는 그의 호텔 정문까지 한번 가보자. 그곳에 가까워질수록 뭔가 범상치 않은 사람에게 다가가는 듯한 기분이 들 것이다. 그건 스미스 씨의 거대한 몸집 때문만은 아니다. (네틀리 푸줏간의 저울로 확인한 결과 그의 몸무게는 130킬로그램에 육박했다) 짙은 청색 바탕에 꽃무늬가 있는 조끼, 셰퍼드 체크 바지, 에나멜 부츠, 회색 각반 같은 예사롭지 않은 색상 조합의 옷차림 때문만도 아니다. 작은 반점들이 있는 얼굴 때문만도 아니다. 확실히 스미스 씨의 얼굴은 눈에 띈다. 근엄한 인상인데 뭔가 말로 표현하기 어렵고 도무지 속을 알 수 없는 그 얼굴은 천생 호텔 주인처럼 생겼다. 비단 외모뿐만이 아니다. 그가 범상치 않게 느껴지는 또 다른 이유는 어떻게든 사람들의 시선을 사로잡는 묘하게 위압적인 그의 성격에 있다. 스미스 호텔 바에서 술을 마시는 사람들 사이에 있는 스미스 씨의 위용을 보고 있노라면 그에 견줄 만한 역사적 인물이 전혀 떠오르질 않는다. 다소 못 미치긴 하지만, 황실 호위병들에게 둘러싸여 있는 나폴레옹 황제라면 혹시 모를까.

스미스 씨를 처음 보는 사람은 그가 요란하게 입은 해적 같다고 생각한다. 그다음에는 기인 같다는 생각이 들기 시작한다. 스미스 씨의 어마어마한 몸집에 놀라면서 말이다. 스미스 씨의 표정만 봐서는 그가 무슨 생각을 하는지 도무지 알아낼 가망이 없다는 것을 절감한다. 그에 비하면 모나리자는 누구나 아는 표정을 짓고 있는 것 같고, 보통 사람의 표정은 햇빛에 다 드러나는 물웅덩이처럼 얕아 보인다. 만약 누군가 스미스 씨의 호텔 바에서 술을 마셨는데 그 후로 스미스 씨가 그 사람을 세례명으로 불렀다면 그 사람은 자신이 호텔 사업의 대가를 상대하고 있다는 것을 깨닫게 된다.

스미스 씨가 자신의 호텔 입구에 서 있을 때 그의 머리 위에 걸려 있는 길가로 툭 튀어나온 커다란 간판도 그가 어떤 인물인지 말해준다. 간판에 뭐라고 씌어 있냐고? 바로 '사업주 조시 스미스'다. 그 문구가 전부이긴 하지만 그것은 천재성이 빛나는 명칭이었다. 스미스 씨 이전의 주인들은 호텔명을 로열 호텔, 퀸스 호텔, 알렉산드리아 호텔 따위로 아주 약하게 지었다. 그리고 그 이름들은 하나같이 실패했다. 스미스 씨는 이 호텔을 인수하고서 단순히 '사업주 조시 스미스'라는 간판을 내걸고는 그 아래에서 햇살을 받으며 떡하니 서 있었다. 130킬로그램에 가까운 이 사나이가 마땅히 호텔업계의 왕이라는 듯 살아 있는 증거로서 말이다.

오늘 오후는 특별히 여느 때처럼 햇살이 비치고 평화롭기 그지없었지만, 스미스 씨의 표정에는 지금까지 얘기한 것만큼이나 심오한 어떤 걱정과 불안이 감돌고 있었다.

이 순간만큼은 진짜 불안했다. 스미스 씨는 자신의 변호사에게서 전보가 오기를 기다리고 있었다. 변호사는 그날 면허

위원들이 모인 앞에서 호텔 사업주인 스미스 씨의 권리를 대변하기 위해 지역 행정 도시에 출장 가 있었다. 호텔 사업을 조금이라도 아는 사람은 미시나바주州 면허위원들의 결정에 비하면 추밀원(국왕의 정치 자문기관으로 시작해 변천사를 거친 영국의 행정, 사법 기관 - 역자 주) 귀족들의 의견은 하찮은 것에 지나지 않는다는 사실을 잘 알 것이다.

문제가 된 건은 아주 중대한 사안이었다. 마리포사 법원이 스미스 씨가 영업시간 이후에 술을 판 행위에 대해 두 번째 벌금을 물렸던 것이다. 면허위원들이 스미스 씨의 사업 면허를 마땅히 취소할 수 있는 상황이었다.

스미스 씨는 자신의 잘못을 알고서 인정했다. 그는 법률을 위반했다. 자기가 어쩌다 그랬는지 기억해내려고 상상력을 동원했다. 범죄를 저질렀다는 사실이 도저히 믿기지 않았다. 문제의 그날 밤 도대체 정신이 어디에 팔려있었기에 호텔 바 문을 닫고 미시나바주州의 지방법원 판사인 페퍼리를 밖에 세워두었던 걸까? 지방 면허법이 엄격한 상황에서 술집 문을 닫는 일은 절대 남의 손에 맡기지 않고 주인이 직접 했기 때문에 그날 일은 더더욱 믿기지 않았다. 매일 밤 11시 정각이 되면 스미스 씨는 호텔 안의 프런트 데스크에서 바의 문 앞까지 어슬렁어슬렁 걸어간다. 만약 바 안에 손님들이 적당히 차 있고 모두 표정이 밝고 즐거워 보이면 그날 영업을 마감했다. 반면에 그렇지 않을 때는 영업을 끝내도 괜찮을 만큼 손님이 찰 때까지 조금 더 영업했다. 페퍼리 판사와 맥카트니 검사가 바 자리나 특별실에 확실히 앉아 있는 안전한 경우가 아니라면 영업을 마감하는 모험은 절대 하지 않았다. 운명의 그날 밤, 페퍼리와 맥카트니는 호텔 바 안에 발을 들여놓지 못했다. 실제로 두 사람은 한잔도 하지 못하고 길거리에 방치된 채 바 안에 들어가게 해달라며 길가에 난 바의 문을 쾅쾅 두드려야 했다.

이런 사태는 용인될 수 없는 성격의 일이었다. 호텔은 품격 있게 운영되든지 아니면 문을 닫든지 해야 한다. 이튿날 고발장이 하나 접수되었고, 재판정에서 스미스 씨는 4분 만에 유죄 선고를 받았다. 법정에서 그의 변호사들이 사실상 변호를 거부했기 때문이다. 재판장이 술 한 방울도 입에 대지 않아 정신이 말짱한 데다가 여론까지 등에 업은 상황에서 마리포사 법원은 인과응보의 정의를 실현하는 무서운 기관차나 다름없었다.

그러니 스미스 씨가 불안한 마음으로 변호사에게서 전갈이 오기만을 기다리는 것도 놀랄 일이 아니었다.

스미스 씨는 길 양쪽을 번갈아 가며 계속 쳐다보다가 수를 놓은 조끼 주머니 깊숙한 곳에서 시계를 꺼내고는 미간을 찡그리며 시침, 분침, 초침을 자세히 살폈다.

이내 지쳐버린 그는 마침 한 호텔 직원이 예전에 공무원이었다는 기억이 떠올라 호텔 안으로 다시 들어갔다.

"빌리!" 스미스 씨가 프런트 데스크 직원에게 말했다. "만일 전보가 오면 바의 특별실로 가져다주게."

스미스 씨의 음성은 목구멍 깊은 곳에서 우러나오는 걸걸한 소리였다. 만약 폴 플랑송이나 에두아르 드 레스케같은 유명한 오페라 가수들이 호텔 사업가였다면 득음을 했을 것이다. 스미스 씨는 평소 잠깐 쉴 때처럼 바 뒤에 있는 특별실로 가서 손님들과 합석했다. 미숙한 사람의 눈에는 스미스 씨의 외양이 프런트 데스크에서 바 안으로 걸어 들어오는 엄청난 거구의 호텔 주인장으로 비칠 뿐이었다. 스미스 씨는 주류 사업 면허 역사상 유례없는 결과를 가져올 가장 대담하고 훌륭한 펀치를 날리기 직전이었다. '스미스 신사 숙녀 카페'가 탄생하는 이런 어지러운 상황에서 이야기가 잠깐 옆으로 샜지만, 마리포사를 아는 사람은 누구나 이 순간의 중대성을 이해할 것이다.

스미스 씨는 느릿한 걸음으로 바 안쪽의 작은 방으로 들어갔다. 보통 여름날 조용한 오후에는 바로 이 방에서 마리포사의 최고 지성들을 볼 수 있었다.

오늘은 방에 네 명이 모여 있었는데 스미스 씨가 들어오자 모두 고개를 들어 그를 쳐다봤다. 다소 동정하는 분위기였다가 일순간 당황스러워하는 기색이 역력했다.

그 무리에는 마리포사의 양대 은행 지점장인 헨리 멀린스와 조지 더프도 있었다. 멀린스는 아직 마흔이 안 된 사내로 키가 작은 편이고 좀 통통하며 얼굴은 말끔하게 면도를 했다. 차림

새를 보면 희끗희끗한 회색에 은행원 느낌을 주는 정장을 입고 둥근 모자를 썼다. 넥타이에는 금이 들어간 핀을 꽂고, 무거운 시곗줄에는 외환 문제에 신뢰감을 불어넣는 데 꼭 필요한 인장들을 달았다. 더프는 키와 몸집이 딱 멀린스만 했으며 말끔하게 면도한 것까지 똑같았지만, 그의 인장들과 모자는 상업은행이 외환은행만큼이나 견실한 은행임을 증명하려는 의도가 다분했다. 금융 전문가의 관점에서 보면 둘 다 상대방이 참석하기만 하면 장소가 스미스 호텔이든 술을 마시는 자리이든 전혀 이의가 없었다. 이는 마리포사 금융계의 기본 원칙 중 하나였다.

다음으로 평소 '술꾼'이라고 알려진 고등학교 교사 디스턴 씨가 있었다. 지금까지 다른 교사들이 호텔에 출입한 것을 보면 숙녀를 동반하거나 아이 때문에 자연스럽게 금주가 되는 경우만 있었다. 하지만 디스턴 씨는 이따금 맥주를 마시기도 하고 마리포사 하우스와 스미스 호텔에 자주 드나든다고 알려져서 사람들 사이에서 그저 삶을 망친 폐인으로 여겨졌다. 교육위원회에서 다른 교사들의 연봉을 모두 올려줄 때도 디스턴 씨의 연봉 인상은 사회 도덕상 늘 허용하지 않았다는 점을 놓고 보면 충분히 이해가 갔다.

앞에서 소개한 사람들보다도 훨씬 눈에 띄는 인물은 아마 이 사내일 것이다. 그는 혈색이 좋지 않고 조용한 인상을 풍겼다. 검정 옷을 입고 검은 장갑을 꼈다. 상장喪章이 과하게 붙어 있는 검정 실크 모자는 거꾸로 뒤집어서 의자 위에 얹어 놓았다. 바로 마리포사의 장의사 골고다 깅엄 씨였다. 복장이 이런 까닭은 그가 '매장'이라고 부르는 일을 막 치르고 와서 그랬다. 깅엄 씨는 직업 정신이 투철한 사람이었다. 그의 입에서 '장례식', '관', '장의차' 같은 단어가 나오는 법이 절대 없었다. 그런 말로 죽음의 공포를 과하게 드러내기보다는 오히려 죽음의 장엄함과 숭고함을 끌어내고자 '매장', '궤', '상여차'라는 용어를 늘 썼다.

깅엄 씨가 스미스 호텔에 있는 것은 그의 일반적인 직업 정신을 고스란히 보여준다. 진정한 장의사 업 원칙을 깅엄 씨보다 더 철저하게 이해하는 사람은 아무도 없었다. 깅엄 씨는 자신이 살아 있는 사람들과 어울리는 이유가 예비 고객을 확보하는 유일한 길이기 때문이라고 종종 설명했다.

"사람들이 살아 있는 동안 그 사람들을 정말 잘 알아둬야 해요. 그들과 친해지고 더 가까워져야 그들이 죽을 때 제가 걱정할 필요가 없거든요. 사람은 때가 되면 다 가게 되어 있죠."

그러니 이렇게 동정하는 분위기 속에서 가장 먼저 말을 꺼낸 사람도 당연히 깅엄 씨였다.

"조시, 어떡할 겁니까? 만약에 면허위원들이 당신에게 반대한다면 말이에요."

스미스 씨가 대답했다. "여러분, 저도 잘 모르겠습니다. 만약 사업을 그만둬야 한다면 그다음에는 대도시로 진출할 겁니다.

하지만 그만두지 않아도 될 것 같습니다. 제겐 항상 좋은 아이디어가 있거든요."

"대도시에서 호텔을 경영할 수 있겠어요?" 멀린스가 물었다.

"할 수 있을 겁니다." 스미스 씨가 대답했다. "제 얘길 들어보세요. 지금 호텔업계는 큰 변화가 일어나고 있습니다. 제대로 뛰어들면 큰 기회를 잡는 거죠. 대도시의 호텔들은 사업부문을 확장하고 있어요. 왜냐고요? 일단, 식당 부문을 예로 들어볼까요?" 스미스 씨는 좌중을 둘러보며 말을 이었다. "이 신사업에는 수천 가지 아이디어가 있습니다. 옛날 방식은 전부 끝이에요. 사람들은 이제 천장이 높고 창문이 있는 평범한 식당에서 식사하지 않을 겁니다. 그 사람들을 지하로 내려보내서 창문 하나 없고 사방에 톱밥이 날리고 영어를 모르는 웨이터들이 있는 방에 들어가게 하는 거예요. 지난번에 대도시에 갔을 때 그런 곳들을 봤습니다. 음…. 그런 장소를 '호프'라고 부르더군요. 그리고 가벼운 식사를 하려는 사람들은 '카페'를 원합니다. 진짜 '프랑스식 카페' 말이죠. 늦은 시간에 오는 사람들은 '룸살롱'이라고 부르는 또 다른 장소를 찾는데 그곳은 아예 문을 닫지 않아요. 제가 대도시로 가게 되면 바로 그런 유형의 사업장을 경영하려고 합니다. 깅엄 씨! 당신은 어떤 아이디어가 있죠? 내가 한잔 살 테니 한번 말해보시죠."

스미스 씨가 이런 얘기를 하고 있던 바로 그때, 프런트 데스크 직원 빌리가 손에 전보를 들고 방으로 들어왔다.

여기서 잠깐! 지난 3년 동안 스미스 씨가 이뤄낸 눈부신 발전과 더불어 절정에 이르렀던 그가 얻은 대중적 명성에 관한 이야기를 알지 않으면 스미스 씨와 그의 친구들이 면허위원들에게서 소식이 오기를 기다리면서 느끼는 불안을 이해할 수 없다. 그래서 그 이야기를 먼저 들려주겠다.

스미스 씨는 스페니쉬강이 흐르는 벌목 지대에서 내려왔다. 그곳은 허드슨만灣과 가까운 쪽이어서 마리포사 사람들은 그 지역을 '먼 북쪽'이라고 불렀다.

과거에는 나무꾼 오두막들이 있는 곳에서 요리사였다는 얘기가 있었다. 지금도 달걀 프라이를 거뜬히 해내는데, '주방 직원'들도 감히 넘보지 못하는 수준이었다.

요리사로 일한 뒤에는 강에 다니는 배의 운항사들을 위한 하숙집을 운영했다. 그 뒤에는 대륙횡단철도 건설 인부들에게 음식을 제공하는 사업 계약을 따냈다. 물론 그 후로도 온 세상이 그에게 팔을 활짝 벌렸다.

스미스 씨는 마리포사로 와서 과거에 로열 호텔이었던 곳의 '내부'를 사들였다. 교육을 받은 사람이라면 호텔의 '내부'가 외벽을 제외한 나머지 모두를 의미한다는 것을 잘 안다. 이를테면 설비, 가구, 바, 프런트 데스크 직원인 빌리, 식당 여직원 셋, 무엇보다 에드워드 7세가 승인한 사업 면허와 그 이후에 왕위를 계승한 조지 5세가 추가로 승인한 일반 주류 판매 허

가까지 스미스 씨가 몽땅 인수했다는 말이다.

그때까지 로열 호텔은 아무것도 아니었다. '스미스 호텔'로 거듭나면서 그곳은 불꽃처럼 찬란하게 타오르기 시작했다. 무모했지만 황홀한 성공이었다. 그는 모든 자질을 갖추고 있었다. 몸무게는 130킬로그램에 육박했다. 더구나 털끝만큼도 화내거나 흥분하지 않고 술주정뱅이 두 명의 목덜미를 한 손에 하나씩 잡아서 호텔 바 밖으로 거뜬히 끌어낼 수 있었다.

은행을 하나 차려도 될 만큼의 돈을 바지 주머니 속에 넣고 다니면서 어디서나 팍팍 쓰고 어떤 내기든지 돈을 걸고 통 큰 기부도 했다.

그는 술에 취한 적이 한 번도 없었다. 고객들에게 기사도를 발휘할 때는 거의 물불을 가리지 않았다. 누구든지 호텔에 오고 싶으면 자유롭게 들어올 수 있었다. 호텔이 싫으면 나가면 그만이었다. 모든 종류의 술이 잔당 5센트 아니면 6센트였다. 식사와 취침은 사실상 공짜였다. 어떤 바보가 프런트 데스크에 가서 비용을 내려고 하면 스미스 씨는 그 사람의 얼굴 표정에 따라 요금을 물렸다.

처음에는 부랑자들과 나무꾼들이 씻고 자는 장소로 호텔 방에 눌러앉았다. 그런 형태의 투숙은 스미스 씨가 바라는 '상거래'가 아니었다. 그는 그런 손님들을 몰아내는 법을 알고 있었다. 바로 여성 청소부 부대를 동원해 호텔 안 꼭대기부터 바닥까지 싹싹 쓸어내는 방법이었다. 진공청소기는 위잉 소리를 내며 복도를 요란하게 지나다녔다. 마흔 개나 되는 청동제 침대를 대도시에서 들여온 것도 당연히 그런 투숙객들을 위해서가 아니었다. 그들이 접근하지 못하게 하려는 속셈이었다. 호텔 바에는 풀을 빳빳하게 먹인 셔츠를 입고 버들가지를 엮어 만든 병 홀더를 쓰는 바텐더를 기용했다.

부랑자들은 사업의 대상이 아니었다. 스미스 호텔은 너무나 '격조가 높아져' 그런 사람들에게는 어울리지 않는 곳이 되었다.

품격 있는 거래를 하려고 자신의 차림새도 그런 기준에 맞췄다. 가볍고 얇은 모직 소재의 품이 넉넉한 셔츠를 입고 그 위에 무늬가 있는 각양각색의 조끼를 매주 바꿔가며 걸쳤다. 가을 낙엽처럼 가벼운 중절모를 썼고 짙은 노랑과 어두운 청록이 섞인 넥타이를 매고는 헤이즐넛 크기의 다이아몬드가 박힌 넥타이핀을 꽂았다. 손가락에는 인도 왕자처럼 보석 반지들을 잔뜩 꼈다. 조끼에는 큰 사각 사슬 모양의 금 시곗줄이 드리워져 있었다. 조끼 주머니에는 금으로 만든 회중시계가 들어 있었는데 그 시계는 무게가 무려 700그램쯤 됐으며 분침과 초침이 0.25초 단위로 정교하게 움직였다. 매일 저녁 스미스 씨의 시계를 구경하려고 호텔 바에 오는 남자들만 해도 최소 열 명은 됐다.

매일 아침 스미스 씨는 호텔 맞은편에 있는 제퍼슨 소프 이발소에서 면도를 했다. 거기서 온갖 멋을 내고 갖가지 향수를 뿌리면서 외모에 아낌없이 투자했다.

그는 지역 유지가 되었고 마리포사가 그의 발아래 있었다. 평판 좋은 사업가들은 모두 스미스 호텔 바에서 술을 마셨다. 바 뒤쪽 작은 특별실에는 언제나 그 도시 최고 지성들이 모여 있었다.

사업 초기에는 반대자들도 없지 않았다. 예를 들어 마리포사 하우스와 콘티넨털 호텔을 유용한 필요악으로 인정했던 성직자들은 스미스 씨의 고급 술집으로 밀려오는 인파와 눈부신 성업을 탐탁지 않은 눈초리로 바라보았다. 성직자들은 스미스 씨를 깎아내리는 설교를 했다. 영국 국교회 소속인 루퍼트 드론 사제는 성서 구절을 인용해 이런 말로 설교를 시작했다. "주여! 이 세리稅吏(publican. 고대 로마 시절의 '세금징수원'이라는 뜻과 '선술집(pub) 주인'이라는 두 가지 뜻이 있음 – 편집자 주)에게도 자비를 베푸소서. 마태복음 6장." 여기서 세리稅吏는 술집 주인을 의미하는 중의적 단어로 교인들은 보통 이 말을 스미스 씨를 쳐서 죽이라는 권고로 이해했다.

그다음 주에는 장로교회에서도 같은 방식으로 이렇게 설교를 시작했다. "주여! 지금 아브라함이 멜기세덱의 땅에서 무슨 일을 하고 있나이까?" 사실 이 말의 속뜻은 "주여! 지금 조시 스미스가 마리포사에서 무슨 짓을 하고 있나이까?"로 교인들도 쉽게 이해할 수 있었다.

그러나 이런 반대 행위는 현명하고 폭넓은 자선 활동으로 역습을 받았다. 회전목마가 마리포사에 온 날 스미스 씨의 머릿속에 그런 생각이 처음 떠올랐던 것 같다. 그 여름날 저녁, 스미스 호텔 바로 아래에 있는 공터에서는 회전목마가 증기를 칙칙 내뿜으며 빙글빙글 돌고 있었다. 어느새 우르르 몰려든 수많은 아이들이 회전목마를 에워쌌다. 스미스 씨는 폭신한 느낌의 중절모를 쓰고는 어슬렁어슬렁 걸어서 그곳에 갔다.

"주인 양반, 한 번 타는 데 요금이 얼마입니까?" 스미스 씨가 물었다.

"5센트를 내면 두 번 탈 수 있습니다." 회전목마 주인이 대답했다.

그러자 스미스 씨는 지폐 다발에서 10달러짜리를 한 장 빼서 회전목마 주인에게 건네며 말했다. "자! 이거 받으시고 여기 꼬마 친구들을 저녁 내내 태워주시오."

그날 밤 회전목마는 마리포사 아이들을 계속 실어 나르며 자정이 지나도록 미친 듯이 돌았다. 이 소식이 시내에 쫙 퍼지면서 몰려든 아이 부모들과 친구들 그리고 스미스 씨 팬들은 스미스 호텔 바에 입장하려고 길가에 4열 종대로 줄지어 서 있었다. 스미스 호텔 바는 그날 하룻밤에만 40달러어치 매상을 올렸다. 스미스 씨는 이미 믿어 의심치 않았지만 베푸는 축복을 배웠다.

이런 자선 활동은 범위가 넓어졌다. 스미스 씨는 모든 단체와 모임에 가입하고 기부했다. 비밀공제조합Oddfellow, 자선우애단체Forester, 우애 공제회와 같은 봉사단체의 회원이 되었다. 마리포사 병원과 기독교청년회YMCA에도 100달러씩 기부했다.

야구 동호회, 라크로스 동호회, 컬링 동호회 등 모든 동호회에도 들어갔다. 특히 사람들이 모일 장소가 필요하고 이야기하는 동안 목이 마를 만한 모임이라면 모조리 가입했다.

그 결과 비밀공제조합Oddfellow은 해마다 정기 연회를 스미스 호텔에서 열었다. 우애 공제회도 스미스 호텔 식당에서 기념행사 만찬을 했다.

아마도 효과가 훨씬 더 컸던 활동은 스미스 씨의 비밀 기부였을 것이다. 그런 비밀 기부는 이 도시에서 아무도 모르게 이루어졌는데 그 비밀은 보통 일주일밖에 유지되지 않았다. 스미스 씨는 바로 이런 방식으로 드론 사제의 교회 간판을 새로 바꿔주었고, 페퍼리 판사에게 정치자금을 기부하여 보수당 활동비로 마음껏 쓰게 했다.

그러자 스미스 씨에 대한 적대감은 차츰 수그러들었다. 스미스 호텔은 마리포사에서 인정받는 명소가 되었다. 심지어 금주 형제회 사람들조차 스미스 씨가 이 도시의 명예를 드높인 인물이라며 그를 자랑스러워했다. 이른 아침 조용한 시간에는 드론 사제가 호텔 프런트 데스크에 친히 와서는 헌금을 거둬가기도 했다. 구세군들도 수시로 호텔을 드나들었지만, 전혀 세간의 비난을 받지 않았다.

그런데 골칫거리가 딱 하나 남아 있었다. 바로 호텔 바의 마감 시간이었다. 스미스 씨는 그 문제에 대해서는 결코 단호할 수가 없었다. 그것은 이익이 걸려서가 아니라 도의적 문제 때문이었다. 페퍼리 판사가 한밤중에 목이 말라 길거리로 나오게 된다거나, 수요일마다 늦게까지 야근하는 타임스-헤럴드 직원들이 목도 축이지 못한 채 퇴근해야 한다고 생각하니 가만히 보고만 있을 수 없는 노릇이었다. 이 점에 대해 스미스 씨의 도덕 관념은 단순하기 짝이 없었다. '일단 옳은 일을 하고 결과를 감수하자' 그래서 호텔 바는 계속 열려 있었다.

어느 도시에나 비열한 인간들은 존재하는 것 같다. 따뜻한 가슴속에는 언제나 뱀이 똬리를 틀게 마련이다. 그런 현상을 두고 스미스 씨는 골고다 깅엄 씨에게 이렇게 말했다. "이 도시 안에도 구린내 나는 밀고자 놈들이 있답니다."

처음에는 마리포사 법원에서 스미스 씨와 관련된 고발을 전부 기각했다. 안경을 쓴 재판장은 책을 한 무더기 쌓아놓은 책상 앞에 앉아 고발자에게 교도소로 보내겠다고 위협했다. 마리포사 법조계는 모두 스미스 씨 편이었다. 하지만 고발이 자꾸 반복되더니 결국 한 번은 성공한 적이 있었다. 스미스 씨가 자유당에도 정치자금을 기부했다는 사실을 페퍼리 판사가 알게 되어 스미스 호텔 바의 시간 외 영업에 대하여 곧바로 벌금형을 내린 것이다. 그것이 스미스 씨의 첫 번째 유죄 판결이었다. 거기다 앞서 얘기한 뜻밖의 사고가 터지는 바람에 두 번째 유죄 판결이 나고 말았다. 그야말로 대홍수를 맞은 격이었다. 바로 이런 상황에서 프런트 데스크 직원 빌리가 손에 전보를 들고 바 뒤쪽 방으로 들어왔다.

"사장님, 전보가 왔습니다." 빌리가 말했다.

"그래, 거기 뭐라고 나와 있나?" 스미스 씨가 물었다.

스미스 씨는 언제나 아주 초연한 태도로 문서를 대했다. 그가 글을 읽지 못한다는 사실을 아는 사람들은 아마 마리포사에서 열 명도 안 될 것이다.

빌리는 전보를 펼쳐 내용을 읽었다. "면허위원들은 스미스에게 폐업까지 3개월 유예 기간을 준다."

"어디 한번 보세. 그렇군. 3개월 후 폐업이로군."

전보 내용을 읽는 동안 방 안은 쥐 죽은 듯 조용했다. 다들 스미스 씨가 입을 열기만을 기다렸다. 깅엄 씨는 본능적으로 직업의식이 발동해 절망에 빠져 우울한 척했다.

스미스 씨는 전보가 든 쟁반을 들고 그 자리에 선 채로 최소 4분 동안 '심사숙고'하고 나서는 입을 열었다.

"여러분, 제가 자진해서 호텔 문을 닫기 전에 폐업해야 한다니 참으로 기가 찰 노릇이군요. 저에게 좋은 생각이 있습니다. 좀 기다려보세요. 그러면 직접 눈으로 보시게 될 겁니다."

스미스 씨는 이 말 외에는 그 문제에 대해 더는 한마디도 꺼내지 않았다.

48시간도 채 안 되어 온 도시가 어떤 일이 벌어지고 있는지 알게 되었다. 스미스 호텔은 목수, 벽돌공, 도장공들로 바글바글했다. 대도시에서 온 건축가도 있었는데 그는 손에 설계도를 한 뭉치 들고 있었다. 정밀 측량 장비로 길의 수평 상태를 측정하는 기술자도 있었다. 호텔 기반 공사를 하는 듯 맹렬하게 삽질하는 인부들도 한 무리 있었다.

"아무도 짐작하지 못할 겁니다." 스미스 씨가 말했다.

마리포사 사람들 절반에 이르는 인파가 호텔 주위로 몰려들며 열광했다. 호텔 주인인 스미스 씨는 정작 한마디도 하지 않았다. 큰 마차에 잔뜩 실은 각목과 소나무 들보가 제재소에서 쉬지 않고 도착했다. 길가에는 가지런히 크기를 맞춘 가문비나무 목재가 5미터 가까이 쌓여 있었다.

그다음에는 굴착 공사가 진행되면서 먼지가 풀풀 날리더니 대들보가 올라가고 작은 들보들도 얹혔다. 해가 떠서 질 때까지 목수들의 망치질 소리가 끊이질 않았다. 일꾼들은 1.5배 초과 근무 수당을 받으며 특근을 했다.

스미스 씨가 말했다. "비용이 얼마든 상관없으니 어서 공사를 끝내주시오."

건축물은 빠르게 형태를 갖추었다. 그 건물은 옆길을 따라 연장되어 호텔과 직각을 이뤘다. 그리고 공중으로 곧게 솟아 있어서 우아하고 널찍해 보였다.

건물에는 이미 창문 자리가 한 줄로 나란히 뚫려 있었고 유리창 폭이 무척 넓어서 마치 유리 궁전처럼 보였다. 건물 아래로는 지하실을 만들고 있었다. 낮은 아치형 천장에 대들보를 올려 장식하고 매끄럽게 다듬어서 칠할 준비를 했다. 길에는 벌써 빨간색과 흰색의 차양이 든 상자가 일곱 개나 쌓여 있었다.

그때까지도 이 건축물이 뭔지 아무도 몰랐다. 17일째가 되어서야 스미스 씨는 호텔 바 뒤쪽 특별 전용실에서 침묵을 깨고 새 건축물을 설명했다.

"여러분, 이제 말씀드리겠습니다. 이 건물은 카페입니다. 대도시에 있는 것과 같은 신사 숙녀를 위한 카페죠. 그 아래는 뭘까요? 멀린스 씨, 뭐라고 생각하세요? 바로 호프입니다. 제가 이 카페를 열면 프랑스인 주방장을 고용해 요리를 할 겁니다. 겨울에는 '룸살롱'도 만들 거고요. 대도시 호텔에 있는 그런 공간처럼 말이죠. 그러면 그땐 과연 누가 '룸살롱'문을 닫게 하려고 할지 한번 보고 싶네요."

그 후로 2주도 안 되는 동안 그 계획은 착착 실행되었다. 카페 건물이 새로 지어졌을 뿐 아니라 호텔 전체가 변모했다. 호텔 정면에는 빨간색과 흰색의 차양들이 그늘을 만들었다. 창문마다 초록 잎들이 드리워진 긴 사각 화분이 매달려 있었고 그 위로는 영국 국기가 자랑스럽게 걸려 있었다. 호텔명이 들어간 필기도구와 메모지도 바뀌었다. 이제 그곳은 '스미스 여름 별관'이었다. 그리고 '스미스 관광 매장', '스미스 북부 건강 리조트'라는 이름으로 대도시에 광고했다. 스미스 씨는 타임스-헤럴드 편집장을 시켜서 마리포사의 소나무 숲과 신선한 공기에 관한 글과 함께 위사노티호수에 서식하는 물고기인 곤들매기 삽화를 넣은 광고 전단을 만들게 했다.

그 광고 전단이 대도시에서 히트를 치고 나서 토요일이 되자 낚싯대와 그물을 가지고 오는 사람들이 기차에서 우르르 내렸다. 호텔 객실은 순식간에 동이 났다. 만약 이런 상황이 닥쳤을 때 호텔 바에서 위스키나 몇 방울씩 팔고 있었다면 누가 이런 생각을 할 수 있었을까?

그런데 카페가 있었다! 물론 카페가 그런 영광의 주역이었고 그 아래에 있는 호프도 크게 한몫했다.

밖으로 활짝 열어놓은 여닫이 창문, 대리석 상판의 테이블, 야자수, 하얀 셔츠 차림의 웨이터가 있는 분위기에서 느끼는 가벼움과 시원함, 그것은 언제까지나 존재하는 마리포사의 경이로움이었다. 그것을 본능적으로 아는 스미스 씨 외에는 그 도시에서 누구도 웨이터나 야자수, 대리석 테이블을 전화로 대여할 수 있다는 사실을 여태 생각해보지 못했다.

스미스 씨는 자기가 말한 대로 행동하는 사람이었다. 그는 프랑스인 주방장을 구했다. 그 주방장은 귀족적이고 무뚝뚝한 인상을 풍겼다. 나폴레옹 3세를 떠올리게 하는 콧수염과 뾰족한 수염이 있었다. 스미스 씨가 어디서 그를 데려왔는지는 아무도 몰랐다. 어떤 주민들은 그 주방장이 프랑스 후작이라고 말했고, 또 어떤 이들은 그가 백작이라며 그 차이를 설명하기도 했다.

마리포사 사람들 가운데 그런 카페를 본 사람은 지금까지 한 명도 없었다. 카페 한쪽에는 불이 있는 그릴들이 줄지어 있었다. 커다란 금속 접시 덮개로 음식이 식지 않게 해놓았다. 그릴들을 따라 걸으면서 자기가 먹고 싶은 고기를 골라 집을 수 있었고, 프랑스 후작 주방장이 철판에 고기를 올려 굽는 광경도 직접 볼 수 있었다. 메밀 팬케이크를 구워내는 장면과 닭을 요리하는 과정도 직접 눈으로 볼 수 있었다. 닭 다리를 맵게 양념하고 후추를 뿌려 굽는 과정을 보노라면 닭이 본래 모습을 잃고 음식으로 변할 때까지 기다리는 것 자체가 고문이었다.

스미스 씨는 의기양양했다. 프랑스인 주방장이 있는 쪽으로 어슬렁어슬렁 걸어가서는 "알프, 오늘은 무슨 요리를 했나?"라며 말을 걸었다. 주방장의 이름은 알퐁스였지만, 스미스 씨는 그냥 '알프'라고 불렀다.

알퐁스 주방장은 스미스 씨에게 메뉴판을 건네며 "브알라, 므시유, 라 캬르트 드 주르(사장님, 오늘의 메뉴입니다)"라고 프랑스어로 대답했다.

스미스 씨는 카페에서 프랑스어를 사용하라고 권했다. 물론 순전히 호텔 경영 관점에서 그렇게 생각했고 그게 최근 동향이라고 여긴 듯했다.

"대도시에는 언제나 유행이 있다네. 알프 자네는 잘 모를 거야."

스미스 씨는 엄지와 검지로 메뉴판을 잡고서 물끄러미 바라봤다. 메뉴판에는 '마리포사 포타주(진한 수프)', '주인장 추천 필레 미뇽(쇠고기 안심 스테이크)', '스미스 코틀레트(커틀릿)' 등등 메뉴가 죄다 프랑스식 명칭이었다.

뭐니 뭐니 해도 그 카페의 최고봉은 가격이었다. 누가 봐도 금방 알 수 있듯이 그것은 스미스 씨의 어쩔 수 없는 단순함에서 비롯됐다.

가격은 식사 한 번에 무조건 25센트로 정해졌다. 손님들은 단돈 25센트로 카페에 있는 음식을 전부 먹을 수 있었다.

"아닙니다. 저는 가격을 올리지 않으려고 합니다. 스미스 호텔은 항상 25센트였고, 카페도 마찬가지로 25센트입니다." 스미스 씨는 완강하게 주장했다.

그래서 카페는 사람들로 찼을까? 과연 만원이 되었을까?

글쎄, 확실히 그렇긴 했다! 카페가 문을 여는 아침 11시부터 문을 닫는 저녁 8시 30분까지 거의 빈 테이블을 찾아볼 수 없었으니 말이다. 관광객, 방문객, 여행자뿐 아니라 마리포사 주민 절반이 카페를 찾는 통에 그 안은 바글바글했다. 작은 테이블에서는 도자기 그릇들이 달그락거리는 소리, 쟁반 위의 유리잔들이 쨍그랑거리는 소리, 코르크 마개가 퐁 하고 빠지는 소리가 쉴 새 없이 났다. 하얀 셔츠를 입은 웨이터들은 거의 이리저리 날아다녔고, 알퐁스는 고기와 팬케이크를 요리해 휙휙 전달했다. 이 북새통 속에서도 스미스 씨는 가벼운 플란넬flannel 소재의 하얀 정장을 입고 허리에는 넓은 진홍색 장식띠를 두르고 서 있었다. 아침부터 밤까지 북적이고 즐거운 분위기가 이어졌으며 다들 신나서 웃고 떠들다 보니 시끄럽기까지 했다.

사실 카페는 시끄러웠다. 조용하고 차분한 분위기를 원하거나 캐나다의 8월이 선사하는 환한 빛에서 마법에 걸린 숲속의 어두운 그늘로 발걸음을 옮기길 원하는 사람은 아래층에 있는 호프로 걸어 내려가면 됐다. 그곳 천장에는 까맣고 낡은 대들보들이 있었다. (이것들을 한 달 전에 올렸다는 사실을 과연 누가 믿겠는가?) 한쪽에는 금박 띠를 두른 오크통들을 세워 놓았는데, 그것들은 마치 스페인 전통주인 셰리 와인에 담긴 전설을 품고 있는 듯했다. 도기로 만든 커다란 맥주잔에는 이끼처럼 부드러운 독일 맥주가 가득 차 있고 맥주 거품처럼 소리 없이 움직이는 독일인 웨이터도 있었다. 어느 여름날 오후 3시쯤 이 호프에 들어오는 사람은 종일 그 안에 파묻혀 있었다. 골고다 깅엄 씨는 날마다 최소 네 시간에서 최대 일곱 시간까지 거기서 보냈다. 그가 보기에 그곳은 장의업의 고요함을 온전히 간직하면서도 슬픔은 빠져 있는 매력적인 장소였다.

밤에 스미스 씨와 프런트 데스크 직원 빌리가 금전 등록기를 열어 카페와 호프에서 발생한 총 손실을 알게 될 때면 스미스 씨는 이렇게 말했다.

"빌리, 사업 면허가 재개될 때까지 그냥 기다려. 그날이 오면 이 빌어먹을 카페 문을 완전히 닫아버려서 무슨 일이 생긴 건지 사람들이 절대 모르게 해야지. 양고기 구입비가 얼마였지? 500그램당 50센트였던가? 빌리, 내가 계산해보니까 이 돼지 같은 인간들이 각자 25센트씩 내고 식사할 때마다 대략 1달러어치의 음식을 먹어 치우는 셈이더군. 오, 이런! 알프는 어떡하지? 그땐 그 친구하고도 끝이야."

이 문제는 당연히 스미스 씨와 빌리 둘만의 비밀이었다.

마리포사 문제에 대해 미시나바주州 면허위원들에게 탄원하자는 생각이 정확히 언제 처음 나왔는지는 모르겠다. 누가 그런 제안을 했는지 아는 사람도 없는 듯했다. 하지만 여론이 스미스 씨를 지지하는 쪽으로 크게 바뀌기 시작한 것은 확실했다. 그런 정서가 공개적으로 표출된 것은 아마도 알퐁스가 마리포사 카누 동호회를 위해 저녁으로 큰 생선 요리를 한 다음 날이었을 것이다. 사람들은 조시 스미스 같은 인물이 세 명의 면허위원들 때문에 마리포사에서 쫓겨난다는 것은 치욕이라고 수군거렸다.

"그나저나 면허위원이라는 작자들이 누구였죠?"

“스웨덴의 면허 제도를 한번 봐요. 맞아, 핀란드와 남미 사례도 있죠.”

“아니면, 그 문제에 관해서는 프랑스와 이탈리아를 참고해야 해요. 거기 사람들은 밤낮으로 쉬지 않고 마셔대니까요.”

“그래도 그 사람들은 멀쩡하지 않나요? 게다가 음악을 좋아하는 사람들 아닌가요?”

“나폴레옹과 빅토르 위고도 있죠. 거의 항상 취해 있었지만, 그들이 해낸 일을 한번 봐요.”

이렇게 마리포사 사람들이 벌이는 논쟁을 내가 그대로 옮겨 놓는 까닭은 그 사람들을 위해서가 아니라 단지 이곳 여론이 변하고 있다는 것을 보여주고자 함이다. 남자들은 보통 점심 때 한 시간 반쯤 카페에 앉아 면허 문제에 관해 이야기를 나누고는 호프로 내려가서 또 그 문제를 놓고 두 시간을 더 토론했다.

사회 주요 인사 가운데 의외의 인물들이 그런 대화에 불쑥 끼어들어서 스미스 씨를 반대하는 그들의 입장이 힘을 잃는 과정을 보면 참으로 놀라웠다.

예컨대 그런 인물 중에 마리포사 뉴스 패킷 편집장이 있었다. 그는 이 도시에서 금주를 가장 강력하게 주장하는 사람이었다. 한번은 알퐁스가 만든 ‘면허받은 오믈렛’ 요리 때문에 불리한 처지에 놓이기도 했다.

정작 이 사태에 원인을 제공한 마리포사 법원 페퍼리 판사는 사냥한 야생 동물의 고기로 만든 파이 때문에 곤혹감을 느꼈다. 스미스 카페에서 먹은 '파테 노르망 오 핀제브르(향신료를 뿌린 노르망디 고기 파이 - 역자 주)'가 파리 여행에서 맛본 현지 요리만큼 훌륭했기 때문이다. 그 후로 페퍼리는 이런 요리를 할 수 있는 호텔을 없애는 것은 완전히 미친 짓임을 깨달았다.

마찬가지로 마리포사 교육감도 '오사위피강의 오리' 요리를 먹고는 말문이 막혀버렸다.

시 의회 의원 세 명도 '조시 스미스의 칠면조' 요리를 먹고는 스미스 씨를 지지하는 입장으로 돌아섰다.

디스턴 씨의 설득으로 마침내 드론 사제가 카페에 왔다. 스미스 씨와 알퐁스는 예수님의 제자들도 감탄할 생선튀김 요리를 곧바로 대령했다.

그 후로 스미스 씨의 사업 면허 문제는 사실상 해결된 거나 다름없다고 다들 믿었다. 탄원서가 도시를 온통 뒤덮었다. 뉴스 패킷 신문사에서 인쇄한 탄원서는 마리포사의 모든 상점 계산대 위에 놓여 있었다. 어떤 주민들은 스무 번이고 서른 번이고 계속 탄원서에 서명했다.

탄원서는 공문의 격식을 제대로 갖춘 문서였다. 그 내용은 '자비로운 신의 섭리 안에서 대지는 인간의 기쁨과 즐거움을 위해 포도밭과 달콤한 열매를 내주었건만'이라는 문구로 시작했다. 그냥 읽기만 해도 목이 절로 마르는 내용이었다. 처음부터 끝까지 그 내용을 읽은 남자라면 누구나 정신없이 호프로 달려갔다.

탄원서에 서명을 다 받고 보니 거의 3,000명의 이름이 적혀 있었다.

니벤스 변호사와 지방 공무원 자격이 있는 깅엄 씨는 수거한 탄원서들을 가지고 지역 행정 기관으로 갔다. 그날 오후 3시쯤 전화국에서 스미스 씨의 사업 면허가 향후 3년간 다시 재개되었다는 소식이 전해졌다.

환호가 터졌다! 뭐, 당연한 일이었다! 모두가 스미스 씨와 악수를 하고 싶어서 몰려들었다. 그들은 스미스 씨가 마리포사의 급속한 발전에 열 명 이상의 몫을 해냈다고 칭찬했다. 어떤 사람들은 그에게 시 의회 의원으로 출마하라고 제안했다. 또 어떤 이들은 그를 차기 영연방 자치령 총선의 보수당 후보로 밀고 싶어 했다. 카페는 왁자지껄했고 평소 조용하던 호프조차 들썩들썩했다.

이 소란한 와중에도 스미스 씨는 프런트 데스크 직원 빌리에게 얘기할 틈을 찾아 이렇게 말했다. "카페와 호프에서 금전 등록기를 가져와서 회계 장부 정리를 시작하게."

그러자 빌리가 물었다. "야자수와 대리석 테이블, 그 밖의 물건들을 반납하는 편지도 쓸까요?"

스미스 씨가 대답했다. "당장 쓰게."

저녁 내내 웃음소리와 축하 인사가 끊이지 않았다. 자정이 조금 지나서야 비로소 스미스 씨는 프런트 데스크 뒤쪽 전용실에서 일하고 있는 빌리에게 가볼 수 있었다. 그렇게 가는 동안에도 스미스 씨의 몸가짐은 전에 없이 차분하고 품위가 있었다. 아무래도 보수당 입후보자의 후광이 생겨서 벌써 얼굴이 빛나고 있던 게 분명하다. 짐작하건대 스미스 씨는 바로 그 순간 호텔 사업이 연방 의회의 문턱을 넘게 해주는 자연스럽고 적절한 계기가 되었음을 처음 깨달았던 것 같다.

"여기, 금전 등록기 출납 계산 결과입니다." 빌리가 말했다.

"어디 한번 보세." 그러고는 아무 말 없이 그 숫자들을 보면서 곰곰이 생각에 잠겼다.

"이건 야자수들을 반납하는 편지고요. 이건 어제까지 알퐁스…"

빌리의 말이 채 끝나기도 전에 아주 놀라운 일이 벌어졌다.

"빌리. 그것들을 찢어버려. 물건들을 반납하지 않겠어. 이건 옳지 않은 일이니 그러지 말아야지. 사람들이 카페를 계속하라고 사업 면허를 받게 해줬으니까 카페를 계속하는 거야. 카페 문은 닫지 않아도 돼. 이제 바에는 하루에 최소 40명에서 100명까지 손님이 있고 호프도 잘되고 있잖아. 그러니 카페도 계속 그 자리에 있어야지."

그래서 카페는 계속 남게 되었다.

그러니까 뭐, 지금도 그 자리에 카페가 있기는 하다. 스미스 호텔의 모퉁이를 돌면 바로 옆길에 '신사 숙녀 카페'라고 쓴 간판이 보인다. 예전처럼 아주 크고 눈길을 끄는 모습으로.

스미스 씨는 카페를 계속하겠다고 말했고 그 말은 진심이었다!

물론 그동안 변화가 있었다. 작은 변화들이긴 하지만.

뭐랄까, 이제는 카페에서 쇠고기 안심 스테이크를 주문하면 전성기에 나왔던 '양송이를 곁들인 안심 스테이크' 수준이라고 말할 수는 없다.

요즘 스미스 카페의 양갈비는 마리포사 하우스나 콘티넨털 호텔의 양갈비와 확실히 별반 차이가 없다.

알퐁스가 떠난 뒤로 '송로를 곁들인 오믈렛' 같은 메뉴들은 사실상 사라졌다. 알퐁스가 없으니 당연한 일이었다. 그가 정확히 언제, 왜 떠났는지는 아무도 몰랐다. 그냥 어느 날 아침 그는 사라져버렸다. 스미스 씨는 "알프가 고국에 있는 사람들 곁으로 돌아가야 했습니다."라고 설명했다.

알퐁스가 떠난 후로는 카페에서 프랑스어 사용도 엄청나게 줄었다. 그래도 아직 프랑스어를 어느 정도는 사용하고 있어서 '필레 드 비프(쇠고기 안심 스테이크)', '소시송 오 주스(소스를 곁들인 소시지)'같이 프랑스어가 일부 들어간 메뉴를 볼 수 있다. 프런트 데스크 직원 빌리는 프랑스어 철자 때문에 여전히 애를 먹고 있다.

호프는 당연히 폐업했다. 아니 정확히 말하면 스미스 씨가 수리를 명분으로 문을 닫았다. 아무래도 다시 문을 열 가능성은 3년 동안 없을 것 같다. 카페는 그대로 있다. 이제 그릴은 쓰지 않는다. 호텔 주방이 너무나 가깝고 편리해서 그릴이 더 이상 필요하지 않기 때문이다.

'룸살롱'은 한 번도 문을 연 적이 없다고 해야겠다. 사실 스미스 씨는 룸살롱을 열겠다고 약속했고 그런 이야기는 그해 겨울 동안, 그리고 지금도 계속 나온다. 그렇지만 그것에 반감을 보이는 분위기도 있었다. 마리포사 사람들은 대도시의 큰 호텔에는 전부 '룸살롱'이 있으며 그럴 수 있다고 인정한다. 분명히 알아둘 사실이 하나 있다. 마리포사 같은 곳에서는 여론에 대단히 민감하다는 것이다.

2장. 제퍼슨 소프의 투기

이발사인 제퍼슨 소프가 마리포사의 주요 인사라고 불릴 수 있는 위치에 오른 것은 바로 광산 열풍이 불었을 때였다. 당시 모든 사람이 허드슨만灣 부근의 새로운 은광 지대인 '코발트 광산'과 '포큐파인 광산(세계 최대 금광 중 하나. 캐나다 온타리오주州 티민스에 위치 – 편집자 주)'에 완전히 미쳐 있었다.

물론 제프의 작은 이발소가 길 건너 스미스 호텔 바로 맞은 편에 있다는 사실을 모르는 사람은 없었다. 모두 제프를 알았고 그의 이발소에 가서 면도를 했다. 이발소에는 이른 아침부터 사람들이 계속 드나들었다. 오전 6시 30분에 도착하는 고속열차에서 내린 외판원들은 이발소에서 면도를 하고 나서야 사람 같은 얼굴이 되었다.

외환은행 지점장 멀린스에게는 매일 아침 제프가 해주는 면도가 일종의 부활 의식이었다. 뜨거운 물에 적신 수건들을 덮어 놓은 멀린스의 얼굴에서는 찜을 찔 때처럼 김이 모락모락

났다. 제프는 면도칼을 들고서 외과 의사가 수술하듯 진지하게 수염을 밀었다.

그러고 나면, 앞에서 한 번 얘기한 것 같은데 스미스 씨가 아침마다 와서 면도를 하고 비용에 상관없이 갖가지 화장수와 향수를 얼굴에 들이부었다. 그러면 제프의 흰 가운에, 스미스 씨의 꽃무늬 조끼에, 창가에 핀 빨간 제라늄에 산뜻한 시트러스 향기와 진한 히아신스 향까지 뒤섞이면서 작은 이발소는 술탄의 하렘 궁전이라고 해도 손색이 없을 만큼 화려하고 사치스러운 공간이 된 것 같았다.

중요한 사실은 광산 열풍이 불기 전까지는 제퍼슨 소프가 마리포사에서 유명 인사의 위치에 있지 않았다는 것이다. 이를테면 생사와 직접 관련된 일을 하는 장의사 골고다 깅엄이나, 캐나다 연방정부에서 봉급을 받으며 사실상 영연방 자치령 내각의 일원으로 인정받고 있는 우체국장 트렐로니 같은 사람들과 견줄 수 있는 대상이 아니었다는 말이다.

누구나 제프를 알고 좋아했지만, 이상하게도 제프가 돈을 좀 벌기 전까지는 아무도 그가 주식을 할 사람이라고 생각하지 못했다. 제프가 '떼돈'을 벌고 나서야 비로소 사람들은 그가 얼마나 뛰어난 사람인지 알아보았다. 이런 경우에는 '분별력 있는 사람'이라는 말이 정확하겠다. 실제로 마리포사 식대로 표현하자면 최고의 재능이란 머리가 수평 측량기기와 평형을 이루는 상태로서 이는 어느 한쪽으로 기울어지지 않고 정확한 균형을 잡는 것을 뜻한다.

이처럼 제프가 돈을 벌었을 때 사람들은 그가 얼마나 재능 있는 사람인지 알아봤다. 그가 돈을 잃었을 때는 음…. 거기까지 자세히 들어갈 필요는 없겠다. 다른 곳에서도 보통 그런 이야기는 삼갈 테니 말이다.

앞서 말했듯이 이발소는 스미스 호텔 길 건너에 있다. 그것도 정면으로 마주 보고 있다.

그 건물은 목조 건축 양식이었다. 혹시 아는지 모르겠지만, 이런 건축물은 실제보다 높이 솟아 보이고 직사각 모양인데도 웅장해 보인다. 마리포사에서 많이 사용하는 건축 양식으로 인위적이고 과시적인 현대 비즈니스의 특징을 잘 보여준다. 이발소 앞에는 빨간색, 흰색, 파란색 줄이 들어간 삼색 기둥이 있다. 건물의 납작한 정면에는 작은 벽에 어울리지 않게 큰 사각 창문이 하나 있다.

유리창에는 '이발소'라는 글씨의 흔적이 남아 있는데 그 서체는 마리포사에서 간판 그림이 황금기를 맞았을 때 유행했던 글씨체다. 창문 안을 들여다보면 창가에 놓인 제라늄이 보이고 그 너머에 제퍼슨 소프가 눈에 들어온다. 검정 비니를 쓴 제프는 몸을 앞으로 기울여 면도에 열중하느라 안경이 코에까지 흘러내렸다.

이발소 문을 열면 문 위에 달린 코일 스프링이 심하게 흔들리면서 매달아 놓은 종이 울리려다 만다. 안으로 들어가면 정면에 거울들이 보인다. 그 앞에는 사형 집행용 전기의자처럼 생긴 묵직한 면도용 의자가 두 개 놓여 있다. 개인용 면도 컵이 하나씩 들어 있는 작은 칸막이 선반도 있다. 면도 컵이 무척 많은데 열대여섯 개쯤 된다. 제프만 빼고 그의 손님들은 모두 자기 전용 컵이 있다고 믿는다. 이발소 한쪽 구석에는 칸막이로 공간을 나누어 놓았다. 칸막이에는 표지판이 하나 걸려 있고 표지판에는 '냉온욕 50센트'라고 씌어 있다. 칸막이 안쪽 공간에는 20년 동안 욕조가 없었고 오래된 신문지와 대걸레만 자리를 차지하고 있다. 어쨌든 그렇게 구분해 놓은 공간에는 거울이 있었다. 그 거울에도 색이 바랜 판지로 된 표지판이 걸려 있는데 표지판에는 '터키식 샴푸 75센트, 로마식 마사지 1달러'라고 씌어 있다.

마리포사에서는 제프가 이발소를 해서 돈을 벌었다는 이야기를 흔히 듣게 된다. 아마 그랬을 수 있고, 그래서 제프가 투자에 몰두하게 되었는지도 모른다. 그런 일이 어떻게 가능했는지는 쉽게 이해가 가지 않는다. 면도 한 번에 5센트, 이발 한 번에 15센트인데 (원하는 경우 면도와 이발을 세트로 하면 더 저렴했다) 그 정도로는 그가 어떻게 돈을 벌 수 있었는지 이해하기 어렵다. 심지어 이발소 의자 두 개에 손님을 모두 앉혀 놓고 이쪽저쪽 번갈아 가면서 면도해주는 상황이었다고 해도 말이다.

마리포사에서는 대도시처럼 면도를 급하게 하거나 형식적으로 하지 않는다. 면도는 일종의 육체적 쾌락으로 간주하며 시간도 최소 25분에서 45분까지 걸린다.

아침 시간에는 좀 서두르는 감이 없지 않았다. 그러나 길고 조용한 오후에는 손님에게 몸을 기울여 무슨 비밀 이야기하듯 나지막이 일정한 톤으로 말하면서 마치 화가가 초상화를 그리듯이 천천히 면도칼을 움직였다. 그렇게 면도하다가 멈추고, 다시 또 면도하다가 멈추고, 그러기를 반복하다 결국 면도는 뒷전으로 미루고 대화에 흠뻑 빠져들고 말았다.

그런 오후에 마리포사 이발소는 말 그대로 '잠의 궁전'이 되었다. 벽 쪽에 있는 나무로 된 안락의자 중 하나에 앉아 차례를 기다리다 보면 조용한 시간인 데다 제프의 말소리는 낮고 졸리지, 유리창에는 파리들이 윙윙거리지, 거울 위의 시계는 똑딱똑딱 규칙적인 소리를 내지, 결국 꾸벅꾸벅 졸다가 꿈나라로 가게 되고 손에 들고 있던 마리포사 뉴스 패킷 신문이 바닥에 떨어지면서 바스락 소리를 냈다. 이런 장면은 그냥 생각만 해도 졸음이 몰려온다!

물론 그곳의 진정한 매력은 바로 대화에 있었다. 보다시피 제프의 특기는 정보였다. 제프가 30분 동안 면도하면서 알려주는 정보는 백과사전에서 며칠씩 힘들게 조사한 내용보다 더 많았다. 그가 어디서 그런 정보를 모두 얻었는지는 모르겠지만 거의 신문에서 얻지 않았을까 싶다.

대도시 사람들은 신문을 절대 읽지 않는다. 아니, 사실은 아주 조금 보고서 던져버린다. 하지만 마리포사는 다르다. 이곳 사람들은 신문을 처음부터 끝까지 통독하고 그렇게 지식이 쌓여 몇 년 지나면 대학 총장도 무색하게 만드는 학식의 경지에 이른다. 헨리 멀린스와 피트 글로버가 중국의 미래에 관해 대화하는 내용을 들어본 사람이라면 그 말이 무슨 뜻인지 바로 이해할 것이다.

제프의 대화에서 특이한 점은 그가 항상 손님의 관심사를 잘 맞춘다는 것이다. 그는 일종의 점쟁이 같은 능력이 있었다. 한번은 제프가 면도칼을 가는 동안 어떤 손님의 옆모습을 보고서 이렇게 말한 적도 있었다. 제프가 그의 귀에 대고 "저는 '세인트루이스 카디널스'가 '시카고 컵스'에게 4연승을 거두는 게 보입니다"라고 하자, 그 손님은 끝까지 제프의 이야기에 무척 흥미를 보였다.

제프는 스미스 씨에게도 이렇게 말했었다. "저는 경주마 '날다람쥐'가 '킹스 플레이트(캐나다에서 시작되어 가장 오랜 역사를 자랑하는 경마 대회 - 역자 주)'에서 막상막하의 경기를 펼치는 게 보입니다."

나처럼 변변찮은 지식인에게는 로마 황제와 독일셰퍼드 개와의 관계를 아주 상세히 설명해줬다.

제프와 대화해보면 그의 전문 분야는 무엇보다도 투자와 금융 시장이었다. 그런 쪽으로 머리가 좋은 사람이 얻을 수 있는 막대한 부富 말이다.

면도를 하다가도 잠시 멈춰 5분쯤 면도칼을 공중에 들고 눈은 반쯤 감은 채 이야기를 들려줬는데 그럴 때 그는 '한탕'하거나 '떼돈'을 버는 데 필요한 바로 그런 머리가 돌아갔다. 그건 아무래도 순전히 머리의 문제였다. 제프는 그런 방면으로 머리가 좋았다. 제프가 정확히 언제 혹은 어떻게 투기사업에 처음 발을 들여놨는지는 모르겠다. 아마 애초부터 그런 마음이 있었던 것 같다. '철도 회사 주식'이나 '석면 광산 회사 유가증권'처럼 돈이 되는 아이디어가 그의 머릿속에 들어온 게 분명하다. 그래서인지 제프가 미국 철강 재벌인 카네기와 석유 재벌인 록펠러에 대해 이야기할 때는 언제나 동경하는 어조를 띠면서 목소리가 비누 거품처럼 부드러웠다.

제프가 했던 투기의 가장 초보적인 형태는 닭이었다. 몇 년 전에 있었던 일이다. 그는 집 뒤뜰에 닭들을 풀어서 키웠다. 그의 집은 이발소 뒤쪽으로 좀 떨어진 풀밭에 있었다. 옛날에 제프는 자기 마누라가 하루 만에 달걀 스물네 개를 관광객들에게 팔았다고 자랑 섞인 투로 말했었다.

하지만 석면 광산이니 구리 광산이니 하는 이런저런 신문기사를 읽다 보니 닭을 키우는 일은 사뭇 작은 사업처럼 느껴졌다. 달걀 스물네 개를 개당 1센트에 팔아 돈을 벌어보겠다는 발상은 누가 봐도 부끄러운 수준이었다. 사실 많은 사람들이 자신의 보잘것없는 수입에 대해 제프와 똑같은 심정일 것이다. 제프가 어느 날 이런 이야기를 들려주었던 것이 기억난다. 닭들을 몽땅 내다 팔아서 신용 거래로 시카고 밀에 투자해 24시간 후에 그 투자금을 굴릴 수 있다고 했고 실제로 그렇게 했다. 어쨌든 투자금을 굴리면서 양계 사업은 완전히 뒷전으로 밀렸다.

그 후로 닭장은 비어 있었고 제프의 아내는 닭 모이를 내다 버려야 했다. 아마 순수 손실 금액은 면도를 두 번 하는 비용도 안 될 만큼 적었을 것이다. 제프에게는 아무 문제가 되지 않았다. 그의 마음은 이미 두둥실 떠올라 본인 말마따나 엄청난 '배수'로 이익이 터질 가능성이 있는 유콘Yukon 지역 광산에 가 있었다.

그러니 마리포사에 광산 열풍이 불었을 때 제퍼슨 소프가 맨 처음부터 투자에 바로 뛰어든 것은 이해가 간다. 이유는 물어보나 마나다. 신이 손가락으로 이곳을 가리키는 것 같아서였다. 바로 이곳에서부터 은이 매장된 광활한 땅이 북쪽으로 펼쳐져 있었다. 그전까지 사람들은 그 땅을 그저 황야로 여겼다. 그런데 그곳이 바로 우리 집 대문 앞이었다! 앞에서 얘기했던 것처럼 야간 고속열차가 매일 저녁 북쪽으로 달리고 있었다. 잘은 모르지만 아마도 록펠러나 카네기 또는 아무개 부호가 그 기차 안에 있었을 것이다! 마리포사 뉴스 패킷 기사에서 보도한 대로 '캘커타의 부富(영국이 인도를 식민화하는 과정에서 동인도회사의 거점이자 수도로 삼았던 도시의 번영을 일컬음 - 역자 주)'가 바로 우리 발아래에서 쏟아져 나왔다.

그러니 이 도시가 열광의 도가니가 된 것은 너무나 당연했다! 거리에서는 남자들이 온종일 광맥뿐 아니라 용광로, 지층 경사, 단층 등에 대해 이야기하는 소리가 들리면서 도시가 마치 지질학 시험날인 것처럼 와글와글했다. 호텔 주변에는 광부 옷을 입은 사람, 정밀 측량 기기를 가진 사람, 짐 자루를 든 사람들이 모여들었다. 그들은 스미스 호텔 바에서 돌덩이들을 손에 올려놓고 값이 얼마나 나갈지 감정해보았는데 어떤 돌은 500그램에 무려 술 열 잔 값이었다.

광산 열풍이 도시를 휩쓸면서 빠르게 퍼져나갔다! 보름도 안 되어 사람들은 '로버트슨 석탄 목재 사무소'에 칸막이를 치고 '마리포사 광산 거래소'를 열었다. 그러자 중심가에 있는 거의 모든 남자들이 가假증권을 사기 시작했다. 그러던 차에 피즐칩이 코발트 광산 지역에서 떼돈을 벌어 마리포사로 돌아왔다. 그전에 외환은행의 창구 직원이었던 피즐칩은 쓸모없는 멍청이라고 다들 여기던 청년이었다. 그런데 지금은 영국 스타일의 카키색 옷을 입고 캡 모자를 쓴 차림으로 마리포사 하우스에서 빈둥빈둥 지내며 항상 술에 취해 있었다. 그리고 그는 '하면 된다'는 격언의 모범으로 누구나 거론하는 인물이 되었다.

모두가 광산 투자에 뛰어들었다. 짐 엘리엇은 약국을 저당 잡혀 광산 투자 대열에 끼어들었다. 철물점 주인 피트 글로버는 니페와Nippewa 광산 주식을 13센트에 사서 자기 형에게 17센트에 팔았다가 일주일도 안 되어 그 주식을 19센트에 도로 샀다. 그들은 아무것도 따지지 않고 전부 운에 맡겼다! 페퍼리 판사는 부인의 돈까지 몽땅 끌어다가 티미스카밍Temiskaming 광산 보통주를 샀다. 맥카트니 검사 역시 투자 열풍에 사로잡혀서는 누이의 돈까지 탈탈 털어 튤립Tulip 광산 우선주를 샀다.

심지어 피즐칩이 젊은 나이에 마리포사 하우스의 뒷방에서 권총으로 스스로 생을 마감했을 때에도 깅엄 씨는 은으로 된 손잡이가 달린 관에 피즐칩을 넣어 묻었는데, 전체 장례 과정에서 몬테카를로(카지노로 유명한 모나코의 관광휴양지 - 역자 주)의 분위기가 느껴졌다.

너나없이 모두 광산 투자에 뛰어든 가운데 단 한 명 예외가 있었으니 그 사람은 바로 스미스 씨였다. 알다시피 과거에 북부 광산 지역에서 왔던 스미스 씨는 암석과 채굴, 카누는 물론 그쪽 지역 사정을 전부 알고 있었다. 그는 수풀 사이에 대놓은 카누에서 바람을 등지고 앉아 밀가루만 넣어 구운 빵을 먹고, 마을에서 80킬로미터 떨어진 외딴곳에서 마지막 위스키 한 방울을 마셔본 경험이 있는 남자였다. 스미스 씨에게 북부는 아무짝에도 쓸모없는 땅이었다. 그는 감자를 일찍 왕창 사들여서는 차량 열다섯 대분의 감자를 코발트 광산 지역으로 보내 한 자루당 5달러씩 이익을 챙겼다.

이처럼 스미스 씨가 뒤로 빠져 있었던 반면 제프는 광산 열풍의 가장 선두에 서 있었다. 제프는 심지어 중간 투자계획서가 나오기도 전에 니페와Nippewa 광산 주식을 샀다. 그는 '아비티비 개발사'의 주식 100주를 한 '묶음'으로 한 주당 14센트에 샀고, 옆집에 사는 성질 까다로운 마구간지기 존슨과 함께 채권 인수단을 구성해 메타가미호수Metagami Lake 광산주 1,000주를 한 주당 3.25센트에 샀다. 그런 다음에는 네틀리 푸줏간의 일꾼 한 명에게 정확히 100퍼센트 이익을 선불로 받고 손실 없이 그 주식을 '처분'했다.

제프의 이발소 거울 아래 작은 서랍을 열면 그 안에 온갖 종류의 코발트 지역 광산 증권이 들어 있었다. 파란 증권, 분홍 증권, 초록 증권 등등. 그리고 그 증권들에는 마타와강 줄기를 따라 허드슨만灣까지 이르는 지역에 자리 잡은 광산들의 특이하고 흥미로운 이름이 적혀 있었다.

제프는 처음부터 성공을 확신하며 말했다. "아무 문제가 없습니다. 그 지역은 은이 많이 나는 곳이라 여기저기 조금씩 투자해놓으면 반드시 성공하는 데가 나올 겁니다." 그러고는 가위를 벌려 머리 자를 자세를 취하면서 말을 이었다. "풋내기 투자자라도 어떤 사람들은 이익을 좀 볼 수 있을 거예요. 그 지역을 알고 머리가 수평을 유지하는 사람(분별력 있는 사람이라는 마리포사식 표현 – 역자 주)이라면 실패할 리가 없죠."

제프는 그동안 너무 많은 투자계획서와 함께 수많은 광산 사진, 소나무 사진, 제련소 사진을 봐온 나머지 자신이 그 지역에 한 번도 가본 적이 없다는 사실을 까맣게 잊고 있는 듯했다. 여기서 무려 300킬로미터도 훨씬 넘게 떨어져 있는 곳이니까!

제프가 해주는 여러 광산 이야기를 듣기 전까지 나는 속임수가 난무하는 광산업의 비열한 세계와 돈을 벌 수 있음에도 불구하고 그렇게 하지 않는 거대 자본가들의 앞뒤가 꽉 막힌 결정에 대해 전혀 알지 못했다. 그 예로 '코로나 보석' 광산의 이야기를 들어보자. 그곳은 좋은 광산인데도 단지 상식이 부족해서 망해가고 있었다.

"코로나 보석 광산은 여태 개발을 안 하고 있어요."라며 제프는 이야기를 시작했다.

"은이 충분히 매장되어 있는 곳이라 삽으로 파기만 하면 은을 캘 수 있는데 말이죠. 그 광산에는 은이 가득해요. 그런데도 사람들은 그곳에 가서 작업할 생각을 하지 않네요."

그렇게 말하고 나서 제프는 코로나 보석 광산의 분홍 증권들과 파란 증권들에 눈길을 한번 주더니 진저리를 치며 서랍을 쾅 닫았다. 그보다 상황이 더 나쁜 곳은 '조용한 소나무' 광산이었다. 이 광산은 바보들의 무능함을 여실히 보여주는 사례였다! 이곳은 순전히 공학 기술이 부족해서 주주들이 돈을 벌지 못하고 있었다.

"그 광산의 유일한 문제는 사람들이 땅을 충분히 깊게 파지 않는다는 거예요. 광맥을 따라 내려갔는데 더 파 내려가지도 않고 관뒀지 뭡니까. 만약 그 광맥에 제대로 들어가기만 하면 다시 은을 캐낼 텐데 말이죠. 그 광산 아래에는 틀림없이 은이 있습니다."

그중에서도 가장 야비한 사례는 '북쪽별' 광산일 것이다. 그 이야기를 들을 때마다 드는 생각이지만, 그 건은 곧바로 형사 소송감이었다. 광산을 둘러싼 음모가 너무나 명백했기 때문이다.

"저는 북쪽별 광산주를 샀어요."라며 제프는 이야기를 꺼냈다. "한 주당 32센트에 샀는데 주가가 꽁꽁 묶인 것처럼 그 가격에 머물러 있었죠. 그때 대도시에서 온 한 무리의 놈들이 북쪽별 주가를 마구 끌어내리기 시작해서 주가는 24센트까지 떨어졌어요. 그래도 저는 제 주식을 계속 보유했습니다. 그런데 그놈들은 주가를 21센트까지 더 끌어내렸죠. 오늘 아침에 그놈들은 주가를 16센트로 떨어뜨렸지만, 저는 제 지분을 포기할 생각이 없어요. 절대 안 될 일이죠."

다시 2주가 지난 뒤 그 비양심적인 일당이 북쪽별 주가를 또 끌어내리는 바람에 주가는 9센트까지 떨어졌다. 그래도 제프는 주식을 계속 보유했다. "그놈들이 또 북쪽별 주가를 떨어뜨리고 있어요. 하지만 전 제 주식을 계속 붙들고 있을 겁니다."라며 제프는 선언하듯 말했다.

지금까지 선과 악의 갈등이 이보다 더 심한 적은 없었다.

"북쪽별 주가가 6센트가 됐어요. 하지만 저는 지분을 넘기지 않았어요. 그놈들에게 절대 뺏기지 않을 거예요." 제프는 말했다.

그 후로 며칠이 지나 그 범죄 조직은 북쪽별 주가를 그전보다 더 폭락시켰다.

제프는 말했다. "그놈들이 북쪽별 주가를 3센트까지 떨어뜨렸어요. 하지만 저는 북쪽별을 꼭 잡고 있어요. 아무렴요. 그놈들은 북쪽별을 시장에서 완전히 밀어낼 수 있다고 생각하겠지만 그럴 순 없어요. 제가 이미 존슨의 지분을 매입했고, 네틀리의 지분도 전부 인수한걸요. 저는 북쪽별이 완전히 떨어질 때까지 북쪽별을 꼭 잡고 있을 겁니다."

대도시에서 온 그 사악한 일당은 모습을 드러낸 적은 없지만, 북쪽별을 밀어내고 할퀴었다. 그래도 제프는 북쪽별을 꼭 잡고 있었다. 그러자 그 일당은 제프의 손목을 비틀었다. 그런데 바로 그때였다.

바로 그 순간 광산업계에 그저 불가사의라고밖에 할 수 없는 일이 일어났다. 갑자기 번개가 번쩍하더니 전선을 타고 마리포사 뉴스 패킷 신문사에 뉴스가 도착했다. 그 내용은 북쪽별 광산에서 사람이 다니는 길만큼 넓은 은맥이 발견되어 북쪽별 주가가 한 주당 17달러로 껑충 뛰어올랐다는 것이었다.

정말 귀를 의심하게 만드는 소식이었다! 그 소식을 들은 제프는 흥분해서 반쯤 얼이 나간 표정으로 작은 이발소 거울에 기대어 서 있었다. 그의 손에는 4만 달러의 가치를 지닌 광산 가假증권 한 다발이 쥐어있었다!

얼씨구나! 그 경사는 금세 온 도시로 퍼졌다. 마리포사 뉴스 패킷은 그 소식을 실은 호외를 찍어냈다. 이발소는 순식간에 몰려든 사람들로 발 디딜 틈이 없었다. 길 건너에 있는 스미스 호텔에서는 바텐더를 세 명 더 배치해 맥주를 더 많이 공급했다.

그날 오후 마리포사 중심가에서는 광산 주식이 거래되었고 사람들은 그 주식을 사려고 마구 달려들었다. 밤에는 스미스 카페에서 성대한 축하 만찬이 열려 담화가 이어지고, 밖에서는 마리포사 악단이 연주를 했다.

공교롭게도 그다음 날 오후에는 피즐칩의 장례식이 있었다. 드론 사제는 주민들의 민심을 건드릴까 두려워 일요일에 쓸 설교문 전체를 이틀 전에 바꿔야만 했다.

제프가 무엇보다 가장 좋아했던 건 말 그대로 대중의 인정이었다. 그는 이발소 안에 서서 면도에는 거의 신경 쓰지 않고 안락의자에 앉아 있는 대기 손님들에게 자신이 북쪽별 광산 주식을 어떻게 보유했는지부터 시작하여 그 사악한 일당이 주가를 떨어뜨리고 자신이 주식을 지켜낸 전 과정을 설명했다. 그런 일을 겪으면서 속으로 했던 생각을 들려주는 대목에서는 마치 '일리아드(고대 그리스의 시인 호메로스가 트로이 전쟁을 주제로 쓴 서사시 - 역자 주)'에 나오는 영웅들의 독백 장면을 보는 듯했다.

며칠 뒤 대도시의 신문들에는 제프의 광산 주식 투자 성공 이야기가 사진과 함께 기사로 실렸다. 그 사진은 네틀리 푸줏간 위층에 있는 '에드 무어 스튜디오'에서 특별히 촬영한 것이었다. 사진을 보면 제프는 야자수 사이에 앉아 전형적인 광산업자 자세를 취하고 있었다. 한 손은 무릎에 두고 발치에는 개가 한 마리, 그것도 광산에서 보통 데리고 일하는 개가 있었다. 통찰력을 드러내는 얼굴은 4만 달러를 번 사람이라는 사실을 잘 말해주는 듯했다.

그런 대중의 인정은 그 자체로 제프에게 많은 의미가 있었다. 마이라 때문에 그의 재산이 상당한 의미를 지녔던 것도 분명했다.

제프의 딸인 마이라 이야기를 한 적이 있었나? 아마 없었던 것 같다. 그 이야기를 하면 마리포사 사람들은 골이 아프다. 사람마다 이야기가 천차만별이어서 그렇다. 대도시와는 완전히 딴판이다. 이야기를 하나하나 다 들어보지 않으면 어떤 상황인지 도무지 파악이 안 된다.

마이라는 금발에다 얼굴은 그리스 여인처럼 생긴 아가씨로 파리 사람들보다 챙이 최소 15센티미터가 더 넓은 모자를 쓰고서는 이발소에 불쑥불쑥 들어왔다. 마이라가 여성 패션 잡지에서 튀어나온 것 같은 옷차림에 아메리칸 스타일 갈색 부츠를 신고 몸을 좌우로 흔들면서 전화국으로 가는 모습을 보면, 그녀는 마치 걸어 다니는 패션모델 같았다. 마리포사가 인정하고 경탄하는 멋쟁이였다. 앞서 언급했듯이 마이라는 네 명의 전화국 여직원 중 한 명이었다. 출근한 마이라는 헤드폰을 쓰고 높은 걸상에 앉아 전기요금 따위는 아랑곳없다는 듯 전화 연결 플러그를 여기저기 넣었다 뺐다 하느라 몹시 바빴다. 마이라를 보려는 외판원들이 전화국을 빙 둘러싸고 줄을 섰기 때문이다. 외판원들은 아예 전화가 불가능한 온갖 마을에 전화한답시고 자기 차례를 기다리고 있는데, 그 얼굴들이 어찌나 유쾌하고 다정해 보였는지! 보는 이로 하여금 이 남자들은 좋은 성격을 타고났구나 하는 생각이 절로 들게 했다. 그런데 마이라가 비번이 되고, 얼굴이 누렇게 뜬 클레그혼 양이 교대하러 오면 그 외판원들은 다시 가을 낙엽처럼 우수수 사라졌다.

사람들이란 이렇게 제각각이다. 마이라는 애인들을 개처럼 대했다. 바나나 껍질로 애인의 얼굴을 찰싹 때리면서 철저하게 자립심 강한 여성의 모습을 보였다. 반면 얼굴이 누렇게 뜬 클레그혼 양은 자기 계발을 위해 '고대사'에 관한 책을 40센트나 주고 사는 여성이었다. 만약에 바나나 껍질로 마리포사 남자를 누구라도 때렸다면 폭행죄로 체포됐을 것이다.

이야기를 잘 들어주길 바란다. 그렇다고 해서 마이라가 그저 건방지고 쓸모없는 사람이었다는 뜻은 아니다. 절대 그렇지 않다. 상당히 재능 있는 아가씨였다. 그녀가 감리교 친목회에서 에드거 앨런 포의 시 '갈까마귀'를 낭송한 것을 들어봤어야 하는데! 그야말로 천재가 따로 없었다! 고등학교 학예회에서 셰익스피어의 '베니스의 상인'을 연극 무대에 올렸을 때도 그랬다. 당시 여자 주인공 포샤 역을 맡았고, 그 유명한 '재판 장면'에서 보여준 연기는 원작의 인물과 구분이 안 될 정도였다고 마리포사 사람들이 모두 인정했다.

제프가 떼돈을 벌자마자 마이라는 이튿날 아침 전화국에 사표를 냈다. 사람들도 모두 마이라가 가을에 3개월간 연극학교를 다니고 나서 주연 배우가 될 거라고 알고 있었다.

하지만 제프에게는 대중의 인정이 몹시 중요했다. 투자에 처음 성공하면 또 그런 투자 건이 금세 찾아오기 마련이다. 알다시피 수재들은 곧바로 인정을 받는다. 그로부터 일주일도 지나지 않아 제프는 '쿠바 토지 개발 회사'에서 보낸 큰 소포 꾸러미를 받았다. 그 안에는 쿠바의 정황을 찍은 사진들이 들어 있었다. 그 사진들에는 바나나밭과 대농장의 모습, 마체테(중남미에서 쓰는 벌채용 칼 - 역자 주)를 든 농장 일꾼들의 봉기 장면이 찍혀 있었다. 무슨 일인지는 하늘만이 안다. 이 회사는 제프의 소식을 알고 있었다. 자기를 어떻게 알게 되었냐고 따지는 것은 제프같이 겸손한 사람에게는 어울리지 않는 행동이었다. 전 세계 자본가들은 하나이고 같은 세계에 속한다. 만약 그 세계에 발을 들여놓으면 이미 들어와 있는 것이고 그게 전부다! 제프는 카네기나 록펠러 같은 사업가들과 J.P.모건 같은 은행가들이 모두 서로 알고 있는 게 당연한 이유를 깨달았다. 그들은 서로 알아야만 하는 것이다.

어쩌면 이 쿠바 자료는 모건이 직접 보낸 것일지도 몰랐다. 마리포사 사람들 가운데 어떤 이들은 그렇다고 했고 또 어떤 이들은 아니라고 했다. 확실한 것은 없었다.

어쨌든 이 쿠바 사람들은 공정하고 직설적이었다. 그들은 제프에게 편지를 써서 자기네 회사로 바로 들어와 임원이 되어달라고 제안했다. 머리가 좋은 사람을 보면 그런 능력을 곧바로 인정해주는 편이 낫다. 그들은 가만히 앉아서 기다리고 주저하는 사이에 제프가 자기네 회사에 밀고 들어오는 것보다는 지금 제프에게 이사가 되어달라는 편지를 쓰는 쪽이 낫다고 본 것이다.

이 쿠바 사람들은 주저하지 않았다. 그들이 보낸 편지는 쿠바에서 아니 뉴욕의 우편 사서함에서 온 것이지만, 뭐, 쿠바든 뉴욕이든 매한가지다. 쿠바는 뉴욕과 매우 가까운 곳에 있어서 거기 우편물도 뉴욕에서 다 배분하니까. 어떤 금융계에서는 일을 더 천천히 진행하면서 보증이나 그 외의 조건들을 바랄 법도 한데, 이 쿠바 사람들은 미국의 사업가들에게서는 볼 수 없는 왠지 마음을 건드리는 스페인 사람 특유의 온정 같은 것이 있었다. 그랬다. 그들은 보증을 요구하지 않았다. 빠른 우편환이든 은행 환어음이나 수표든 그냥 돈을 보내라고만 했다. 송금 방법은 쿠바 신사들 간의 문제라며 전적으로 당사자에게 맡겼다.

게다가 이 쿠바 사람들은 자기네 사업에 대해서 상당히 솔직했다. 농장 일꾼들이 봉기를 일으켜 빼앗아갔던 지역의 바나나와 담배를 되찾았다고 했다. 그 이야기는 담배 작물, 봉기 장면 등을 포함한 사진으로 전부 확인할 수 있었다. 그들은 성급하게 약속하지 않았다. 다만 기업이 이익을 400퍼센트 실현할 수도 있고 아니면 그 수준에는 미치지 못할 수도 있다고 솔직히 인정했다. 그것 말고 다른 암시는 없었다.

한 달도 되지 않아 마리포사 사람들은 모두 제프가 '쿠바 땅에 발을 들여놨고' 아마도 그해 안에 50만 달러를 벌어들일 것으로 생각했다. 그런 사실은 모른 척하려 해도 모를 수가 없었다. 작은 이발소 안 곳곳에 바나나 농장과 수도 아바나의 항구, 쿠바 사람들을 찍은 사진들이 있었기 때문이다. 사진 속 쿠바 사람들은 흰옷에 주홍색 띠를 두른 차림으로 태양 아래에서 담배를 피우고 있는데 그 모습이 400퍼센트 이익을 낼 수 있다는 사실을 알기에는 너무 무지해 보였다. 그것도 바나나 나무를 재배해서 말이다.

제프에게서 좋았던 점은 그가 면도를 그만두지 않았다는 것이다. 그는 여전히 똑같았다. 심지어 성질 까다로운 마구간지기 존슨이 500달러를 들고 와서 자기를 '쿠바 이사회'에 넣어줄 수 있는지 알아봐달라는 부탁을 받았을 때도 제프는 그 돈을 서랍에 넣고서 예전과 똑같이 면도 비를 5센트 받았다. 며칠 뒤 쿠바 사람들에게서 아니 정확하게는 뉴욕에서 온 편지 한 통을 받았을 때는 당연히 자랑스러운 기색이 역력했다. 존슨이 제프의 친구라는 것 말고는 아무것도 모르는데도 질문 하나 없이 존슨의 돈을 즉시 수락한다고 씌어 있었기 때문이다. 편지에는 그들의 아주 관대한 태도를 보여주는 내용도 있었다. 제프의 친구라면 누구나 쿠바의 친구이며 제프의 친구들이 보내는 돈은 제프의 돈이나 마찬가지이므로 똑같이 다루겠다는 것이었다.

제프가 면도를 그만두지 않은 한 가지 이유는 아마도 면도를 해야 쿠바에 대해 이야기할 수 있어서였던 것 같다. 마리포사에서 제프가 코발트 지역의 광산 주식을 다 팔아버리고 '새롭게 개조된 쿠바 땅'에 들어갔다는 사실을 모르는 사람은 없었다. 그래서인지 제프에게 어떤 신비롭고 이국적인 부자의 후광이 비치는 것 같았다. 왠지 스페인 사람 같은 느낌 말이다. 우리가 아는 사람에게서 받는 그런 느낌이었을 것이다. 사람들은 제프에게 쿠바의 기후와 황열병을 포함해 그곳 흑인들은 어떤지 등등 온갖 질문을 던졌다.

"아, 쿠바는요. 분명히 섬입니다."라며 제프는 설명하기 시작했다. 물론 돈을 쉽게 버는 데 섬이 얼마나 유용한지 모르는 사람은 없다. "그리고 거기 과일들은요. 어떻게 손을 쓸 수가 없을 정도로 엄청나게 빨리 열린다고 하네요." 이렇게 제프는 약초 유통, 농장 일꾼들의 봉기, 기술적인 사항 등 자세한 이야기를 전했다. 자신이 그런 이야기를 어떻게 아는지 상대방이 감탄하고 있다는 생각이 들 때까지 계속 말했다. 돈이 있는 사람은 이런 내용 들을 잘 알고 있어야 한다는 인식이 아직 남아 있었다. 모건, 록펠러를 비롯해 돈을 어마하게 버는 사람들을 모두 한번 보자. 그들은 자기가 돈을 버는 지역에 대해 제프가 쿠바를 아는 것만큼 알고 있다. 당연한 이치다.

제프가 예전과 똑같이 손님을 면도했다고 내가 말했던가? 사실 꼭 그렇지는 않았다. 뭐랄까, 이제는 그의 면도에 훨씬 더 몽환적인 구석이 있었다. 그가 일정한 톤으로 이야기하다가 생각에 잠기는 상태로 넘어가는 방식에 어떤 새로운 요소가 있었다. 나는 한편으로 그런 제프를 오해해서 그가 큰 돈벌이를 궁리하고 있었다고 여겼던 것 같다. 말하자면 대도시 사람들의 사고방식에 젖어 있는 것처럼 보였다고나 할까. 그러고 보니 작은 이발소와 마리포사의 햇살이 훨씬 더 좋았던 시절에도 제프는 구리나 석면, 바나나 농장 따위에 마음이 팔렸었을 거라고 생각했던 것 같다.

어쩌면 나는 제프가 재벌들에게 끊임없는 관심을 보이는 것 같아서 유감스러웠는지도 몰랐다. 제프는 언제나 그런 인물들에 대한 신문 기사 내용을 알고 있었다.

하루는 제프가 이런 말을 했다. "여기 신문 기사를 보니 카네기가 한 천문대에 5만 달러를 기부했다고 나오는군요."

또 어떤 날은 면도하던 중간에 잠깐 멈추더니 거의 속삭이듯 말했다. "여기 신문에 나오는 록펠러를 본 적 있으세요?"

내가 제프의 투기에 또 다른 면이 있다는 사실을 알게 된 것은 순전히 우연이었다. 마리포사에서 그 누구도 지금까지 몰랐고 앞으로도 모를 바로 이 이야기다.

어느 날 밤, 나는 제프를 만나러 그의 집에 갔다가 그 사실을 알게 되었다. 앞에서 말한 것 같은데 제프의 집은 이발소 뒤에 있었다. 이발소 뒷문으로 나가서 그 옆에 색색의 피튜니아 꽃이 피어 있는 풀밭을 지나면 그 끝에 제프의 집이 있었다. 그 길을 가다 보면 블라인드를 친 창문과 망으로 된 문에서 흘러나오는 램프의 불빛이 보였다. 이발소에 손님이 없는 저녁이면 제프는 바로 이 집에 있었다.

집 안에는 둥근 탁자가 하나 있었는데 제프의 아내는 늘 거기에 저녁을 차렸다. 저녁 식사가 끝나면 그 탁자에 체크무늬 천을 깔고 갓을 씌운 램프를 놓았다. 탁자 앞에는 안경을 쓴 제프가 앉아서 신문을 펼쳐 들고 카네기와 록펠러에 대한 기사를 읽었다. 제프의 아내는 제프와는 가깝지만, 탁자와는 좀 떨어진 곳에서 바느질을 했다. 당시 전화국 일을 그만두었던

딸 마이라는 탁자 위에 두 팔을 올려놓고 마리 코렐리의 소설을 읽었다. 제프가 큰돈을 번 직후에 잠깐 연극 학교 안내서를 읽긴 했지만 말이다.

내가 찾아간 그날 밤, 신문에서 무슨 기사를 읽고 그랬는지는 모르겠지만 제프는 신문을 내려놓고서 카네기에 대한 얘기를 꺼냈다.

"제가 장담하는데…" 제프는 눈을 완전히 감고 계산을 하면서 말했다. "카네기 이 양반을 팔면 그 금액이 아마 200만 달러쯤 될 거예요. 여기 록펠러와 모건도 팔면 각각 200만 달러쯤 될 거고요."

부연 설명을 하자면 마리포사에서는 어떤 사람의 실제 가치를 따지고 싶을 때 그 사람을 팔면, 말 그대로 경매에 부치면 얼마가 나올지 가정해보는 방법을 즐겨 사용한다. 여기서는 그것이 사람을 평가하는 유일한 방법이었다.

"그런데 지금 그 사람들을 한번 보세요." 제프는 계속 이야기했다. "돈을 벌어서 그 돈으로 뭘 하고 있죠? 기부를 해요. 그럼 누구한테 기부를 하죠? 왜 이런 질문을 하냐면 그들은 그 돈이 필요하지 않은 사람들에게 항상 기부하기 때문이에요. 대학교수나 연구자나 뭐 그런 사람들한테 말이죠. 그럼 가난한 사람들한테도 그 돈이 갈까요? 단돈 1센트도 가지 않아요. 앞으로도 계속 그럴 거고요."

"여러분, 제가 한 말씀 드리겠습니다."라며 제프는 말을 이어갔다. (이 시점에 '여러분'은 없었지만, 마리포사에서는 누구나 정말 중요한 말을 꺼낼 때 언제나 '여러분'이라는 가상의 청중을 둔다) "제가 이 쿠바 투자에서 100만 달러를 번다면 저는 그 돈을 가난한 사람들한테 곧바로 기부할 겁니다. 그래요. 그 돈을 1,000달러씩 백 단위로 나눠 아무것도 가진 게 없는 사람들에게 나눠줄 겁니다."

나는 그 얘기를 들은 뒤로 줄곧 쿠바의 바나나가 무엇을 위해 재배되고 있는지 정확히 알게 되었다.

그 후로 제프는 자신의 계획을 한 번도 입 밖에 내지는 않았지만, 그 계획과 관련 있는 듯한 질문을 많이 했다. 예를 들면 하루는 시각장애인 시설 한 곳에 그런 장애인들을 몇 명이나 수용할 수 있으며 그들과 어떻게 연락을 취할 수 있는지 내게 물었다. 또 한 번은 그런 고칠 수 없는 장애가 있는 사람들을 위해 광고를 하면 그들의 상황을 충분히 보여줄 수 있는지 물었다. 내가 알고 있는 사실은 제프가 니벤스 변호사에게 의뢰해 미시나바주州의 모든 사람에게 쿠바의 바나나 농장 땅을 1,200평씩 나눠주겠다는 법적 문서를 작성할 수도 있었다는 것이다.

하지만 제프가 하려던 일에 대해 이렇게 이야기한들 무슨 소용이란 말인가? 지금은 그 일을 아는 사람도, 신경 쓰는 사람도 없는데 말이다.

이 이야기의 결말은 예정되어 있었다. 마리포사에서도 분명히 그렇게 생각했던 사람들이 더러 있었다. 그렇지 않았다면 외환은행 지점장인 헨리 멀린스가 뉴욕으로 4만 달러짜리 환어음을 발행하면서 야단법석을 떨었던 일은 어떻게 봐야 할까? 스미스 호텔의 프런트 데스크 직원인 빌리가 쿠바에 투자하고 싶어 했을 때 스미스 씨는 왜 빌리에게 밀린 임금을 주지 않았던 걸까?

맞다. 어떤 이들은 이런 결말을 예상했던 게 틀림없다. 하지만 그런 일이 막상 닥쳤을 때는 너무나 조용했던 것 같다. 여태 그렇게 잠잠했던 적은 없었다. 북쪽별 광산 소식이 전해져 축하 만찬이 열리고 마리포사 악단이 연주를 하던 때와는 천지 차이였다. 그때와는 정반대로 이런 일들이 얼마나 조용히 일어났는지 참으로 이상하다.

뉴욕에서 발생했던 '쿠바 땅 사기' 사건을 기억하는가? 당시 범인이었던 포르포리오 고메즈가 형사를 쏜 뒤에 공범 막시모 모레즈와 함께 20만 달러를 챙겨서 달아난 사건 말이다. 그렇지, 기억이 안 나는 게 당연하다. 대도시 신문들조차 그 사건을 지면에서 너무나 작게 다뤘을 뿐만 아니라, 사기꾼들의 이름도 기억하기 어려운 이름이었기 때문이다. 바로 그 사기단이 가지고 튄 돈 중 일부가 제프의 돈이었다. 멀린스는 누군가에게 그 소식을 전보로 받고 제프에게 보여줬다. 그때 제프는 부동산 중개인과 함께 도시 뒤쪽 언덕에 있는 넓은 공터를 보려고 큰길을 걸어가던 중이었다. 그 터는 장애인들을 위한 공간을 만들려던 곳이었다.

제프는 너무나 조용히 이발소로 돌아왔다. 혹시 다친 동물이 지나가는 장면을 본 적이 있는가? 얼마나 조용조용 움직이는지 모른다. 제프가 바로 그렇게 걸어갔다.

꽤 오래전 일이긴 하지만, 그때부터 이발소는 매일 밤 11시까지 열려 있었다. 제프는 마구간지기 존슨, 바로 그 성질 까다로운 인간이 쿠바 사기단에 보냈던 500달러를 갚으려고 지금도 손님을 면도하고 있다.

그래서 마음이 아프다고? 쯧쯧! 마리포사를 모르고 하는 소리다. 제프는 꽤 늦게까지 일해야 하지만 그건 아무것도 아니다. 한평생 열심히 일했던 사람에게 그런 건 전혀 문제가 되지 않는다. 마이라는 전화국으로 돌아왔다. 사람들은 마이라가 다시 일하게 되어서 기뻐했다. 마이라는 이제 자기가 싫어하는 게 한 가지 있다면 그건 바로 연극이라고 한다. 그리고 여자배우들이 그걸 어떻게 견디는지 모르겠다고 말한다.

어쨌든 결과는 별로 나쁘지 않다. 알다시피 마침 그때 스미스 씨의 카페가 문을 열었다. 스미스 씨는 제프의 아내를 찾아와서 매일 달걀 여든네 개가 필요하니 바로바로 공급해달라고 말했다. 닭들도 돌아왔다. 숫자는 더 늘어서 말이다. 아침마다 그 닭들이 자기가 낳은 알들을 보고서 얼마나 뛸 듯이 기뻐하는지 이발소에서 록펠러에 대해 이야기하고 싶어도 닭들이 꼬꼬댁꼬꼬댁하며 시끄럽게 울어대는 통에 그 이름이 귀에 들리지 않았다.

3장. 우애 공제회의 유람선 나들이

7월의 어느 날. 아침 6시 반! 깃발로 치장한 마리포사벨호號는 증기를 내뿜으며 선착장에서 곧 출발하려 한다.

오늘은 유람선 나들이를 떠나는 날!

태양 아래 펼쳐진 위사노티호수는 유리처럼 맑고 잔잔하다. 보석처럼 영롱한 빛깔을 띤 아침 햇살이 호수 수면에서 반짝인다. 호수 위로는 작은 솜털로 짠 것 같은 가느다란 실안개가 서서히 걷히고 있다. 아비새loon의 긴 울음소리가 호수에 울려 퍼진다. 공기는 시원하고 상쾌하다. 신선한 아침 공기 속에서 고요한 소나무가 있는 땅에 새로운 생명이 깃든다. 아침 햇살에 빛나는 위사노티호수! 이 호수 앞에서 이탈리아의 호수나 스위스의 알프스 얘기는 꺼내지 마라. 그런 곳들은 옆에다 치워놓아라. 아니, 어디 다른 데로 멀리 옮겨놓아라. 그런 곳들은 다 필요 없다.

배는 여기저기 깃발로 장식되어 있고 선착장에는 마리포사 사람들이 모두 나와 있다. 마리포사 악단 단원들은 챙이 달린 정모正帽를 쓰고 커다란 코넷(브라스 밴드에서 소프라노 음역을 담당하는 금관악기로 트럼펫과 유사함 - 역자 주)에 끈을 달아 몸에 묶고 언제라도 연주할 준비가 되어 있다. 베니스의 가면 축제나 델리 더르바(영국의 식민지 시대에 인도 황실의 대관식을 진행하던 군중 집회 - 역자 주) 이야기는 하지도 마라. 그런 행사는 보지도 않겠다. 차라리 눈을 감겠다. 빛과 색의 향연으로 말할 것 같으면 마리포사의 호수 아래쪽, 아침 안개에 가려 보이지 않는 '인디언 아일랜드'로 떠났던 나들이가 항상 떠오른다.

교황령 방위 보병과 버킹엄 궁전 근위병에 대해 이야기할 테면 해봐라. 정복正服을 갖춰 입은 마리포사 악단과 더불어 단체 휘장과 소풍 바구니, 5센트짜리 시가를 챙기고 바텐더를 대동한 마리포사 우애 공제회를 보고 싶으니 그런 이야기는 귀에 담지 않겠다.

출발 예정 시간이 임박했다. 선착장에는 사람들이 다 모여 있고, 배는 30분 후에 떠날 예정이다. 꼭 알아둬라. 30분 후다. 마리포사벨호號는 이미 기적을 두 번 울렸다. 6시 정각과 6시 15분에 울렸고, 지금 당장 또 울리려고 한다. 크리스티 존슨이 조타실로 가서 기적을 울리는 줄을 잡아당기며 배가 30분 후에 떠난다는 사실을 알릴 것이다. 그러니 계속 준비하고 있어야 한다. 샌드위치를 사려고 스미스 호텔에 급히 다녀올 생각은 하지 말자. 네틀리 푸줏간 옆에 있는 그리스 식품점에 가서 과일을 사 오려는 어리석은 짓은 하지 말자. 그랬다가는 배에 오르지 못할 게 분명하다. 샌드위치나 과일은 신경 쓰지 말자. 여기 스미스 씨가 공장 일꾼들을 다 먹일 수 있을 정도로 엄청나게 큰 식량 바구니를 들고 왔다. 바구니 안에는 샌드위치가 확실히 있을 것이다. 그 안에서 뭔가 쟁그랑쟁그랑하는 소리도 들리는 것 같다. 스미스 씨 뒤에는 스미스 카페에서 일하는 독일인 웨이터가 다른 바구니를 하나 더 들고 있는데 그 안에 맥주가 들어 있는 것은 안 봐도 빤하다. 독일인 웨이터 뒤에는 스미스 호텔 바의 바텐더가 서 있는데 겉으로 보면 손에 든 것이 아무것도 없다. 마리포사를 아는 사람이라면 바텐더가 태연하게 빈손으로 서 있는 이유를 이해하고도 남을 것이다. 사실 그의 리넨 코트 속에는 호밀 위스키 두 병이 들어 있다. 코트 안주머니에 위스키 두 병을 넣고 걸으면 걸음걸이가 특이해서 눈에 띄기 마련이다. 마리포사에서는 나들이 갈 때 맥주를 가져오는 것은 여론 상 어느 정도 용인한다. 하지만 위스키는 아무래도 좀…, 조심해야 한다.

스미스 씨가 여기 있다는 말을 굳이 해야 할까? 그가 온 이유는 마리포사 사람들이 모두 여기에 와 있어서다. 뉴스 패킷의 편집장인 허셀은 우애 공제회의 표시인 파란 리본을 코트에 달았으며 단체 규약에 따라 금주를 선언한 상태다. 외환은행 지점장인 헨리 멀린스도 우애 공제회 회원이었는데 그는 그 규약을 자체 수정하여 '포그램 스페셜('포그램'은 소수 민족이나 종교에 대한 집단 학살이나 박해를 의미하는 말이며, '포그램 스페셜'은 작가가 지어낸 술 이름임 - 역자 주)'을 담은 작고 납작한 휴대용 술병을 바지 뒷주머니에 넣어두었다. 우애 공제회의 사제를 맡고 있는 영국 국교회의 루퍼트 드론 사제는 낚싯대를 가져왔다. (인디언 아일랜드의 바위틈에서는 큰입우럭을 찾아볼 수 없다) 곤들매기가 있을 때를 대비해 끌낚시 줄도 챙겼으며, 강꼬치고기를 잡을 때 쓰는 그물까지 들고 왔다. 청년들이 있을 경우를 대비해 큰딸 릴리언도 데려왔다. 지금까지 루퍼트 드론 사제 같은 치밀한 낚시꾼은 어디에서도 본 적이 없다.

우애 공제회의 나들이를 있는 그대로 이야기하다 보면 좁은 의미로 해석해 오해가 생길 수 있으므로 부연 설명을 좀 해야겠다. 모든 마리포사 주민은 사실상 우애 공제회에 속해 있을 뿐 아니라 그 밖의 단체에도 전부 소속되어 있다. 이런 사실은 이 도시의 훌륭한 점이자 대도시와 굉장히 차이가 나는 점이다. 이를테면 모든 사람이 모든 일에 관련되어 있다.

이제 그런 사례를 한번 살펴보자.

가령 '성聖 패트릭의 날'에는 모두가 옷에 초록 리본을 달고 켈트족처럼 소리 내어 웃고 즐거워하며 아일랜드의 자치 문제에 관해 이야기한다.

'성聖 안드레아 축일'에는 모두가 옷에 스코틀랜드의 국화인

엉겅퀴꽃을 달고 만나는 사람마다 악수를 한다. 이날은 모든 사람의 눈빛에서 스코틀랜드 사람 특유의 정직함을 느낄 수 있다.

'성聖 조지 축일'에는 모두가 잉글랜드 사람들 빰칠 정도로 활기가 넘친다. 잉글랜드 사람인 것처럼 기뻐하면 안 될 이유가 없지 않은가?

미국 독립기념일에는 절반이 넘는 시내 상점에 성조기가 휘날리고 모든 남자들이 갑자기 시가를 피워댄다. 루스벨트나 브라이언 같은 미국 정치인들과 식민지였던 필리핀 군도에 관해 모르는 게 없는 사람이 된다. 그러다 보면 이발사 제퍼슨 소프 일가가 미국 매사추세츠 주州에서 왔고, 제프의 삼촌은 '벙커힐 전투(미국 독립전쟁 초기에 매사추세츠주州 찰스타운의 벙커힐에서 일어난 미국군과 영국군의 전투 - 역자 주)'에 참전했었다는 이야기도 나온다. (벙커힐이 분명한데도 제프는 그곳이 다코타주州에 있다고 끝까지 주장할 것이다) 또한 상업은행 지점장 조지 더프의 누이가 결혼해서 미국 뉴욕주州의 로체스터에 살고 있고, 남편이 꽤 괜찮은 사람이라는 이야기도 나온다. 사실 조지가 그곳에 다녀온 것은 8년 전 일이었다. 어쨌든 7월 4일 미국 독립기념일만큼은 가장 미국적인 도시라고 볼 수 있는 곳이 바로 마리포사다.

여기서 잠깐! 마리포사와 영국과의 관계에 금이 간 게 아닐까 걱정된다면 미국 독립기념일로부터 일주일쯤 뒤인 7월 12

일에 벌어지는 '오렌지 행진'을 보면 된다. 이날 마리포사 사람들은 모두 옷에 오렌지색 리본을 달고 오렌지당(북아일랜드가 영국에 계속 통합되어 있어야 한다고 주장하는 신교도 정당 - 역자 주)의 당원이 되어 큰 행렬을 지어 거리를 걷는다. 영국에 충성을 맹세하면서. 캐나다를 방문한 영국 왕자가 서부로 가는 길목인 마리포사 기차역 승강장에 잠시 내렸을 때 사람들이 그에게 보냈던 환호를 떠올려보는 것도 좋겠다. 이것으로 마리포사와 영국과의 관계에 대한 의문은 어느 정도 풀렸으리라 본다.

마리포사에서는 누구나 우애 공제회와 비밀공제조합 Oddfellow과 프리메이슨(런던에서 결성된 세계시민주의와 인도주의를 추구하는 비밀 결사 단체 - 역자 주)은 물론, 신발에 스노우 슈즈를 덧신고 눈 위를 걷는 운동 동호회와 여성 친우회 같은 모임에도 소속되어 있다.

6시 45분이 되자, 증기선 마리포사벨의 기적이 또 울렸다. 아직도 선착장에 오지 않은 사람은 지각이라는 것을 확실히 알려주려는 듯 소리가 아주 크고 길었다. 배를 타려면 이제 15분 안에 이곳에 도착해야만 한다.

선착장에 얼마나 많은 사람들이 모였는지 모른다! 게다가 그들은 계속 배에 올라타고 있다! 배에 그 많은 사람들을 다 태울 수 있다는 게 참으로 신기하다. 바로 그런 모습이 마리포사벨의 경이로운 점이었다.

마리포사벨 같은 증기선들은 어디에서 왔는지 모르겠다. 지금까지도 전혀 알려지지 않았다. '할랜드 앤 울프(영국 북아일랜드 벨파스트에 있는 조선 및 해상구조물 전문 중공업체로 타이타닉호號를 비롯한 대형 선박을 만든 곳 – 역자 주)' 같은 조선소에서 건조될까? 이런 문제는 자세한 내용을 확인하지 않고서는 바로 답하기 어렵다.

마리포사벨은 마리포사이기에 뭔가 다른 어떤 기이한 특징들이 있는 것 같다. 무슨 말인고 하니 배의 크기가 고무줄처럼 늘었다 줄었다 하는 것이다. 겨울에 그 배를 보면 눈더미에 뒤덮여 조타실 창문도 잘 보이지 않는다. 꽁꽁 얼어서 선착장에 정박해 있는 모습이 마치 땅콩호박butternut 만큼이나 작고 볼품없어 보인다. 반면 여름에는 전혀 다른 모습을 보여준다. 특히 마리포사에 온 지 한두 달 정도 된 사람이 카누를 타고 그 배 옆에서 나란히 노를 저어 가보면, 배가 위로 옆으로 점점 커지면서 엄청나게 크고 어두운 그늘을 드리우는 광경을 보게 된다. 그러면 마리포사벨이 대양을 건너는 여객선 루시타니아와 다를 게 없다는 생각이 든다. 둘 다 참으로 큰 배라는 감탄사밖에 나오지 않는다.

배의 치수를 알아도 그 크기를 이해하는 데 별 도움이 되지는 않는다. 마리포사벨은 물 위에 떠 있을 때 물에 잠기는 부분의 깊이가 뱃머리에서는 45센티미터이고, 배꼬리에서는 그보다 조금 더 깊이 잠겨서 47센티미터다. 유람선 나들이 승객을 배에 태우면 물에 잠기는 깊이가 5센티미터는 족히 늘어난다.

이제 물 위의 상황을 보기 위해 배의 갑판을 한번 두루 살펴보자! 선착장에서 배에 올라탈 때 바로 이어지는 갑판에는 창이 나 있는 선실이 자리 잡고 있다. 선실 뒤쪽 갑판에는 긴 탁자를 놓았다. 위로 시선을 옮기면 의자들이 전부 쌓여 있는 갑판이 눈에 들어온다. 앞쪽 갑판에는 마리포사 악단이 둥근 대형으로 서 있다. 위층에는 조타실이 있다. 조타실 위에는 금으로 이름을 새긴 배의 명판과 깃대, 쇠밧줄, 깃발들이 보인다. 갑판 한쪽에는 샌드위치를 파는 간이식당이 마련되어 있고 기관실도 자리 잡고 있다. 갑판 아래층은 호수면 아래의 깊이로 선원들이 자는 공간이다. 이렇게 층이며, 계단이며, 통로며, 증기 기관에 쓸 장작더미들을 아무리 봐도 할랜드 앤 울프가 이 배를 만들지 않았다는 생각이 든다. 그 업체는 이런 배를 만들지 못했을 것이다.

마리포사벨 같은 거대한 배도 이미 승선한 사람들 외에 선착장에 남아 있는 사람들까지 전부 태우는 것은 불가능해 보였다. 실제로 군중은 두 부류로 나뉘었다. 모두 마리포사 주민들이긴 하지만, 유람선 나들이를 가는 사람들이 있고 그렇지 않은 사람들이 있다. 나들이 가려고 온 사람과 가지 않으려고 온 사람이 전부 모인 셈이다.

예를 들면 외환은행의 창구 직원 두 명이 선착장에 나란히

서 있다. 둘 중 한 명은 얼굴이 말처럼 길쭉하고, 넥타이에 조각 장식 핀을 달았는데 유람선 나들이를 간다. 나머지 한 명은 얼굴이 다른 말처럼 길쭉하고, 넥타이에 다른 조각 장식 핀을 달았는데 유람선 나들이를 가지 않는다. 마찬가지로 마리포사 뉴스 패킷의 허셀은 가지만, 그 옆에 있는 남동생은 가지 않는다. 드론 사제의 맏딸인 릴리언 드론은 가지만, 릴리언의 여동생은 가지 못한다. 이들 외에도 거기 모인 사람들은 전부 이렇게 둘로 나뉘었다.

그런데 증기선 사고가 일어나는 날의 아침 풍경은 그런가 보다.

인생이란 얼마나 묘한 것인지!

그날 아침을 떠올려보면 모든 사람이 배를 타고 싶어서 마음이 너무나 들떠 있었다. 그중에는 배를 타려고 달려오면서 혹여 놓칠까 몹시 걱정하는 사람들도 있었다. 증기선 사고를 앞두고 있는데 말이다. 선장은 기적을 울려서 늦게 오는 사람들은 그냥 두고 가겠다며 아주 엄한 경고를 보낸다. 사고를 당하지 않게 남겨놓고 가겠다고 말이다! 결국 거기 모인 사람들은 죄다 사고를 당하고 싶어 하는 꼴이 된다.

어쩌면 인생은 내내 그런 모양인지도 모른다.

무엇보다 신기한 것은 그런 사고가 났을 때 마리포사벨에 타지 않고 남게 된 사람들, 즉 이런저런 이유로 유람선 나들이를 가지 못하게 된 사람들이 그 배를 타는 일을 어떻게 피할 수 있었는지 사후에 들려준 이야기들이다.

어떤 이야기들은 정말 놀라울 따름이었다. 니벤스 변호사는 그날 대도시에 가 있었다는 이유만으로 사고를 면했다.

재봉사 타워스가 사고를 피할 수 있었던 이유는 단지 유람선 나들이를 가지 않기로 작정하고 집에서 8시까지 침대에 누워 있어서였다. 나중에 타워스의 이야기를 들어보니 그날 새벽 5시 반에 잠이 깨서 유람선 나들이가 있는 날이구나 하고 생각은 했는데 왠지 설명할 수 없지만, 나들이를 가지 않기로 결심한 것이 이상하게 기뻤다고 했다.

경매인 요들의 경우는 훨씬 더 불가사의했다. 요들은 바로 전주前週에 비밀공제조합Oddfellow 기차 나들이를 다녀왔었고, 그 전주前週에는 보수당 야유회에 갔었다. 그래서 이번 우애 공제회 유람선 나들이는 가지 않기로 결정했다. 사실 그는 가고 싶은 생각이 눈곱만큼도 없었다. 나중에 요들은 그 전날 밤에 있었던 일을 전하면서 마치 그때 상황처럼 실감나게 이야기했다. 그는 길을 걷고 있었다. 니페와가街와 티컴세가街 모퉁이에서 (그는 바로 그 지점이었다고 강조했다) 어떤 사람이 그를 멈춰 세우고는 "내일 우애 공제회 나들이에 가세요?"라고 물었다. 그는 "아뇨"라고 대답했다. 10분 뒤 댈하우지가街와 브록가街 모퉁이에서 (그는 정확한 장소를 증언해줄 수 있는 당사자를 부를 수 있다고 했다) 또 다른 사람이 그를 멈춰

세우고는 “내일 유람선 나들이 가나요?”라고 물었다. 그는 아까와 같은 어조로 “아뇨”라고 분명히 대답했다.

요들은 나중에 이런 얘기도 덧붙였다. 선박 사고 소문을 들었을 때 자신은 신의 계시를 받은 것 같아 무릎을 꿇고 감사 기도를 올렸다고.

모리슨의 경우도 비슷했다. (톰슨의 사위이자 글로버 철물점에서 일하는 모리슨 말이다) 그는 나중에 이야기하길 최근 신문에서 광산 사고, 비행기 사고, 자동차 사고 등 사고 소식을 너무나 많이 접해 불안해졌다고 했다. 그러던 중 사고 전날 저녁 식사 시간에 아내가 “유람선 나들이 갈 거예요?”라고 물었다. 그는 “아니. 내키지 않아.”라고 대답하고는 이런 말을 덧붙였다. “어쩌면 장모님은 가고 싶어 하실 수도 있겠군.” 다음 날 저녁, 땅거미가 깔리기 시작할 무렵 사고 소식이 온 도시에 알려지자 그는 머릿속에 이 생각이 가장 먼저 섬광처럼 떠올랐다고 한다. ‘장모님이 그 배에 타고 있어!’

모리슨의 말을 그대로 옮기면 이랬다. 그는 한 치의 의심이나 혼란도 없었다고 한다. 장모님이 루시타니아호號나 올림픽호號, 그 밖의 다른 대형 여객선에 탔으리라는 생각은 추호도 하지 않았다. 장모님이 마리포사벨호號에 탔다는 것을 잘 알고 있었다. 충격에 휩싸인 그때 상황은 누구라도 자기를 때려 눕힐 수 있었을 거라고 말했다. 그러나 실제로 그러는 사람은 없었다. 심지어 반쯤 쓰러져 무릎을 꿇고 있을 때에도 그러는 사람이 없었다. 그를 때려눕히거나 발로 차기에 훨씬 쉬운 순간이었을 텐데 말이다. 사람들은 정말 기회를 잘 놓친다.

지금까지 이야기한 대로 요들이든, 모리슨이든, 누구든 간에 해가 진 뒤 이런 소동이 일어나기 전까지는 어떤 사고가 일어났을 거라고 아무도 생각하지 못했다.

혹시 땅거미가 질 무렵, 3킬로미터 넘게 떨어진 호수에서 아주 길고 요란하게 울리는 증기선의 기적 소리를 들어본 적이 있는가? 그 소리를 듣고서 무슨 일인지 궁금해하는 와중에 비상용 신호탄이 하늘로 솟아오르는 게 보이고, 도시에서는 바로 자기 옆에서 화재를 알리는 종이 땡땡 울리며, 사람들이 선착장으로 우르르 달려가는 모습을 보는 그런 경험을 해보았는가?

그 여름날 저녁 마리포사 사람들은 호수에 구조선이 뜨는 광경을 보았다! 그 구조선은 밑바닥이 평평하고 양쪽에 노가 일곱 개씩 달려 있으며 열네 명의 구조원이 노를 저을 때마다 뱃전에 물보라가 일어났다.

이런 식으로 이야기하면 안 될 것 같다. 사고가 발생하기 전까지는 그 일에 대해 입을 다무는 게 상책이다. 마리포사에 대해 글을 쓰거나 그곳의 이야기를 들을 때에는, 게다가 그곳을 잘 아는 사람이라면 더더욱 그날 아침의 나들이 인파와 저녁에 일어난 사고 장면 사이의 극명한 대비가 머릿속에 너무도 생생히 떠올라 그날 일이 생각날 수밖에 없다.

일단 사고에 대해서는 신경 쓰지 말고 그날 아침 상황으로 돌아가 보자. 배는 7시에 떠날 예정이었다. 출발 시간은 한 치의 오차도 없었기에 그냥 7시가 아니라 7시 정각이었다. 마리포사 뉴스 패킷에 실린 공고문에도 "배는 7시 정각에 떠날 예정이다."라고 나와 있었다. 미시나바가街의 전신주들에 붙은 광고 포스터에도 "가자, 인디언 아일랜드로!"라는 문구로 시작해 "배는 7시 정각에 떠납니다."라는 문장으로 끝났다. 선착장에도 "배는 정각에 떠납니다."라고 쓴 공지문을 크게 붙여 놓았다.

7시 정각이 되자 기적 소리가 아주 크고 길게 울렸다. 7시 15분에 짧고 위압적인 소리가 세 번 울렸고, 7시 30분에는 화난 듯한 소리가 아주 짧게 한 번, 딱 한 번 울렸다. 선착장에 매어놓은 밧줄들을 다 풀기가 무섭게 마리포사벨은 선체에 꽂힌 수많은 깃발을 휘날리며 출항했다. 그 순간 마리포사 악단은 아주 절묘하게 '캐나다 국가'를 연주했다.

어떤 나들이든 출발할 때는 거의 똑같은 양상인 것 같다. 마리포사벨에 승선한 사람들은 저마다 갑판 의자, 휴대용 접의자, 바구니를 들고서 위아래로 이리저리 배 안을 뛰어다니며 앉을 자리를 찾느라 분주했다. 좋은 자리를 잡고도 더 좋은 자리가 있을까봐 안절부절못하고 다시 좋은 자리를 찾아 나섰다. 사람들은 햇볕이 내리쬐지 않는 자리를 찾아다녔고,

그런 자리를 찾으면 추워서 덜덜 떨지언정 남 좋은 일은 시키지 않겠다며 툴툴거렸다. 땡볕 아래 앉은 사람들은 내가 통구이가 되려고 50센트를 낸 게 아니라며 투덜댔다. 어떤 사람들은 증기선 굴뚝에서 나오는 시커먼 연기재를 뒤집어쓰려고 50센트를 낸 게 아니라고 말했다. 한쪽에서는 배의 프로펠러 진동 충격으로 죽으려고 50센트를 내지 않았다는 사람들도 있었다.

지금까지는 상황이 그럭저럭 괜찮았다. 사람들은 배 안 여기저기에 끼리끼리 모인 듯했다. 여자들, 특히 나이 든 여자들은 모두 중력에 이끌리듯 아래층 갑판의 선실 안으로 들어가서 탁자에 둘러앉아 바느질을 했다. 창문을 모조리 닫고서는 그들 말마따나 마치 집에 있는 것처럼 이내 편안함을 느꼈다.

젊은 남자들과 호탕한 사내들, 악단 단원들은 아래층 갑판 뱃머리에 자리를 잡았다. 그 자리는 배에서 둘둘 말린 지저분한 밧줄과 닻을 놓아둔 곳이었다.

위층 갑판 뒤쪽에는 릴리언 드론과 고등학교 교사인 로슨 양이 있었다. 로슨 양은 독일 시집을 들고 있었는데 보아하니 괴테 시집인 것 같다. 주변에는 외환은행 창구 직원과 청년들이 있었다.

갑판 중앙에는 드론 사제와 갤러거 박사가 난간 앞에 서서 쌍안경으로 호숫가를 보고 있었다.

조타실 앞쪽의 작은 공간에는 나이 든 남자들 무리가 있었다. 마리포사의 양대 은행 지점장인 멀린스와 더프 그리고 스미스 씨가 갑판 의자에 앉아 있었다. 그 옆에는 장의사 깅엄 씨가 등받이가 없는 접의자에 앉아 있었다. 깅엄 씨에게는 이런 유의 소풍에 참여하는 것이 어느 정도 원칙이자 사업상의 문제나 다름없었다. 이런 수상 파티에서는 무슨 일이 생길지 아무도 모르기 때문이다. 그는 이 자리에 산뜻한 검은 정장을 입고 왔다. 그 옷은 직업상 입는 어둡고 무거운 정장이 아니라 잿빛이 돌고 몸에 착 감기는 화사함과 단정함이 절묘하게 결합된 의상이었다.

"그래요." 깅엄 씨가 호숫가 쪽을 향해 검은 장갑을 흔들면서 말했다. "저는 이 호수를 잘 압니다. 아주 잘 알죠. 왕년에 이 호수를 꽤 많이 샅샅이 다녔거든요."

"카누를 탔나요?" 누군가가 물었다.

"아뇨. 카누를 타진 않았어요." 깅엄 씨가 대답했다. 목소리는 짐짓 특이하고 차분했다.

"요트를 탔나 보군요." 다른 누군가가 말했다.

"아뇨. 요트는 탈 줄 모릅니다." 깅엄 씨가 말했다.

"난 여태 당신이 물이 있는 곳에 가는 줄 전혀 몰랐네요." 스미스 씨가 불쑥 끼어들며 말했다.

"아, 지금은 아닙니다." 깅엄 씨가 설명했다. "몇 년 전 일이에요. 제가 마리포사에 와서 첫 여름을 맞았을 때였죠. 실제로 온종일 물 위에 있었어요. 뭐, 사람의 식욕을 돋우고 건강을 유지하는 일 따위는 전혀 아니었지만요."

"캠핑을 했나요?" 스미스 씨가 물었다.

"밤에는 캠핑을 했죠." 깅엄 씨가 인정했다. "우리는 사실상 온종일 물 위에서 일했습니다. 대도시에서 이곳으로 휴가를 왔다가 항해용 카누를 타고 사라져버린 문제의 인물을 찾고 있었어요. 우리는 그 사람을 찾아 그물로 호수 바닥을 훑었습니다. 매일 해가 뜨면 일어나 호숫가에서 불을 피워 아침 식사를 준비했어요. 아침을 먹고 나면 파이프에 불을 붙여 담배를 피웠고 그러고 나면 그물을 들고 나가 계속 일했죠. 정말 멋진 생활이었어요." 깅엄 씨는 아쉬운 듯 이야기를 끝냈다.

"그 사람을 찾았나요?" 두세 명이 동시에 물었다.

그는 잠시 뜸을 들이다가 대답했다.

"찾았습니다. 말발굽곶串Horseshoe Point을 지나 그 아래에 있는 갈대 사이에서 그를 발견했죠. 하지만 소용없었어요. 그 남자는 눈앞에서 금세 퍼렇게 변해버렸습니다."

깅엄 씨가 그렇게 깊은 상념에 빠지고 배가 호수 위에서 800미터쯤 더 나아간 다음에야 비로소 누군가 다시 침묵을 깼다.

그들은 이런 이야기들을 하면서 시간을 보냈다. 하루 동안 물 위에서 이보다 더 어울리는 일이 뭐가 있겠는가?

마리포사벨은 잔잔한 물살을 가르며 계속해서 호수 아래쪽으로 나아갔다. 배는 미루나무곶串Poplar Point을 지났는데 그 곳의 높은 모래 언덕은 온통 제비 둥지였다. 드론 사제와 갤러거 박사는 서로 번갈아 가며 쌍안경으로 그 풍경을 보았다. 제비들과 모래 언덕, 수풀이 얼마나 또렷하게 보이는지 정말 근사했다. 마치 맨눈으로 보는 것 같았다.

조금 더 내려가니 자갈이 깔린 호숫가가 나왔다. 캐나다 역사를 좀 아는 갤러거 박사는 드론 사제에게 샹플랭(17세기 초에 활동한 프랑스의 탐험가로 캐나다에서 식민지를 개척해 퀘벡 도시를 건설하고 초대 식민지 총독을 지냄 - 역자 주)이 300년 전에 프랑스의 탐험가들을 거느리고 이 호숫가에 상륙했다는 것이 참으로 불가사의하다고 말했다. 캐나다 역사를 모르는 드론 사제는 샹플랭이 오기 훨씬 전부터 전지전능하신 하느님이 손으로 흙과 돌을 쌓아 언덕과 바위산을 만들었다는 것이 훨씬 더 기묘하다고 말했다. 갤러거 박사는 프랑스인들이 길도 없는 황무지에서 어떻게 길을 찾아 나아갔는지 참으로 놀랍다고 했다. 드론 사제는 전지전능하신 하느님이 심지어 가장 작은 나무들이 있을 곳까지 정해둔 것도 참으로 놀라운 생각이라고 했다. 갤러거 박사는 샹플랭의 탐험과 개척에 완전히 감탄했다고 했다. 드론 사제는 전지전능하신 하느님이 하시는 일에 완전히 경외심을 느낀다고 했다. 갤러거 박사는 어렸을 때부터 계속 그런 마음이었다고 했다. 드론 사제는 자기도 마찬가지라고 했다.

배가 호수 아래쪽으로 조금 더 나아가자 주변에 거대한 회색 바위들이 있는 '인디언 옛길'을 지나가게 되었다. 갤러거 박사는 드론 사제에게 카누가 다니는 좁은 길이 백사장에서부터 숲까지 이어지는 곳을 유심히 보라고 했다. 드론 사제는 쌍안경 없이도 완전히 잘 보인다고 대답했다.

갤러거 박사는 바로 그곳에서 500명의 프랑스 부대가 탐험 물품과 장비를 전부 들고 전진하면서 분수령이 되는 저 바위산을 넘어 그레이트만灣에 다다랐다고 설명했다. 드론 사제는 그 얘기를 들으니 크세노폰(고대 그리스의 철학자, 역사가, 군인이자 소크라테스의 제자 - 역자 주)이 1만 명의 그리스 용병을 이끌고 아르메니아의 언덕들을 넘어 흑해에 이르렀던 행군이 떠오른다고 말했다. 갤러거 박사는 샹플랭과 만나서 이야기를 나눌 수 있다면 얼마나 좋을까 곧잘 생각했었다고 했다. 드론 사제는 지금까지 크세노폰을 몰랐다면 정말 섭섭했을 거라고 말했다.

그런 이야기를 나눈 뒤 두 사람은 과거의 유물과 발자취에 관해 대화하기 시작했다. 갤러거 박사는 드론 사제에게 언제 저녁에 한번 자기 집에 오면 정원에서 발굴한 인디언 화살촉들을 보여주겠다고 했다. 드론 사제는 갤러거 박사에게 언제 오후에 한번 사제관에 오면 페르시아의 왕 크세르크세스가 그리스를 침략한 경로를 지도에서 보여주겠다고 했다. 다만 유아반 수업과 어머니회 모임 사이의 시간에 와야 한다고 당부했다.

이제 두 사람은 한동안 상대방의 집에 가기 어렵겠다는 사실을 서로 알게 됐다. 대화가 끝나자 갤러거 박사는 뱃머리로 걸어가 스미스 씨에게 말을 걸었다. 그리스어를 공부한 적도 없고 바위산 분수령을 넘은 샹플랭도 전혀 모르는 사람에게 말이다.

스미스 씨는 고개를 돌려 그 바위산을 0.5초 쳐다보더니 자기는 멀리 북쪽의 와나피테이 호숫가에 있는 더 험한 바위산을 넘었는데 그곳은 파리가 끔찍하게 많아서 지옥 같았다고 말했다. 그러고 나서는 상업은행의 젊은 직원 둘과 판돈이 떨어질 때까지 포커를 계속 쳤다.

갤러거 박사는 사람들에게 어떤 이야기를 해주려고 하면 대화가 항상 이 모양이라는 사실을 깨달았다. 이야기해도 어차피 감사해하지도 않고 알아주지도 않는다면 차라리 책도 읽지 않고, 여행도 하지 않고, 아무것도 하지 않는 편이 낫다고 생각했다.

바로 그 순간, 갤러거 박사는 마리포사에 '교육원(Mechanics' Institute, 성인 노동자 계급을 위한 교육 기관. 19세기 영국에서 개인 자선사업으로 처음 설립되어 호주, 캐나다, 미국으로 전파되기 시작함 - 역자 주)'을 설립해야겠다고 마음먹었다. 그런 결심은 훗날 '갤러거 컬렉션'의 탄생으로 이어졌다. 하지만 당장은 그런 사람들에게 질려서 배 안을 이리저리 방황하던 중에 급기야 헨리 멀린스가 '존 콜린스(위스키에 레몬즙을 넣어 만드는 칵테일의 일종 - 역자 주)'를 레몬 없이 만드는 법을 조지 더프에게 보여주는 현장까지 목격했다. 갤러거 박사는 마리포사 악단 사이에 끼어 앉아 여기 오지 말았어야 했다며 후회했다.

증기선은 계속 앞으로 나아갔고 해는 점점 더 하늘 높이 솟아올라 상쾌한 아침에서 햇살이 눈부신 한낮으로 넘어갔다. 계속 나아가던 배는 호수 기슭에 다다랐는데 그곳이 바로 인디언 아일랜드였다. 풀과 나무로 뒤덮인 섬에는 통나무 선착장이 있고 그 아래로 호수에서 흘러나온 오사위피 강물이 흐르고 있다. 강의 급류와 꽤 가까워서 나무들 사이로 발전소 건물의 붉은 벽돌이 보이고 아주 거친 물살이 흐르는 소리가 들린다.

인디언 아일랜드는 온통 나무와 덩굴로 뒤덮여 있다. 섬 주변의 물은 너무나 고요해서 섬의 정경과 물 위에 비친 그 모습이 정확히 포개질 것만 같다. 증기선이 선착장에 다가가면서 기적을 울리니 그 소리가 섬의 나무들 사이로 메아리를 일으키며 호숫가로 되돌아온다.

그 경관이 너무나 고즈넉하고 영원할 것만 같아서 깊이 감동한 클레그혼 양은 이곳에 이대로 묻혀도 좋겠다고 말했다. 클레그혼 양은 앞서 얘기했던 전화국에서 일하는 얼굴이 누렇게 뜬 아가씨다. 다른 사람들은 모두 자기 바구니와 소지품들을 챙기느라 바쁜 나머지 그런 경치에 눈길을 줄 겨를이 없었다.

정박할 때 모습에 대해서는 차마 말을 못 하겠다. 배가 나무로 만든 선착장에 부딪혀 와작 부서지는 소리가 나는데도 사람들은 전부 갑판 한쪽으로 우르르 달려갔다. 크리스티 존슨 선장이 승객들에게 우현에서 벗어나지 말라고 소리쳤지만 아무도 듣지 못했다. 마리포사의 나들이에 참여해본 사람이라면 누구나 다 아는 상황이다.

그날 나무 그늘에서의 소풍은 더 말할 것도 없었다. 나중에 연설하는 자리가 있었는데 페퍼리 판사가 보수당의 정치 이야기를 꺼내면서 어찌나 불쾌감을 줬는지 '캐나다 토박이 애국자'라는 어떤 사람이 마리포사 타임스-헤럴드에 기고하여 그 일을 폭로했다.

탁 트인 풀밭에서 펼쳐진 달리기 시합도 빼놓을 수가 없다. 보통 경주는 연령에 따라 13세 미만 소년 경기, 20세 이상 여성 경기 등 다양한 방식으로 나뉜다. 마리포사의 스포츠는 일반적으로 그런 방침에 따라 진행된다. 가령 60세 여성은 어린 아이보다 유리하므로 같이 경기하는 것은 공정하지 않다는 인식이 있기 때문이다.

드론 사제가 경기를 관장해 선수 연령대를 결정하고 시상도 했다. 감리교 목사가 진행을 도왔고 장로교 목사 대신 온 신학생이 그와 함께 결승선 줄을 잡았다.

달리기 시합에 주로 성직자들이 있었던 이유는 다른 남자들이 모두 돌아다니고 있어서였다. 이 남자들은 소나무 숲속 통나무 위에 고정해놓은 술통 두 개가 있는 곳을 어떻게든 찾아가서 맥주를 부어 마시느라 바빴다.

마리포사의 나들이에 참여해본 사람이라면 이런 내막을 전부 소상히 알고 있다.

이렇게 오후가 흘러가는 가운데 이제 해는 비스듬히 기울어 나무들 사이로 빛나고 있었다. 증기선이 기적을 울리면서 하얀 증기를 확 내뿜자 사람들은 전부 선착장으로 우르르 몰려왔고 이내 마리포사벨은 다시 호수 위로 미끄러지듯 나아가며 30킬로미터쯤 떨어져 있는 마리포사로 향했다.

아침에 나들이를 떠날 때 모습과 집으로 돌아올 때 모습은 종종 눈에 띄게 대비된다.

아침에는 모두 가만히 있질 못하고 배 안을 여기저기 활발하게 돌아다니며 이런저런 질문을 한다. 오후가 다 지나고 해가 언덕 너머로 뉘엿뉘엿 떨어질 무렵 집으로 돌아오는 길에는 모두 조용해지면서 꾸벅꾸벅 조는 듯 보인다.

마리포사벨의 승객들도 마찬가지였다. 그들은 벤치와 갑판 의자에 모여 앉아 배의 프로펠러가 돌아가는 규칙적인 소리를 들으면서 앉은 채로 꾸벅꾸벅 졸고 있었다. 해가 저물고 땅거미가 깔리자 갑판은 점점 어둑어둑해지고 너무 조용해서 배에 사람이 타고 있는지 분간이 안 될 정도였다.

만약 그 배를 물가나 주변의 섬에서 봤더라면 선실 창문에서 흘러나오는 불빛들이 물 위에 어리어 반짝이는 모습과 솔송나무 연료가 타면서 증기선 굴뚝으로 불꽃이 올라오는 광경이 보이고 호수 저편으로 몇 킬로미터 떨어진 곳에서 배의 프로펠러가 약하게 쿵쿵거리는 소리를 들었을 것이다.

배에서 나오는 노랫소리도 이따금 들렸을 텐데 멀리서 남녀가 일제히 부르는 그 노래는 길게 끄는 선율이 오르락내리락하면서 이렇게 들린다. "오~♪ 캐나다~♬ 오~♪ 캐나다~♬"

유럽의 대성당에서 듣는 단조로운 선율의 성가에 대해 이야기하고 싶은 사람들도 있겠지만, 마리포사를 아는 이들에게는 저녁의 고요한 호수 한가운데서 "오~♪ 캐나다~♬" 하는 노랫소리가 들려오면 그걸로 충분하다.

공교롭게도 마리포사벨에 탄 사람들이 "오~♪ 캐나다~♬" 노래를 부르던 바로 그때 배가 가라앉고 있었던 것 같다.

물 위에서 어떤 돌발 상황을 겪어본 사람이라면 그때 작용하는 묘한 심리를 잘 알 것이다. 일이 벌어지는 가운데 한마디 말도 없이 순식간에 소문이 쫙 퍼지는 방식 말이다. 그 소식은 불가사의한 과정을 거치며 서로에게 전달된다.

마리포사벨의 경우에는 배가 가라앉고 있다는 소식을 누군가에게 처음 전한 사람과 그 소식을 들은 사람이 있었다. 지금까지 파악한 바로는 그 첫 번째 인물이 상업은행 지점장 조지 더프였다. 그는 갤러거 박사에게 살며시 다가가 배가 가라앉고 있는 것 같지 않으냐고 물었다. 갤러거 박사는 아니라고 하면서 아까 낮에는 배가 가라앉는 것 같았지만, 지금은 그렇지 않은 것 같다고 대답했다.

더프가 직접 해준 이야기에 따르면, 이후에 더프가 맥카트니 검사에게 배가 가라앉고 있다고 말하니 맥카트니가 그럴지도 모르겠다며 매우 의심스러워했다고 한다.

누군가 페퍼리 판사에게 가서 잠들어 있는 그를 깨워서는 배 안에 물이 15센티미터나 차 있고 배가 가라앉고 있다고 말했다. 페퍼리는 이거야말로 완전한 의혹이라고 말하면서 자기 아내에게 그 소식을 전했다. 페퍼리 부인은 배를 그렇게 놔두면 안 된다며 만일 배가 가라앉으면 이번이 자신의 마지막 나들이가 될 거라고 말했다.

그렇게 그 소식은 배 전체에 다 퍼졌다. 사람들은 여기저기 무리를 지어 이 상황에 대해 이야기하면서 위사노티 같은 호수에서 증기선이 가라앉을 때 느끼는 '분노'와 '흥분'을 감추지 않았다.

드론 사제를 비롯해 어떤 사람들은 이 문제에 대해 말을 아끼며 모든 일에는 당연히 양면이 있는 법이라고 말했다. 대부분의 사람들은 이런 상황을 전혀 이성적으로 받아들이지 않았다. 어떤 사람들은 겁을 먹은 듯했다. 지난번에 딱 한 번 마리포사벨이 가라앉아 한 명이 익사한 적이 있었는데 그들은 그 기억 때문에 몹시 불안했던 모양이다.

그런데 무슨 얘기냐고? 저런, 내가 위사노티호수의 깊이에 대해 설명한 적이 없었던가? 당연히 다 아는 사실이라고 생각했다. 어쨌든 설명하면 이 호수에서 수심이 매우 깊은 곳도 있겠지만, 넓은 갈대밭에서 마리포사 선착장에 이르는 1.6킬로미터의 구역은 수심이 가장 깊어 봐야 180센티미터다. 에헤, 거참. 지금 이 사건은 바다에서 침몰하는 증기선에 관한 이야기가 아니다. 이를테면 배에 탄 수많은 사람이 엄청나게 깊고 시퍼런 바닷물 속에서 살려달라고 비명을 지르는 상황이 아니란 말이다. 오, 세상에! 위사노티호수에서 그런 일은 결코 일어나지 않는다.

다만 여기서는 무슨 일이 벌어지는가 하면, 마리포사벨이 가라앉아서 호수 바닥에 처박혀 있다가 다시 원상 복구되는 경우가 가끔 있다.

그래서 마리포사 주변의 호수에서는 누군가 뒤늦게 달려와 배가 가라앉았다고 설명해도 그게 어떤 상황인지 다들 이해한다.

조선소에서 마리포사벨을 건조했을 때 목재 사이에 벌어진 틈을 조금 남겨두는 바람에 일요일마다 솜 지스러기로 틈을 메우는 작업을 해야 했다. 만약 이런 보수 작업을 잘 하지 않으면 배가 가라앉는다. 사실 지방법상으로도 마리포사벨과 같은 증기선들은 전부 철마다 '코르크 마개로 막듯'(이 표현이 딱 들어맞는다) 배에 난 틈을 잘 메워놓아야 한다. 그렇게 잘

하고 있는지 점검하려고 지방으로 출장 다니는 조사관들도 있다.

이렇게 조금 더 솔직한 설명을 들었으니 마리포사벨을 코르크 마개로 막지 않고 운항하는 바람에 배가 이 야밤에 진흙이 쌓인 모래톱에 처박혔을 수도 있다는 것을 안 승객들이 얼마나 '분개'했을지 이제 짐작이 갈 것이다.

그렇다 쳐도 전혀 위험한 상황이 아니라고는 할 수 없다. 어쨌든 배가 100미터씩 나아갈 때마다 점점 가라앉고 있다는 사실을 깨달은 마당에, 밤은 깊어가고 뱃전 너머로 시커먼 물만 보인다면 아주 안전하다는 느낌은 들지 않는다.

안전이라! 지금 상황을 보면 배가 대서양에서 가라앉는 것보다 나은 형국인지 확신이 서지 않는다. 대서양에서는 무선전신이 있고 훈련받은 선원들과 승무원들도 많다. 위사노티호수는 도시 남쪽의 불빛들만 겨우 보일 정도로 멀리 떨어진 곳이다. 배의 프로펠러가 멈추면 폭발을 막으려고 증기 기관에서 타다 남은 재를 긁어내기 시작한다.

그리고 증기가 칙칙 올라오는 소리가 들린다면,

화로의 문을 열 때 그 안에서 타오르는 시뻘건 불꽃을 보다가 고개를 돌려 호수 위에서 점점 깊어지는 칠흑 같은 어둠을 보게 된다면,

이런 긴박한 상황에서 남자들이 뱃머리에 있는 조타실 지

봉에 올라가 비상용 신호탄을 쏘아 도시 주민들에게 사고 소식을 알리는 광경이 보인다면,

이런 상황에서 안전이 웬 말인가? 안전을 바란다면 스스로 안전을 도모해야 한다. 마리포사로 돌아가서 단풍나무들이 드리우는 밤 그림자 아래 서 있을 수 있다면 이번 유람선 나들이를 마지막으로 앞으로 위사노티호수에서 배를 타는 일은 절대 없으리라.

그런데 안전이라는 것이 참…. 남들이 겪은 위험이 지나고 보면 별일 아닌 것처럼 여겨지니 희한한 노릇이다.

배가 가라앉기 직전에 여자들을 모조리 맨 위의 갑판으로 이동시키는 광경을 봤다면 누구라도 겁나긴 할 것이다. 이런 상황을 아주 침착하게 받아들이는 몇몇 사람들을 보면 어떻게 그럴 수 있는지 의아할 따름이다. 예를 들어 스미스 씨를 보면 계속 담배를 피워대면서 니피싱호수에서 그가 탔던 증기선이 가라앉은 이야기와 아비티비호수에서 그가 탔던 훨씬 더 큰 선박이 가라앉았던 이야기를 어쩜 그렇게 태연하게 할 수 있었는지 모르겠다.

그때였다. 갑자기 마리포사벨이 한 차례 부르르 떨더니 가라앉기 시작했다. 배가 점점 물속에 잠기는 것이 느껴지는데 이러다가 혹시 호수 바닥까지 내려앉는 건 아닐까 싶었다. 아래층 갑판에는 물이 쏟아져 내렸다. 마침 하늘이 도우셨는지 감사하게도 배는 더 이상 가라앉지 않고 갈대밭 위에 안전하

게 닿아 고정되었다.

누군가 호쾌하게 웃음을 터뜨렸다! 정말 괴이했지만 어쨌거나 원래 용감한 사람은 위험한 상황에서도 웃음이 나오는 법이다. 위험은 무슨! 거참, 어이가 없어서! 다른 사람들도 모두 코웃음 치며 위험하다는 생각이 싹 사라졌다. 이런 일은 물 위에서 보내는 하루에 묘미를 더하는 사소한 일에 불과하기 때문이다.

30분도 안 되어 다들 이리저리 뛰어다니며 샌드위치를 찾고, 농담을 하고, 증기 기관에서 나온 재를 이용해 커피를 끓이자는 말까지 나왔다.

그 뒤에 어떤 일이 벌어졌는지는 굳이 길게 늘어놓지 않겠다.

사실 마리포사벨의 승객들은 밤새도록 아니면 도시에서 구조대가 올 때까지 배 안에서 죽치고 있어야 할 수도 있었다. 뱃머리로 가서 어둠 속을 물끄러미 바라보던 몇몇 남자들이 현재 위치에서 호수 건너편 밀러곶串Miller's Point까지 고작 1.6킬로미터밖에 떨어져 있지 않은 것 같다고 말했다. 왼쪽을 바라보니 그곳이 거의 보이는 듯했다. 어떤 사람들은 '좌현 전방'이라는 용어를 썼다. 알다시피 이런 해상 재해 사건에 휘말리면 금세 그런 분위기를 타기 마련이다.

그들은 곧바로 맨 위 갑판에 있던 낡은 구명정을 뱃전의 기둥에 매달고 끌어내려 호수 위에 띄웠다.

구명정을 내리는 동안 사람들은 증기선 난간 너머로 몸을 기울여 랜턴으로 주변을 비춰주었다. 그 불빛 속에서 물과 갈대가 보였다. 막상 구명정을 내리고 보니 그 내부가 몹시 허술하고 볼품없었다. 그때 어디선가 "여자들과 아이들을 먼저 태워라!"라고 크게 외치는 소리가 들렸다. 구명정에 여자들과 아이들을 태우기도 힘들어 보이건만 그 많은 무거운 남자들을 구명정에 밀어 넣은 의도는 대체 뭐였을까?

구명정은 여자들과 아이들을 대부분 태우고서 어둠 속으로 밀려 나갔는데 사람들을 너무 많이 실은 나머지 물 위에 떠 있기도 힘들어 보였다.

구명정의 뱃머리에는 장로교 목사를 대신해서 온 신학생이 자리를 잡고 있었다. 그는 이제 자신들의 운명이 신의 손에 달려 있다고 외쳤다. 하지만 그 학생은 단거리 주자처럼 웅크리고 있다가 제일 먼저 튀어 나갈 태세였다.

구명정은 계속 나아가더니 어둠 속으로 사라졌다. 뱃머리에서 비추는 랜턴 불빛이 물 위에서 흔들리는 모습만 보였다. 구명정은 사람들을 뭍에 내려주고 이내 돌아왔다. 구명정에 또 사람들을 한 무리 실어서 보내자 증기선 갑판에 있던 사람들이 줄어들기 시작하면서 다들 그곳을 벗어나고 싶어 안절부절못했다.

구명정이 세 번째 무리를 태우고 출발할 즈음 스미스 씨는 멀린스와 25달러 내기를 했다. 구명정에 탔던 사람들이 호숫가를 따라 걸어서 마리포사에 도착하기 전에 자기가 먼저 집에 돌아갈 수 있다고 장담한 것이다.

도대체 스미스 씨가 무슨 말을 하는지 아무도 알아듣지 못했다. 사람들은 이내 그가 한 손에는 나무망치를, 다른 한 손에는 가는 밧줄을 한 다발 들고서 증기선의 맨 아래로 내려가 사라지는 것을 보았다.

다들 무슨 일인가 하면서 궁금해하던 그때 마침 저 멀리 구조선에서 외치는 소리가 들렸다. 밑바닥이 평평한 그 큰 구조선은 마리포사벨에서 처음 쏘아 올린 비상용 신호탄의 불꽃을 보고 열네 명의 구조원이 마리포사에서부터 노를 저어 온 배였다.

바다든 호수든 구조 이야기는 언제나 감동을 주기 마련이다.

구조대원의 용기야말로 참된 용기이다. 그런 용기는 생명을 구하는 데 쓰이지 생명을 파괴하는 데 쓰이지 않으니 말이다.

구조선이 어떻게 마리포사벨 앞에 나타났는지에 대한 이야기가 그 후로도 몇 달 동안 사람들의 입에 오르내린 것은 당연한 일이었다.

옛날 캐나다 초대 총리인 맥도널드 정부 시절, 위사노티호수에 구조선을 배치한 이래 처음으로 구조선이 이곳에서 제 역할을 하지 않았을까 싶다.

구조선의 나무 널빤지 이음새마다 물이 쏟아져 들어왔지만, 구조원들은 증기선까지 3킬로미터가 넘는 거리를 오는 동안 한시도 멈추지 않고 노를 계속 저었다.

증기선이 있는 곳에 반쯤 왔을 때는 배에 고인 물이 거의 좌석까지 올라왔는데도 구조원들은 노를 저어 계속 나아갔다. 숨이 차고 기운이 다 빠진 상태에서도 자기 임무에 충실했다. (알아둘 것이 있는데 몇 년 동안 그런 바보 같은 배에 타본 적이 없는 사람에게는 노 젓기가 완전히 사람 잡는 일이다) 그들은 배의 무게중심을 잡기 위해 깔아둔 바닥짐들을 호수에 내던졌다. 몸을 움직일 때마다 걸리적거리는 코르크로 만든 무거운 구명조끼와 구명띠도 휙 던져버렸다. 뱃머리를 돌릴 생각은 없었다. 이제 뭍보다 증기선이 더 가까운 곳에 와 있었기 때문이다.

"젊은이들! 끝까지 버텨요." 증기선 갑판에 모여 있는 많은 사람들이 외쳤다. 구조원들은 정말 끝까지 버텨냈다.

구조원들이 증기선이 있는 곳에 도착했을 때는 거의 탈진한 상태였다. 증기선 바깥으로 몸을 기울이고 있던 남자들이 구조원들에게 밧줄을 던져 구조원들을 한 사람씩 모두 증기선으로 끌어올리고 나니 구조선은 곧바로 물밑으로 가라앉았다.

구조 성공! 하늘에 맹세코 이는 지금까지 호수에서 본 구조 작업 중 가장 현명하게 인명 구조가 이루어진 사례였다.

이 일은 입으로 아무리 떠들어봐야 소용없다. 이렇게 구조선으로 사람들을 구출하는 작업을 이해하려면 백문이 불여일견이다.

공훈을 세운 사람들은 구조선을 끌고 온 구조대만이 아니었다.

사고 소식을 접한 배들과 카누들이 마리포사에서 속속 출항하여 마리포사벨의 승객들을 전원 구조했다.

두 명의 외환은행 창구 직원 중 얼굴이 말처럼 길쭉하고 유람선 나들이를 가지 않았던 펍킨은 증기선에서 구조 신호를 보내오고, 로슨 양이 비상용 신호탄을 쏘아 올리고 있다는 사실을 알게 되자 곧바로 보트로 달려가서 노를 하나 잡고는(노 두 개는 방해만 되므로) 미친 듯이 저어 호수로 나아갔다. 그러나 어둠 속에서 정신없이 가던 다른 배와 충돌하는 바람에 그의 보트는 거의 가라앉고 있었다. 증기선에 있던 사람들이 펍킨을 구조했다. 그들은 기진맥진해서 거의 죽어가는 펍킨이 증기선을 향해 오는 광경을 지켜보고 있었던 것이다. 펍킨은 증기선에서 내려온 밧줄을 잡고 위로 끌어 올려졌다. 구조 성공! 구조 성공!

마리포사벨의 승객들은 오히려 구조하러 온 사람들을 증기선 위로 끌어올리며 꼬박 밤을 보낼 뻔했다. 구조선이 열 번째 무리를 태워서 뭍으로 출발한 바로 그 순간이었다. 난데없이 뻔뻔하게 즐거움을 주려는 듯, 진흙 바닥에 처박혀 있던 마리포사벨이 떠오르더니 떡하니 모습을 드러냈다.

배가 떠올랐다고? 어찌된 일인가 했더니 그럴 수밖에 없었다.

가라앉았던 증기선에서 150명의 사람들이 내린다면,

스미스 씨 같은 기민한 사람이 있어서 나무망치와 가는 밧줄로 목재 사이에 벌어진 틈들을 다 메워놓는다면,

마리포사 악단의 단원 열 명이 악기를 내려놓고 아래층 갑판의 뱃머리에서 수동 펌프질을 하게 만든다면,

배는 떠오르게 되어 있다. 어떻게 뜨지 않고 배기겠는가?

이제 남은 불씨를 긁어모으고 솔송나무 땔감을 집어넣으니 마침내 불이 탁탁하고 타면서 증기 기관이 윙윙 돌아가는 소리가 난다. 그러고 나서 조금 있으니 선미에서 프로펠러가 쿵 하는 소리가 다시 들리고 곧이어 호수 너머 도시로 기적이 크고 길게 울린다.

그렇게 마리포사벨은 다시 증기로 꽉 채워지고 굴뚝에서 불꽃들이 계속 빠르게 올라오면서 마리포사를 향해 서서히 움직인다.

하지만 이번에는 조타실에서 배의 키를 잡고 있는 선장 크리스티 존슨이 보이지 않는다.

"스미스! 스미스를 찾아와!"라고 외치는 소리가 들린다.

스미스 씨가 마리포사벨을 운항할 수 있을까? 저런, 티미스카밍호수 한가운데서 침몰하는 증기선에 있었던 사나이에게

지금 배를 몰 수 있냐고 물어보는 것인가? 물 위에 얼음이 떠다니는 시기에 '무스 래피드Moose Rapids' 여울의 빠른 물살을 헤치며 대형 카누의 노를 저었던 사나이에게 지금 마리포사벨의 키를 잡을 수 있냐고 물어보는 것인가? 두말할 것도 없이 증기선 마리포사벨은 무사히 마리포사 선착장으로 들어오고 있다!

여기 선착장의 불빛과 군중을 보라! 당장 연방정부의 인구조사 담당자가 와서 마리포사 인구를 집계해야 하는데! 갑판에서부터 호숫가까지 곳곳에서 환호하는 소리를 들어보라! 귀를 기울여라! 배에서 선착장으로 밧줄을 던져 정박할 준비를 하니 마리포사 악단이 '짠'하고 나타난다. 위층 갑판에서 둥근 대형을 지으며 준비를 마친 악단은 악장이 지휘봉을 들자 연주를 시작한다. 자, 하나, 둘!

"오~♪ 캐나다~♬"

4장. 드론 사제의 목회

마리포사의 영국 국교회 교회는 도심에서 약간 언덕진 곳의 옆길에 자리 잡고 있다. 그곳에는 가장 큰 아름드리 단풍나무들이 서 있다. 길모퉁이는 교회 건물보다 높이 솟은 나무들이 있는 풀밭이다. 언덕 너머 비탈진 곳에 '네크로폴리스(고대 도시의 대규모 공동묘지 - 역자 주)'라고 부르는 새로운 묘지가 생기기 전까지는 그 풀밭이 묘지였었다. 교회 건물 뒤쪽 아래에 말과 마차 전용 헛간이 있고 작은 도로 사이에는 교구 사제관이 자리 잡고 있다. 관사는 특이하게 각진 작은 벽돌집이었다. 그 집에는 나무를 심어 만든 산울타리와 작은 대문이 있다. 빨간 열매들을 달고서 가지를 늘어뜨린 물푸레나무도 한 그루 서 있다.

사제관 옆에 교회 쪽으로 난 공간은 작은 잔디밭이 있고 그곳에는 낮은 산울타리를 쳤다. 그 산울타리 쪽에 야생 자두나무가 두 그루 서 있고 그 나무들은 언제나 하얀 꽃들이 피어 있다. 나무 아래에는 소박한 나무 탁자와 의자들이 놓여 있었다. 바로 여기서 영국 국교회 교회의 지역 주임 사제로 재임 중인 드론이 앉아 있는 모습을 볼 수 있다. 그 자리는 두 그루의 자두나무 가지들의 엇갈린 틈새로 햇빛이 비쳐 들어와 완전한 양지도 아니고 그늘도 아니다. 드론 사제는 보통 그곳에서 책을 읽는다. 산울타리가 가장 높은 잔디밭 끝자락에 사제가 소유한 일곱 마리의 꿀벌이 사는 노란 벌집이 있다는 이야기를 들으면, 그 장소는 사제가 그리스어로 된 책을 읽는 것만이 어울린다는 사실을 깨닫게 된다. 벌들이 윙윙대는 소리가 들려오는 잔디밭의 자두나무 꽃그늘에 앉아 독서하는 사람에게 고대 그리스 시인 테오크리토스의 전원시보다 더 좋은 것이 있을까? 그런 곳에서 쓰레기 같이 가벼운 연애 소설을 읽는다면 잠이 들겠지만, 테오크리토스의 목가처럼 성찰의 양식이 되는 책을 읽으면 눈을 감아도 잠에 빠질 걱정 없이 책 내용을 사색할 수 있다.

어떤 사람들은 대학을 떠나면 그걸로 교육이 끝나는 것 같다. 드론 사제는 그렇지 않았다. 그는 잔디밭에 그리스어책을 가지고 나와 30분간 읽는 여유를 누리지 못하면 길을 잃은 기분이 든다고 곧잘 말했다. 그런 독서는 분명히 그의 마음을 차분하게 해주는 두뇌 활동이다. 드론 사제는 그리스어를 모국어처럼 느끼는 듯했다. 종종 듣는 얘기에 따르면 그 잔디밭에 함께 앉아 있던 사람들이 그에게 그리스어를 좀 번역해달라고 청할 때가 있는데 그때마다 그는 그 청을 거절했다고 한다. 그의 견해에 따르면 그리스어는 번역이 불가능했다. 그리스어를 번역하면 잃어버리는 게 너무 많으므로 시도하지 않는 편이 나았다. 그런 시도는 아예 하지 않는 것이 훨씬 현명했다. 그래서 많은 고전학자들이 그렇게 생각하고는 그리스어를 원문으로 읽고 싶어 하는가 보다. 영어라는 아주 빈약한 매개로 그리스어를 옮기려는 모험을 하지 않으려고 말이다. 드론 사제가 단순히 그리스어를 번역할 수 없다고 했을 때는 완전히 진심에서 우러나온 말이었다고 믿는다.

실제로 드론 사제는 가끔 그리스어를 크게 소리 내어 읽기도 했는데 그것은 또 다른 문제였다. 예를 들면 갤러거 박사가 방문하는 경우다. 지금 말하는 갤러거 박사는 당연히 나이든 갤러거 박사이지, 젊은 갤러거 박사가 아니다. (젊은 박사는 오후에 늘 시골로 나가 있었다) 갤러거 박사는 가장 최근 수집한 인디언 유물을 가져와서 드론 사제에게 보여주었다. 그때마다 드론 사제는 갤러거 박사에게 시를 한두 편 읽어주었다. 박사가 탁자 위에 인디언 도끼를 올려 놓으면 사제는 곧바로 손을 뻗어 테오크리토스 시집을 잡았다. 그와 관련해 기억나는 장면이 하나 있다. 그날도 갤러거 박사는 예전 철로 옆에 흙을 쌓아 만든 경사면에서 발굴된 인디언 두개골을 가져와 사제관 잔디밭의 그 소박한 탁자 위에 놓았다. 사제는 박사에게 무척 긴 테오크리토스의 시를 읽어주었고, 그 바람에 박사는 의자에 앉은 채로 꾸벅꾸벅 졸고 말았다. 사제는 박사가 다시 잠에서 깰 때까지 책을 무릎 위에 놓고 팔짱을 낀 채 눈을 감고 기다려야 했다. 그때 두 사람 사이에 있는 탁자에는 인디언 두개골이 놓여 있었고, 자두나무에서는 하얀 꽃잎들이 흩날리면서 박사의 흰 머리칼 위에 눈송이처럼 내려앉았다.

그런데 드론 사제가 나무 아래에서 시간을 다 보낸다고 오해하면 안 된다. 전혀 그렇지 않다. 실상 사제의 삶이란 본인은 한탄할 수도 있지만, 어떻게 멈출 도리가 없는 활동의 연속이었다. 점심 식사를 마친 오후에는 나무 아래에 앉아 있을 시간이 거의 없었다. 3시에는 유아반 수업이 있고, 5시에는 어머니회 모임이 있는데 그사이에 비는 시간이 한 시간도 채 되지 않았다. 다음 날 아침에는 독서 모임이 있고, 저녁에는 성서 공부 교실을 열어야 했으며, 그다음 날 아침에는 11시 30분에 새벽 노동자 조합 모임이 있었다. 한 주가 이런 일정으로 흘러가다 보니 그 와중에 한 시간쯤 앉아서 기운을 회복할 수 있는 시간을 내는 게 할 수 있는 전부였다. 바쁜 사람이 짬을 내서 고전 공부를 하는 일은 확실히 전혀 해로울 게 없다. 모든 측면에서 살펴봤을 때 영국 국교회 교구에 속한 성직자들 가운데 드론 사제보다 더 바쁜 사람은 없는 것 같다.

드론 사제는 쉴 새 없이 일하는 와중에 어쩌다 겨우 한나절 여유가 생기면 낚시로 시간을 보냈다. 그렇지만 그것도 늘 여의치는 않았다. 그런 여가에는 십중팔구 진정한 의미의 휴가를 누리기보다 연이나 장난감, 태엽 장치를 단 배를 만들어 주변의 아이들을 즐겁게 해주면서 오후 시간을 다 보냈기 때문이다.

다행히 그는 기계 장치에 관심과 적성이 있었다. 그렇지 않았다면 이렇게 아이들과 놀아주는 일이 고역이었을 것이다. 기계에 호기심과 흥미가 있었기 때문에 지금까지 그가 했던 설교 중에서 비행기에 관한 것보다 더 뛰어난 설교는 없었다고 본다.

드론 사제는 사진사 에드 무어의 아들 테디에게 양 날개가 달린 연을 만들어주느라 이틀을 꼬박 보내고 유아반도 48시간 문을 닫았다. 테디가 그 연을 날리는, 아니 연이 하늘을 나는 모습을 보는 기쁨을 놓치지 않게 하려고 말이다. 사실 어린 아이의 손에 연을 맡기는 것은 어리석은 짓이다.

장애인인 꼬마 마저리 트렐로니에게는 연줄이 자동으로 풀리는 기계 장치도 만들어줬다. 장애로 고통받는 소녀가 연줄을 직접 풀게 하는 것은 현명하지 못한 일이기 때문이다. 드론 아저씨의 능력은 끝이 없었다. 아이들을 위한 일에서는 언제나 그랬다. 지금은 세상에 없는 가여운 꼬마 윌리 요들에게 모래시계를 만들어줬을 때도 그 일을 끝까지 해냈고 또 다른 아이에게도 똑같은 기쁨을 선사했다. 알다시피 성직자에게 죽음이란 우리 같은 일반인들이 생각하는 것과는 다른 의미로 다가온다. 드론 사제와 깅엄 씨는 새 공동묘지인 네크로폴리스의 길게 자란 풀들 사이를 함께 거닐며 죽음에 대해 자주 이야기했었다. 더구나 드론 사제처럼 일요일마다 아내가 묻힌 곳으로 산책을 하는 사람이라면 아마도 죽음이 다른 의미로 다가올 것이다.

앞서 말한 대로 영국 국교회 교회는 사제관 가까이에 있으며 곡선 형태로 우뚝 솟은 건물이었다. 교회 내부를 보면 반들반들한 삼나무 들보들이 길게 뻗어 지붕을 받치고 있었다. 예전에는 같은 자리에 돌로 지은 작은 교회 건물이 서 있었다. 마리포사의 성인이라면 누구나 아직도 기억하는 그 옛날 교회는 붉은 돌과 회색 돌을 쌓아 올린 작고 독특한 건물이었다. 그 주변은 오래된 묘지였지만, 나중에 땅을 평평하게 골라서 새 교회의 잔디밭으로 만들었다. 그곳에 이미 세워져 있던 묘비는 평면 형태로 바꾸고 새로운 묘는 더 만들지 않았다. 마리포사 아이들은 아직도 그 주변을 걸어 다니며 풀밭에 수평으로 누운 묘비의 이름을 보고서 옛날 사람들을 찾는다. 그 옛날 사람 중 일부는 정말 오래전에 세상을 떠난 이들이다.

지금까지의 이야기만 듣고서 드론 사제가 크게 당황할 일이 없는 사람이라고 여기면 안 된다. 앞에서 봤던 것과 대조적인 그의 모습을 접하면 이게 무슨 말인지 쉽게 납득할 것이다. 사실 드론 사제가 앉아서 그리스어책을 읽는 모습을 가만히 보면 테오크리토스 시집의 책장 사이에 끼워둔 거의 숫자만 적혀 있는 한두 장의 서류를 들여다보느라 시간이 마냥 지나간다는 것을 알게 된다.

드론 사제는 이 서류를 소박한 탁자 위에 놓고서 숫자들을 이리저리 합산해본다. 처음에는 세로줄을 따라 위로 올라가면서 계산해보고 다시 반대로 내려가면서 빠진 부분이 없는지 살폈다. 그러고 나면 무언가 빠뜨린 것을 찾으려고 다시 위로 올라가면서 계산했다.

이로써 수학은 드론 사제의 특기가 아님을 잘 알 수 있을 것이다. 자고로 수학은 크리켓 경기장이 있는 작은 성공회 대학에서 교육을 받은 사람의 특기가 될 수 없었다. 수십 년 전 루퍼트 드론 학생은 그 대학에서 그리스어 성적이 우수해 금메달을 받았었다. 그 메달은 사제관의 탁자 위에 놓인 상자 안에 보관되어 있어 언제든지 요청하기만 하면 바로 볼 수 있다. 드론의 딸인 릴리언, 조슬린, 테오도라 중 누구도 선뜻 메달을 보여줄 것이다. 하지만 말했듯이 수학은 지역 주임 사제 드론의 특기가 아니었다. (그리스도교 정신에 따라) 드론은 그것을 옛날 자신의 수학 교수 탓으로 돌렸다. 그러곤 종종 그 교수에 대한 기억을 끄집어내며 큰 반감을 드러냈다. 드론의 의견에 따르면 (이 문제도 당연히 그리스도교 정신에 입각해서) 교수라는 말을 가장 경건한 의미로 봤을 때 그 직책에 어울리지 않는 교수들은 대학에서 모조리 내보내야 한다고 했다.

교구의 많은 성직자들이 드론 사제와 마찬가지로 수학 교육이 부족해 다소 고생을 해온 것은 확실했다. 드론 사제는 늘 자신의 경우가 특히 안타깝다고 여겼다. 모형 비행기를 만들려고 애쓰는 사람이, 그것도 도시의 하층민인 가난한 가정을 위해서 그런 일을 하는데, 무쇠 막대의 비틀림 계수를 잘못 계산해서 작업을 중단해야 하는 사태가 발생한다면 이는 대학들이 신성한 의무를 진정으로 다 하고 있지 않다는 사실을 보여주는 명백한 증거이기 때문이다.

그러나 지금 이야기하려는 숫자는 모형 비행기를 만들 때 필요한 수학 계산과는 관련이 없는 훨씬 심각한 문제였다. 그 숫자는 지금까지 십 년이라는 세월이 흐르는 동안 밤이고 낮이고 거의 사제와 함께했으며 오히려 점점 더 복잡해졌다.

가령 교회의 빚을 먼저 따져보자.

전능하신 하느님을 특별히 찬양하기 위해 건물 내부에 반들반들한 삼나무 들보들이 떠받치는 천장을 큰 곡선 형태로 만들고,

하늘의 더 큰 영광을 위해 수입한 타일들로 지붕을 꾸미고,

모든 것을 보고 계신 하느님을 예찬하기 위해 스테인드글라스로 창을 장식한 큰 교회를 짓느라 생긴 빚을 합산한다. 거기에 이자와 현재 화폐 가치를 반영하되 연간 고정 지급액은 빼고 산출해보면 이는 상당히 복잡한 계산 문제가 된다. 그다음으로 이 금액에 연간 보험료를 더하고 사제 봉급의 75퍼센트를 제하고 그것도 연간으로 계속 적용한다. 75퍼센트 공제액

수가 과하다는 생각이 든다고? 그 까닭은 드론의 막내딸이 다니는 기숙학교의 학비가 들어가서 그러니 그렇게 기억하길 바란다. 참고로 학비에는 프랑스어 수업료도 추가로 포함된다. 언니들이 그랬던 것처럼 막내도 프랑스어 수업을 들어야 하니까. 따라서 이 문제는 일반적인 산수를 훌쩍 뛰어넘는 계산이 된다. 여기서 드론 사제가 화가 나는 부분은 로그를 활용하면 계산 문제를 금방 풀 수 있다는 것을 스스로 너무나 잘 알고 있다는 점이다. 과거 성공회 대학에서는 책에서 로그가 나오는 바로 그 대목에서 수학 과정을 급히 끝냈었다. 대학 측에서는 하느님의 말씀은 말이고, 수는 숫자라고 단순히 설명하고 넘어갔다. 당시에는 그런 설명만으로 아주 충분했던 것 같다.

드론 사제는 항상 숫자들이 적힌 종이를 꺼내서 위로도 합산하고 아래로도 합산해보았지만, 계산 결과가 똑같이 나온 적은 한 번도 없었다. 교회 일을 관리, 감시하는 교회 위원인 깅엄 씨는 사제관을 자주 방문했다. 그는 사제 옆에 앉아 그 숫자들을 보면서 곰곰이 생각했다. 드론은 로그에 관한 책이 있으면 금방 계산할 수 있다고 설명했다. 그냥 책을 펼쳐서 세로줄을 따라 손가락을 위로 움직이면 답이 나온다는 것이다. (이때 드론은 손가락을 움직이는 방법을 정확하고 자세하게 보여주었다) 그러자 깅엄 씨는 주의를 요하는 일이라고 말하면서 (그의 말을 그대로 인용하면) 로그는 공포의 대상임이 틀림없다고 말했다.

교회 간사인 니벤스 변호사와 외환은행 지점장이자 교회 회장인 멀린스도 사제관에 자주 와서 그 숫자들을 보았다. 그러나 많은 내용을 이해할 수 없었다. 사제 봉급 부분은 논의할 수 있는 사항이 아니었기 때문이다.

멀린스는 화재 보험료로 100달러가 책정된 항목을 발견하고는 경영인으로서 이야기하건대 그 금액은 분명히 화재 보험료일 리가 없다고 조언했다. 드론 사제는 확실히 아니라고 수긍하면서 숫자를 바꿨다. 멀린스는 또 세금이 50달러일 리가 없다고 지적했다. 교회에는 세금이 전혀 부과되지 않았기 때문이다. 사제는 그 금액이 세금이 아닌 게 마땅하다는 점을 인정했다. 실상을 보면 사제의 숫자들이 심하게 뒤섞여 있다는 게 진실이었고 그런 잘못은 어김없이 두 세대 전에 그를 가르쳤던 수학 교수 탓으로 돌아갔다.

멀린스는 언젠가 교회 재정을 한번 자세히 들여다봐야겠다고 늘 마음먹었다. 그의 아버지가 크리켓 경기장이 있는 작은 성공회 대학을 드론 사제와 함께 다녔었기 때문에 더더욱 그랬다. 멀리스는 바쁜 사람이었다. 드론 사제에게도 직접 설명했듯이 오늘날 금융업은 은행가의 일요일 아침마저 개인 시간이 없는 지경이 되어갔다. 확실히 멀린스는 혼자만의 시간이 없었다. 그는 대부분의 시간을 스미스 호텔에서 보냈다. 낚시철에는 호숫가에서 시간을 다 보냈는데 너무 먼 곳에 가 있어서 상업은행 지점장인 조지 더프 외에는 아무도 멀린스를 만

나지 못했다.

생각해보면 이 모든 문제는 새 교회 건물을 짓는 데서 비롯되었다. 그것이 바로 그 문제의 쓰라린 점이었다. 드론은 돌로 지은 작은 교회에서 25년 동안 설교를 해오면서 목표가 하나 있었다. 설교 중에도 그 얘기를 자주 꺼냈지만, 그 목표는 바로 기드온(구약성서에 나오는 이스라엘의 판관으로 천사의 계시를 받아 300명의 용사를 이끌고 미디안 대군을 격파해 이스라엘 민족을 해방함 - 역자 주)의 정신을 이어받아 더 큰 방주를 만드는 것이었다. 드론의 유일한 희망은 하느님의 더 위대한 '증거'를 만드는 것. 간단히 말하면 '횃불'이 더 활활 타오르도록 불을 붙이는 것이었다.

25년을 기다린 끝에 드론은 마침내 횃불을 밝힐 수 있었다. 마리포사 사람이라면 누구나 이 교회를 짓던 때를 기억한다. 하느님의 새로운 증거가 되는 길을 열기 위해 가장 먼저 돌로 지은 작은 교회 건물을 허물었다. 드론 사제가 직접 말했듯이 작은 교회 건물의 돌을 건드리는 일은 거의 신성모독이나 다름없었다. 사실 처음에는 그 돌들을 가져다가 조금 덜한 증거가 되는 '교회학교'를 짓자는 제안이 있었다. 그것이 비현실적이라는 결론이 나자 그 돌들을 새 교회 건물 벽의 재료로 써서 하나의 증표로 삼자는 제안이 나왔다. 그것마저 여의치 않게 되자 그 돌들을 경건하게 다루어 돌무더기를 쌓자는 의견까지 나왔다. 하지만 나중에는 그 돌들을 독실한 마음으로 건설업자에게 팔아버렸다. 인생에서 일어나는 사건이 대부분 그렇듯이 그 일도 어느새 사람들의 머릿속에서 잊혔다.

새 교회 건물을 짓던 과정은 아무도 잊지 못할 것 같다. 드론 사제는 그 일에 자기 자신을 던졌다. 웃옷을 벗어 던지고 흰 셔츠 바람으로 일하는 그의 모습은 기초 공사를 하는 인부들 사이에서 눈에 확 띄었다. 사제는 삽을 잡고 노면을 고르는 작업을 직접 감독했다. 수레를 끄는 말들을 재촉하는 것도 모자라 인부들까지 격려하면서 나서니 급기야 인부들이 그만 좀 하라고 간청할 정도였다. 석공들이 일하는 현장에도 가서 조언하고 돕다가 석공들에게 제발 가서 쉬라는 말까지 들었다. 목수들 틈에도 껴서 톱질하고, 망치질하고, 이것저것 질문하고 제안하다가 제발 그만하고 떨어져 있으라는 애원을 듣기도 했다. 밤낮으로 건축가의 조수를 자처하면서 도면을 그리고, 기획하고, 수정하다가 건축가로부터 일에서 손을 떼라는 소리도 들었다.

드론 사제의 활동은 실로 엄청났다. 만약 교회 위원들이 그에게 휴가가 필요하다며 등 떠밀 듯이 배 타고 떠나는 호수 여행을 보내지 않았더라면 과연 새 교회 건물이 완공될 수 있었을지 의문이 든다. 드론에게는 그때 그 여행이 난생처음 해본 유일한 장거리 여행이었다.

머지않아 그렇게 새 교회가 지어졌다. 교회는 언덕 위의 횃불이 되어 마리포사의 단풍나무들보다 높이 솟아 있었다. 교회 건물이 무척 높다 보니 지붕이 뾰족한 종탑에서 내려다보면 온 도시가 발아래에 있었다. 남쪽으로는 농장들이 보이고 기찻길은 연필로 두 줄을 그어놓은 것 같았다. 위사노티호수는 지도를 펼쳐놓은 듯했다. 이처럼 새 교회의 가장 높은 곳에 서 있으면 마리포사의 규모와 나날이 증가하는 부유한 모습을 감상할 수 있었다. 이전의 돌로 지은 작은 교회에서는 전혀 볼 수 없었던 경관이었다.

교회가 문을 열자 드론 사제는 그곳에서 첫 설교를 하면서 새로운 교회를 하느님의 '위대한 증거'라고 일컬었다. 새 교회를 증표, 곧 노력의 첫 열매이자 상징 또는 서약이라고 하면서 성약聖約이라고도 명명했다. 이 교회가 정박지이자 항구이고, 등대일 뿐 아니라 언덕 위에 세워진 도시라고도 했다. 마지막으로 새 교회를 '피난의 방주'라고 선언하고 3주마다 수요일 교회 지하에서 '성서 교실'이 열린다고 신자들에게 공지했다.

새 교회의 문을 열고 처음 몇 달 동안 드론 사제는 설교를 하면서 그 교회를 증표, 서약, 보상, 거처라는 말들로 너무 자주 부른 나머지 교회 건물을 짓는 데 들어간 비용을 지급하지 않았다는 사실을 한동안 잊고 있었던 것 같다. 주택금융조합 직원과 '호산나 파이프 증기 오르간 회사' 영업사원이 분기 대금을 청구하고 나서야 비로소 사제는 그 사실을 떠올렸다. 이 사람들이 정기적으로 방문하고 나면 사제는 언제나 죄에 관한 특별 설교를 하면서 고대 히브리인들은 부당한 거래자들을 사형에 처했었다는 사실을 언급했다. 그리스도인답게 차분하고 조곤조곤하게 말이다.

처음에는 아무도 교회의 빚 문제를 크게 고민하지 않았던 것 같다. 드론 사제의 숫자들은 단지 시간의 문제일 뿐 세월이 지나면 빚은 소멸할 것으로 보였다. 그저 적은 노력이 필요한 문제일 뿐 신자들이 조금만 각오하면 모든 빚을 어깨 위로 들어 올려 내동댕이치고 밟아 뭉갤 수 있다고들 여겼다. 신자들이 나서서 빚 갚는 일에 착수하기만 하면 그들은 이내 그 빚을 깊은 물 속에 빠뜨릴 수 있을 것이고, 각자의 올리브 나무 아래에 앉아 평화를 누릴 수 있을지도 모른다.

신자들이 허리띠를 졸라매려고 기다리는 동안 빚에 대한 이자는 어찌어찌 갚아나갔다. 그렇지 못할 때는 그 이자가 원금에 추가되었다.

'위대한 증거'나 '언덕 위의 횃불'에 대한 경험이 있는가? 만약 있다면 해가 갈수록 그 위상이 처음엔 서서히, 그러다가 나중엔 빠르게 마음을 더 괴롭히는 과정을 실감할 것이다. 건축 대출금과 오르간 할부금, 가차 없이 청구되는 화재 보험, 조명과 난방을 위한 연료비 같은 비용들을 드론 사제가 깨달은 것은 오직 로그로만 해결할 수 있는 숫자들을 합산하면서부터였다. 마침내 그 빚이 교회가 감당할 수 있는 선을 넘었다는 사실을 사제 본인은 물론이고 교회 위원들과 간사들도 알게 되었다. 그다음으로는 성가대가 알게 되고, 신자들이 알게 되고, 결국 모두가 알아버렸다. 부활절과 특별 고난 주간에는 특별 헌금을 거두었다. 호산나 파이프 증기 오르간 회사와 채무에 관한 특별 합의를 보기도 했다. 그런 가운데 사제가 사업가들을 특별히 겨냥하여 '슬픔의 사순절' 예배를 공표했을 때 신자 수가 이미 40퍼센트나 줄어 있었다는 사실이 알려졌다.

이런 현상은 어디서나 똑같은 것 같다. 언덕 위의 횃불 같은 교회를 세운 뒤로 마리포사의 영국 국교회 신자들 사이에 불만이 싹트고 있었다. 어떤 사람들은 애초부터 잘못됐다는 생각이 들었다고 주장했다. 그런 이들은 늘 그랬듯 넓은 아량으로 가만히 지켜보기만 했다. 몇 년 전에 이미 어떤 결말이 날지 감이 왔었다는 사람들도 있었지만, 그들 역시 겸허한 자세로 입을 굳게 닫고 있었다. 엎친 데 덮친 격으로 교회 운영 전반에도 점점 불만을 품게 되는 사람들까지 생겨났다.

예를 들어 경매인 요들은 대도시에 갔다가 로마 가톨릭교회의 미사에 갔던 이야기를 들려줬다. 사실 더 정확히 말하면 그는 미사에 '잠시 들른' 것이었다. 그래야만 가톨릭 미사를 본 일이 용인될 수 있을 테니까. 요들은 거기서 들었던 음악이야말로 진정한 음악이라며 (그의 전문 분야에서는 벗어나지만) 성가와 단조로운 읊조림은 감동을 주지 못한다고 주장했다.

사진사 에드 무어도 대도시에서 설교를 들었던 이야기를 해주었다. 그는 누가 자기에게 그런 설교를 해준다면 자기를 교회에서 떼놓지 못할 것이라고 했다. 그런 보장이 되지 않아서 에드 무어는 교회에서 멀어졌다.

교회의 교리도 바로 비난의 대상이었다. 일부 신자들은 영원한 형벌에 대해 의문을 제기하기 시작했다. 그 의심이 너무 깊어서 슬픔의 사순절 예배에 참석하지 않을 정도였다. 실제로 맥카트니 검사는 어느 날 오후 치과의사 조 밀리건과 함께 아타나시우스 신조(초대교회 이후부터 중세에 걸쳐 서방교회에서 널리 사용되던 삼위일체 교리에 대한 명확한 신앙 고백 – 역자 주) 전체에 의문을 던지며 각 조항마다 따지고 들었다.

드론 사제는 계속 특별 예배를 진행했다. '기드온의 방주'인 교회는 침몰하는 배에서 비상용 신호탄을 쏘아 올리듯 인쇄물을 배포하고 신도들을 방문해서 호소하는 활동을 계속 벌였다. 달마다 점점 더 늘어나는 교회 빚은 사제의 마음을 무겁게 짓눌렀다. 그는 때때로 그 빚을 잊었다. 어떤 때는 자다가 한밤중에 깨서 그 빚에 대해 생각했다. 하느님의 위대한 증거인 교회의 불빛이 있는 곳을 나와 길을 걷다가 구세군들이 석유램프 주변에 모여 기도하는 곳을 지나칠 때면 그 빚 때문에 창에 찔린 듯 가슴이 아프기도 했다.

교회 신자들이 그 문제를 드론 사제의 설교 탓으로 돌리는 것은 옳지 않다고 생각한다. 그 점에서는 신자들이 틀렸다고 확신한다. 개인적인 경험으로 말하건대 사제의 설교는 신앙심을 자극할 뿐만 아니라 신도들에게도 매우 유익했다. 그리스어나 현대적인 기계들처럼 가치 있는 다양한 소재들이 포함되었기 때문이다.

이를테면 그리스어를 한번 살펴보자. 드론 사제는 설교단에서 그리스어를 쓸 때 그 말에서 드러나는 의미나 숨은 의미의 섬세한 느낌을 최대한 살린 번역으로 전달했다. 평소 신자들이 완전히 동의했다는 확신이 들지 않으면 번역의 미묘한 차이를 한 치도 용납하는 법이 없었다. 번역은 이견이 전혀 없어야 하고 반박할 수 없어야 한다. 그렇지 않으면 그냥 넘어갈 수 없었다. 그는 설교를 잠시 멈추고 이렇게 말하기도 했다. "그리스어로는 원래 '호손'이지만, 아마 여러분은 제가 호손을 '호욘'으로 번역해도 괜찮다고 보실 것 같군요." 사실 신자들은 그렇게 봤다. 어떤 잘못이 발견되어도 그 순간에 이의를 제기하지 않는 것이 신자들의 순수한 입장이었다.

기계에 대해서도 마찬가지였다. 발전기나 선박용 엔진, 〈사이언티픽 아메리칸〉 잡지의 사진 따위보다 모든 것을 아시는 하느님의 위대한 목적을 더 잘 설명해줄 수 있는 게 도대체 뭐가 있겠는가?

게다가 여행할 기회를 얻은 사람이 작은 만灣의 새로 건설한 선착장에서 출발해, 한배를 탄 소중한 신앙인 여행객들과 콘크리트 부잔교浮棧橋까지 감사히 안전하게 도착하는 여정에서 신의 손길이 닿아 펼쳐진 큰 호수들을 보았다면, 그 여행 경험은 비유나 사례를 드는 설명에 어울리고 적절한 내용이 되지 않겠는가? 사실 비유는 제쳐놓더라도 어쨌든 그 자체로 몹시 흥미로운 이야기가 아닌가? 사제가 뭔가 조금이라도 돌려줄 거라고 기대하지 않았다면 교회 위원들이 사제를 배에 태워서 호수 여행을 보내줄 이유가 있었을까?

내가 이 점을 강조하는 이유는 호수 여행기 설교를 반대하는 비판론이 몹시 공정하지 않은 것 같아서다. 만약 드론 사제가 자신의 여행 경험을 일반 신문에 조야한 언어로 풀어놓았다면 그건 좀 부적절했을 수 있다고 인정한다. 사제는 늘 그렇듯 자기 이야기를 꺼낼 때 신중했다. 사제가 그랬던 예를 들면서 설명할 테니 한번 잘 들어보길 바란다.

"몇 해 전, 제게 우연한 행운이 찾아왔습니다." 사제는 이렇게 이야기를 시작했다.

"우리가 인생이라는 바다의 항해자인 것처럼 저도 어느새 항해자가 되어 광활한 호수로 나아간 것이죠. 신의 손길이 닿은 호수는 우리 앞에 북서쪽으로 펼쳐져 있었고, 물 높이는 177미터로 해수면보다 높았습니다. 참, 제가 말씀드리는 호수는 '휴런호수'입니다."

자, 이렇게 이야기하는 것은 "저는 호수 여행을 갔던 때를 절대 잊을 수 없을 겁니다."라고 하는 말하는 것과 얼마나 다른가! 완전히 다른 이야기처럼 들리지 않는가? 그런 방식으로 드론 사제는 이야기를 계속했다. "저는 호수에 있는 거대한 '리바이어던' 중 하나를 타고 항해하고 있었습니다. 참고로 리바이어던은 '노던 네비게이션 컴퍼니'에서 운항하는 배를 말합니다. 저는 뱃머리의 난간 옆에 서서 역시 서쪽으로 여행 중인 신앙이 깊은 형제님 한 분과 이야기를 나누고 있었습니다. 참, 그 형제님은 외판원이었다는 말씀을 드려야겠군요. 우리 옆에는 신심이 깊은 자매님 한 분이 갑판 의자에 앉아 있었습니다. 그때 우리 근처에는 은혜받은 두 분이 갑판에서 그리스도교적인 유흥에 심취해 있었는데요. 좀 더 구체적으로 살짝 언급하면 덱 빌리어드(갑판 위에서 하는 당구와 비슷한 놀이 - 역자 주) 게임을 하고 있었습니다."

이처럼 완전하고 올바른 비유를 들어 상황을 설명하고 나서, 가령 "사실 날씨가 무척 화창한 아침이었습니다." 같은 꾸밈없는 표현으로 마무리하는 드론 사제의 설교 방식이 바람직하지 않았는지는 합리적인 사람의 판단에 맡겨두겠다.

마리포사에서도 그런 설교 방식에 이의를 제기하는 사람들이 일부 있었다. 그들은 저녁 식사 자리에서 드론 사제가 무슨 말을 하는지 이해가 안 된다면서 혹시 그 말을 알아듣는 사람이 있냐고 서로 물었다. 한번은 사제가 하느님의 위대한 증거인 새 교회의 문밖을 지나다가 누군가 "그 늙은 물렁이가 설교단에서 내려오면 교회가 괜찮아질 텐데 말이죠."라고 말하는 것을 들었다. 그 말이 사제의 가슴에 날카로운 가시처럼 박혀 계속 남아 있었다.

알다시피 그런 말은 마음에 계속 남아 어찌나 괴롭히는지 그 말을 확인하기 위해 다시 듣고 싶을 정도다. 자신이 제대로 듣지 못해서 알고 보니 헛들은 것일 수도 있기 때문이다. 어쩌면 아무도 그런 말을 하지 않았을지도 모른다. 그래서 그런 말을 들으면 그때 바로 기록해놓아야 한다. 드론 사제는 백과사전을 꺼내 'ㅁ'자가 있는 장들을 뒤져 손가락으로 천천히 짚어 내려가면서 '물렁이'라는 단어를 찾았다. 하지만 거기에 그런 단어는 없었다. 그는 위층 작은 서재에서 〈팔레스타인의 동물〉이라는 책의 책장을 넘기면서 '물렁이'라는 단어를 찾았다. 거기에도 그런 단어는 없었다. 아무래도 고대 유대인들의 호시절에도 알려지지 않던 말인 게 틀림없었다.

달이 지나고 해가 지나면서 빚과 청구액은 수평선에 먹구름이 모이듯 불안하게 다가왔다. 어려움에 맞서 싸우려는 노력이 없었던 것은 아니다. 그런 노력은 분명히 있었다. 교회 봉사자들이 몇 번이고 만나서 빚을 청산할 계획을 짰다. 그런데도 그런 계획을 시도하고 나서 보면 빚은 해마다 어김없이 더 늘어 있었고 어떤 대책을 강구해도 결과는 그전보다 더 절망적인 것으로 나타났다.

첫 시도는 '행운의 편지' 같은 방식의 호소였던 것 같다. 기억하는지 모르겠지만, 10년이나 15년 전쯤에 성직자 사회에서 엄청 인기가 있던 방식이었다. 이를테면 다수의 사람들이 각자 세 명의 친구에게 각각 10센트를 요청하면서 그런 비슷한 내용의 편지를 다른 세 사람에 보내 달라고 부탁하는 것이다. 세 사람이 각자 세 명에게 편지를 보내고 편지를 받은 세 사람은 또 각자 세 명에게 편지를 보내는 방식이라니! 아주 놀라운 창의성이 엿보이지 않는가? 마리포사의 영국 국교회 자원봉사자들이 교회 지하의 제의실祭衣室에 앉아 편지지를 1미터 가까이 쌓아놓고 써서 보냈던 일은 아무도 잊지 못할 것이다. 특히 몇몇 사람들은 절대 잊지 못할 것이다. 바로 외환은행 창구 직원인 펍킨 씨가 그런 사람이었다. 그 이유는 바로 그곳에서 페퍼리 판사의 딸 제나를 처음 만났다는 데 있다. 펍킨 씨와 제나 페퍼리는 정말 부지런히 작업해서 어마하게 많은 편지를 썼다. 하루 오후 반나절에만도 편지를 여덟아홉 통씩 썼다. 그 와중에도 두 사람은 서로의 글씨체가 소름이 돋을 정도로 비슷하다는 사실을 발견했다. 둘의 글씨체를 본 사람이라면 서체 역사상 가장 놀랍고 신기한 우연 중 하나임을 인정할 것이다.

그러나 그 계획은 실패하고 말았다. 그것도 완전한 실패였다. 이유는 모르겠다. 편지들이 발송되어 널리 퍼지고 다시 똑같은 편지들이 발송되어 퍼져나갔다. 마리포사에서부터 이어지는 무한 사슬은 서부 로키산맥까지 이를 정도였지만, 그 편지들은 전혀 돈을 거둬들이지 못했다. 교회 자원봉사자들이 편지를 몇천 통이나 썼음에도 희한하게 그 편지는 받은 사람들의 마음에 전혀 가닿지 않았던 모양이다.

그런 일이 있고 나서 겨울 정기 모금 시즌이 되었다. 가장 먼저 바자회가 열렸다. 바자회는 여성회에서 준비해 교회 지하에서 진행되었다. 여자들은 모두 대도시에서 제작된 특별 의상을 입고 부스도 마련했다. 그곳에는 바늘꽂이 덮개, 의자 덮개, 소파 덮개 등 판매 가능하다고 생각되는 물건들이 전부 다 있었다. 사람들이 그 물건들을 사기 시작하면 당장 빚을 갚을 수 있으련만, 바자회는 도리어 손실만 기록했다.

그 뒤에는 드론 사제가 영사기를 이용해 '이탈리아와 침략자들'이란 주제로 강연회를 했던 것 같다. 대도시에서 구해온 영사기와 슬라이드는 참으로 근사했다. 울창한 이탈리아 밀림과 악어들, 몽둥이를 든 벌거벗은 침략자들의 사진처럼 약간 어리둥절한 슬라이드가 일부 껴 있었지만 그래도 있을 건 다 있었다. 그날 저녁은 눈이 심하게 오는 데다 컬링 경기까지 있어서 정말 운이 나빴다. 그런 악재만 없었다면 강연으로 큰돈을 벌었을 텐데. 그런 상황에서도 어쩔 수 없는 사고로 영사기가 망가진 것 외에는 손실이 그리 크지 않았다.

그 후에 있었던 일들은 다 기억나지 않는다. 그래도 내 기억을 더듬어보면 장소 대여와 티켓 인쇄를 비롯한 모든 일을 준비한 사람은 언제나 멀린스였다. 그의 아버지가 드론 사제와 성공회 대학 동창이었다는 사실을 기억하는가. 비록 드론 사제가 멀린스보다 서른일곱 살 더 많긴 했지만, 비즈니스 문제에 관해서는 참모와도 같은 멀린스에게 의지했다. 반면에 멀린스는 드론 사제보다 서른일곱 살 아래였지만, 교리 문제만큼은 바위에 부딪히더라도 사제에게 맞섰다.

그런 두 사람이 한번은 대중이 원하는 바가 교훈적인 것이 아니라 뭔가 가볍고 즐거운 것이라는 생각을 한 적이 있었다. 멀린스는 드론 사제에게 사람들이 몹시 웃고 싶어 한다고 말했다. 많은 사람을 한자리에 모아 웃게 만들면 그들과 함께 뭐든 바라는 대로 할 수 있다고 했다. 사람들은 일단 웃기 시작하면 정신 줄을 놓기 마련이니까. 그들은 고등학교 문학 교사인 드리리 씨를 섭외해 제프리 초서부터 애덤 스미스까지 '위대한 유머 작가'들의 글을 소개하는 '책 읽는 저녁'이라는 강연을 마련했다. 이제 그 강연으로 돈을 드럼통 한가득 벌 일만 남았다. 사람들이 한번 웃기 시작하면 그걸로 상황 종료일 테니까. 사실 내가 들은 바로는 많은 사람이 그냥 자지러지게 웃고 싶었다고 했다. 그들은 강연 내내 웃음 보따리가 터질 것만 같았다고 했다. 그런데 웃음을 터뜨릴 정도까지는 아닌 조금 덜 웃긴 상황에서조차 미소를 띠지 않으려고 안간힘을 썼다고 했다. 그들은 살면서 이렇게 웃지 않으려고 고생한 적이 없었다고 했다.

사실 교회 회장이기도 한 멀린스는 신자들 앞에서 감사의 말을 하는 시간에 여러분이 이게 어떤 강연인지 알면 '참석자'가 훨씬 늘어날 것으로 확신한다고 말했다. 그러나 강연을 예고하면서 제공한 정보는 강사 이름이 '드리리 씨'라는 것과 '전 좌석 공히 25센트'에 '영국 유머' 강연을 한다는 것이 전부였다. 만약 멀린스가 발표한 것처럼 사람들이 그게 어떤 성격의 강연인지를 알았더라면 (아니 아주 조금이라도 알았다면) 그곳에 수백 명이 모였을 텐데. 하지만 무슨 강연인지 판단할 수 있는 정보를 사실상 주지 않았으니 사람들이 무슨 수로 그 강연이 정말 재미있겠다고 생각할 수 있겠는가?

그런 일을 벌인 뒤로 상황은 나쁘다 못해 더 악화하는 듯 보였다. 거의 모든 사람이 교회 빚 문제에 대해 풀이 죽었다. 그런데 참으로 신기하고 놀랍게도 멀린스의 머릿속에 좋은 생각이 번쩍 떠오르지 않았다면 그 빚이 어떻게 되었는지, 그 빚을 청산했는지 알지 못했을 것이다. 그 계기는 은행 휴일을 맞아 마리포사를 떠나 있던 멀린스가 우연히 한 대도시에서 모금 운동을 벌이는 과정을 목격한 것이었다. 그것을 지켜보고 완전히 흥분한 상태로 돌아온 멀린스는 마리포사 기차역에서 내리자마자 여행 가방과 다른 짐들을 다 든 채로 곧장 사제관으로 갔다. 때는 사월의 어느 저녁이었고 드론 사제는 거실에서 세 딸과 함께 램프 옆에 앉아 있었다. 그곳에 불쑥 나타난 멀린스는 소리쳤다.

“드론 아저씨! 방법을 찾았어요. 아저씨가 2주 동안 얼굴이 더 삭기 전에 빚을 청산할 방법을 찾았다고요. 우리는 이제 마리포사에서 ‘회오리 캠페인’을 벌이는 거예요!”

그런데 잠깐! 절망의 심연에서 희망의 절정으로 바뀌는 과정이 너무나 갑작스럽다. 그러니 여기서 잠시 숨을 고르고 다음 장에서 마리포사의 회오리 캠페인을 이야기해야겠다.

5장. 마리포사 회오리 캠페인

마리포사에 회오리 캠페인 계획을 전부 알리고 그 진행 방법을 설명한 사람은 바로 은행가 헨리 멀린스였다. 그는 우연히 대도시에 갔다가 마침 그곳의 한 대학교에서 회오리 캠페인을 벌여 모금 운동을 하는 과정을 보게 되었다.

멀린스는 그 캠페인의 마지막 날 장면을 결코 잊지 못할 거라고 말했다. 그날 그곳에서는 전체 모금액이 필요한 것보다 훨씬 많이 걷혔다는 결과가 공표되었다. 그 광경은 참으로 멋졌다. 그 도시의 사업가들이 모두 환호하고 웃으며 악수를 했고, 교수들은 눈물을 주르르 흘렸다. 직접 그 돈을 받은 학부장들은 소리를 내며 울었다.

멀린스는 지금까지 보아온 광경 중에서 가장 감동적인 장면이었다고 했다.

그런 장면을 본 멀린스는 마리포사 사람들에게 그 캠페인이 어떻게 진행되었는지 차근차근 설명했다. 가장 먼저 사업가 두 명이 조용히 만났다고 한다. 아주 조용하게. 실제로 이런 만남은 조용히 진행될수록 더 좋다고 했다. 그렇게 만난 두 사람은 이야기를 나누었다. 아마 둘 중 한 사람이 상대방에게 식사를 대접했을 것이다. 그냥 조용하게 말이다. 그러고는 상황을 의논했을 것이다. 그다음에 이 두 사람은 세 번째 사람을 초대했다. 그 자리에 네 번째 사람도 같이 초대할 수도 있다. 그러면 이렇게 모인 서너 사람은 보통 점심 식사를 함께하면서 대화했다. 그 시간 중 일부는 다른 이야기가 오가기도 했다. 이렇게 문제를 논의해나가면서 다른 관점에서 바라보고 다른 각도로 살펴보는 과정을 거쳐 만반의 준비가 되면 그들은 일제히 달려들어 일사천리로 일을 진행했다. 중앙 위원회를 조직하고 분과 위원회도 꾸리고 각 그룹의 장과 기록 담당자와 간사도 정했다. 그리고 날을 정해 회오리 캠페인을 시작했다.

그 많은 사람이 날마다 정해진 장소에서 만나 점심을 함께 먹기로 전원 동의했다. 그 장소는 식당이 될 수도 있고, 클럽이 될 수도 있고, 다른 장소가 될 수도 있었다. 이런 모임이 매일 진행되면서 캠페인에 대한 관심은 점점 더 뜨겁게 달아오르고 모두가 점점 더 신바람이 났다. 그렇게 분위기가 한창 무르익자 비로소 회장은 캠페인이 성공했다고 발표했고, 바로 그때 멀린스가 상세히 설명한 그런 광경이 펼쳐졌다.

그렇게 마리포사에서도 이 캠페인을 추진하려는 계획이 수

립되었다.

회오리 캠페인 자체에 대해서는 너무 많은 이야기를 늘어놓고 싶지 않다. 그렇다고 해서 캠페인이 실패했다는 말은 아니다. 그와는 반대로 여러 측면에서 이보다 더 대단한 성공은 없었다. 하지만 헨리 멀린스가 얘기했던 그런 결과가 정확히 나온 것 같지는 않았다. 마리포사와 대도시 간에 차이가 있어서 첫눈에 제대로 알아보지 못하는 것일 수도 있다. 어쩌면 다른 계획을 시도하는 편이 나았을지도 모르겠다.

마리포사에서는 회오리 캠페인이 진행되는 일반적인 과정을 거의 그대로 따랐다. 일단 사업가 몇 명이 조용히 만나는 표준적인 방식으로 일을 시작했다.

예를 들면 가장 먼저 헨리 멀린스가 상업은행 건물 위층에 있는 조지 더프의 집에 조용히 찾아갔다. 낮에 멀린스가 호밀 위스키를 한 병 들고 가서 더프와 이야기를 나누었다. 그날 밤에는 더프가 스카치 위스키를 한 병 들고 외환은행 건물 위층에 있는 멀린스의 집으로 조용히 찾아왔다. 멀린스와 더프는 그렇게 며칠 저녁을 어울리고 난 뒤 눈에 띄지 않게 호밀 위스키 두어 병을 들고서 철물점 위층 피트 글로버의 집으로 갔다. 그러고 나서 이 셋은 어느 날 밤 사진사 에드 무어와 함께 포커 게임을 빙자하여 페퍼리 판사의 집으로 갔다. 바로 그다음 날 멀린스와 더프, 피트 글로버와 에드 무어, 페퍼리 판사는 마구馬具 제작자 윌 해리슨을 끌어들여 낚시를 핑계로 아무런 격식도 차리지 않고 호수에 함께 갔다. 그다음 날 밤에는 멀린스와 더프, 피트 글로버와 에드 무어, 페퍼리 판사와 윌 해리슨이 우체국장 알프 트렐로니를 끌어들여 야간 업무 시간을 넘겨 마리포사 하우스에 갔다. 그리고 그다음 날에는 멀린스와 더프, 그리고….

휴우! 일이 진행되는 모습이 당장 눈에 보이지 않는가? 굳이 회오리 캠페인의 요소를 더 따라 할 필요도 없다. 오로지 조직의 힘을 보여주기만 하면 된다.

그리고 알아둘 게 있는데 그들은 지금껏 내내 의논하면서 일단 문제를 하나의 관점에서 바라보고 그다음에는 다른 관점에서 살펴보았다. 사실 이처럼 중요한 일이 진행될 때는 마리포사 사람들도 대도시 사람들과 똑같이 행동한다.

일이 이렇게 상당히 구체화 되고 나자 더프는 어느 날 밤 멀린스에게 중앙 위원회의 장이 되는 게 어떠냐고 단도직입적으로 물었다. 더프가 느닷없이 물어보는 바람에 멀린스는 거절할 틈이 없었지만, 그도 곧바로 더프에게 회계 책임자가 되어줄 수 있는지 물었다. 그러자 더프도 거절할 틈이 없었다.

그 일을 계기로 캠페인이 본격적으로 시작되었고 일주일 만에 전체 조직이 갖춰져 돌아갔다. 중앙 위원회와 여섯 개의 분과 위원회가 생겼다. 각 분과에 스무 명의 위원을 두고 위원장도 한 명씩 정했다. 그들이 짠 조직도는 무척 효율적으로 보였다.

한 그룹은 모두 은행가들로 멀린스와 더프, (조각 장식이 있는 넥타이핀을 단) 펍킨, 그 외 네 명이었다. 그들은 에드 무어의 스튜디오에서 단체 사진을 찍었다. 빙산을 배경으로 한 줄로 서서 겨울 장면을 연출함으로써 꽤 예리한 사람들이 모인 것처럼 보였다. 알다시피 어떤 금융 거래든 대표적인 은행원 무리를 끌어들이면 당장에 아주 상당한 영향력을 갖게 된다.

두 번째는 변호인 그룹으로 니벤스와 맥카트니를 중심으로 모인 사람들이었다. 이들은 어디서 만나든 매우 분별 있어 보이는 사람들이다. 이런 캠페인을 할 때 도시의 변호인들을 얻으면 지략이 뛰어난 참모들을 곁에 둔 것 같아 마음이 든든해진다.

그다음으로 사업가 그룹이 있었는데 여기에는 견실한 사람들이 모여 있었다. 마구馬具 제작자 해리슨과 철물점 주인 글로버를 비롯해 다들 그런 무리로서 말수는 많지 않더라도 1달러가 몇 센트인지 꼼꼼하게 알려줄 수 있는 확실한 사람들이다. 교육이나 뭐 비슷한 문제를 따져도 괜찮지만, 만약 추진력과 효율성을 원한다면 사업가들을 확보해야 한다. 대도시에서 흔히 보듯 이는 마리포사에서도 마찬가지다. 대도시에서는 중대한 문제가 있을 때 어떤 사람이 교육을 잘 받았다는 걸 알게 되면 사람들이 그를 쓰기는커녕 잠시도 같이 있으려고 하지 않는다. 그래서 사업가들은 자신의 교육 수준을 매우 철저히 숨겨야 한다.

나머지 세 그룹은 각각 의사 팀, 언론인 팀, 그리고 페퍼리 판사와 경매인 요들 같은 사람들로 구성된 전문가 팀이었다.

캠페인 조직은 잘 짜여서 팀마다 개별 본부가 있었다. 두 팀씩 나뉘어 호텔 세 군데에서 위층과 아래층에 각기 본부를 마련했다. 날마다 거한 점심 식사 자리가 있었는데 장소는 스미스 카페였다. '위사노티호수 낚시꾼들의 집'이자 '스미스 북부 건강 리조트' 건물의 모퉁이를 돌면 나오는 바로 그 식당이다. 점심때는 테이블에 나눠 앉아 각 테이블의 장이 어떤 술들을 마실지 검토했다. 당연히 모든 테이블은 서로 경쟁하는 관계였다. 사실 경쟁이야말로 모든 일의 활력소였다.

그들이 조직을 갖추었을 때 돌아가는 일들을 보면 그저 경이롭기만 하다. 첫 번째 점심 모임을 한번 예로 들어보자. 모든 사람이 참석해서 각자 자기 자리에 앉았고, 각 분과 위원장은 테이블의 가장 윗자리에 앉았다. 그중에는 이 점심 모임에 힘들게 참석한 사람들도 있었을 것이다. 그들은 자기가 일하는 가게에서, 은행에서, 사무실에서 마지막 순간까지 일하다가 도망치듯 쏜살같이 나왔을 가능성이 크다. 이는 유례없이 순수한 팀워크를 보여주는 가장 단적인 예였다.

이미 눈치챘겠지만, 분과 위원장과 위원 중 다수가 영국 국교회 소속이 아니었다. 예를 들면 글로버는 장로교인 이었다.

그의 땅에 목사관牧師館의 말뚝 울타리를 60센티미터 높이로 치기 전까지는 말이다. 그 뒤로 그는 자유 사상가가 되었다. 앞에서 언급했듯이 마리포사에서는 모두가 모든 일에 관여하고 싶어 한다. 당연히 회오리 캠페인은 새로운 일이었다. 어쨌거나 단지 개인의 종교를 이유로 점심 식사 자리에 끼워주지 않는 것은 사업 경영 능력이 형편없다는 증거였다. 그런 식의 종교적 편협함은 과거에나 있던 일이다.

테이블의 상석에 앉은 헨리 멀린스가 전보와 편지를 소리 내어 읽기 시작하자 축제 분위기가 되었다. 먼저 성공회 교구 주교가 헨리 멀린스 앞으로 보내온 축전이 있었다. 사실 주교는 멀린스를 '디어 브라더 인 그레이스(Dear Brother in Grace, 신의 은총을 받은 친애하는 형제)'라고 칭했는데, 마리포사 전신국에서 일을 정확하게 처리하지 않은 바람에 전보에는 '디어 브라더 인 그리스(Dear Brother in grease, 기름이 오른 친애하는 형제)'라고 적혀 있었다. 그래도 충분히 좋았다. 그 서두에서 주교의 가장 진심 어린 기원이 전해졌기 때문이다.

다음으로 멀린스는 마리포사 시장에게서 온 편지를 읽었다. 시장은 임기 1년의 명예직이었는데 그해의 시장은 피트 글로버였다. 편지에는 그들과 함께한다는 그의 가장 간절한 염원이 담겨 있었다. 다음으로 읽은 편지는 운송 회사에서 온 것으로 그들에 대한 사측의 따뜻한 선의를 최대한 담고 있었다.

그다음에 공개된 육류 가공 회사에서 온 편지는 그들과 가장 가깝게 뜻을 같이한다는 내용이었다. 그러고 나서 멀린스는 외환은행 지점장으로서 보낸 자신의 편지를 읽었다. 본인이 제안한 캠페인 출범 소식을 들었다고 스스로 알리면서 가장 적극적인 관심을 쏟겠다고 보장하는 내용이었다.

이런 전보와 편지의 내용이 공개될 때마다 박수가 연달아 터지는 바람에 현장에서는 자기 말소리나 남들에게 지시하는 소리도 거의 들리지 않을 정도였다. 멀린스가 자리에서 일어나 좌중을 조용하게 하려고 탁자를 탕탕 쳤다. 그러고는 사업가들이 하는 식으로 탁탁 치고 나가는 연설을 했다. 대학을 나온 사람은 도저히 할 수 없는 그런 연설이었다. 그 연설을 그대로 다 전할 수 있으면 좋으련만, 내 기억으로 연설은 이렇게 시작했던 것 같다. "자, 여러분! 우리가 무엇 때문에 여기 모였는지 잘 아실 겁니다." 연설은 그렇게 마냥 훌륭하게 이어졌다. 연설을 마친 멀린스는 만년필을 꺼내어 5만 달러 모금을 달성하는 조건의 100달러짜리 수표를 한 장 썼다. 그러자 온 방에 환호성이 터졌다.

바로 그때 조지 더프가 벌떡 일어났다. 알다시피 마리포사의 양대 은행 사이에는 치열한 경쟁이 있으며 그것은 순전히 비즈니스 차원의 문제다. 불쑥 튀어나온 조지 더프는 7만 달러 모금을 달성하는 조건의 100달러짜리 수표를 한 장 썼다. 만약 그 자리에 있었다면 지금까지 살아오면서 그런 환호성은 한 번도 들어보지 못했을 것이다.

그러자 네틀리가 테이블 상석으로 걸어오더니 10만 달러 모금을 달성하는 조건의 100달러짜리 수표를 한 장 건넸다. 10만 달러! 생각만 해도 아찔해서 다리가 휘청거리는 숫자다. 마리포사처럼 작은 지역에서 5분 만에 10만 달러를 모금하자는 생각이 나오다니!

심지어 그건 아무것도 아니었다! 그 자리에 있던 많은 사람이 펜을 빌리려고 순식간에 멀린스 주위로 몰려드는 바람에 멀린스의 조끼는 여기저기 잉크로 얼룩이 졌다. 마지막 순서였던 사람까지 수표 서명을 최종적으로 끝내자 멀린스는 자리에서 일어나 모금액 조건이 25만 달러에 이르렀다고 발표했다. 그곳은 사람들의 환호성으로 완전히 뒤덮여 서로 대화가 불가능할 지경이었다. 오, 이 회오리 캠페인은 참으로 경이롭다!

그런 결과가 나온 첫날 캠페인 위원회는 꽤 으쓱했다. 헨리 멀린스의 얼굴은 약간 홍조를 띤 채 흥분한 듯 보였다. 흰 조끼에는 진분홍 장미가 한 송이 꽂혀 있었다. 수표 서명 소동으로 조끼가 잉크 범벅이 되긴 했지만 말이다. 그는 일을 시작하기만 하면 된다는 걸 줄곧 알고 있었다고 사람들에게 계속 이야기했다. 대도시의 대학교 캠페인에서 봤던 광경과 교수들이 울었던 이야기를 또다시 들려주면서 만약에 마리포사 캠페인 모임의 마지막 날에 고등학교 교사들이 왔더라면 어땠을까 궁금해하기도 했다.

마리포사 회오리 캠페인을 돌아보면 실패라는 느낌이 전혀 들지 않는다. 사람들이 서로 협력해서 일할 때 이런 공감과 형제애가 생겨나는 법이다. 그날 저녁에 위원회의 모금운동원들이 어깨를 나란히 하고 마리포사 하우스에서 콘티넨털 호텔로, 멀린스의 집으로, 더프의 집으로, 여기저기 도시를 돌아다니는 모습을 직접 봤다면 무슨 말인지 이해했을 것이다.

점심 모임이 매번 처음처럼 그렇게 성공적이었다고 볼 수는 없었다. 바쁜 사람이라면 일터에서 나오기가 늘 쉽지만은 않으니 말이다. 회오리 캠페인 위원회의 대다수가 딱 정해진 시간 안에 서둘러 나와 얼른 점심을 먹고 일터로 돌아가야 했다. 그들은 점심 모임에 와서 잽싸게 점심을 먹었다. 점심 모임이 지속되는 한 그들은 그곳에 왔다. 비록 급하게 와서 음식만 간단히 챙겨 먹고 다른 사람과는 대화할 겨를이 없어도 점심 모임은 빠지지 않았다.

마리포사에서 회오리 캠페인이 망한 것은 열정이 부족해서가 아니었다. 뭔가 다른 이유가 있었던 게 틀림없다. 그게 무엇이었는지는 정확히 모르겠지만 재정과 관련된 회계 장부상의 문제였던 것 같다.

어쩌면 조직의 기획력이 부족해서였을 수도 있다. 사실상 모든 사람이 위원회에 들어가 있으면 캠페인 대상을 찾기가 몹시 어려워진다. 위원장들과 위원들이 서로서로 모금 운동을 벌이는 것은 허용되지 않는다. 그들은 원래 자발적인 사람들이기 때문이다. 개별 그룹에서 할 수 있는 일이라고는 어느 정도 가능성이 있는 장소를 왔다 갔다 하면서 기다리는 것뿐이었다. 그런 장소는 이를테면 스미스 호텔 바의 특별실같이 모금 운동의 대상이 될 만한 사람이 들어올지도 모른다고 기대할 수 있는 곳이었다.

그런데 정작 호텔 주인장인 스미스 씨에게는 왜 모금 운동을 벌이지 않았는지 궁금해할 수도 있겠다. 진작 말했어야 하는데. 스미스 씨도 맨 처음에는 당연히 모금 운동의 대상이었다. 그는 자신의 호텔 카페에서 점심 모임을 여는 조건으로 200달러를 현금으로 냈었다. 그런데 1인당 1달러도 아니고 25센트를 받으면서 제대로 된 점심을 제공하기가 엄청나게 힘들었다. 심지어 성공회 교구 주교조차 스미스 카페에 와서 음식을 맛보지 못해 유감을 표할 정도였으니 말이다. 결국 스미스 씨는 자기가 냈던 돈을 돌려받았고 많은 사람이 오히려 자선 활동의 대상이 되어 식사를 할 수 있게 됐다. 그런데 문제가 점점 더 복잡해져서 손익분기점을 맞추길 바라며 다른 점심 모임을 열어야 할지, 아니면 캠페인을 중단해야 할지 갈림길에 서게 되었다.

실망스러웠다. 그랬다. 지금까지 거둔 모든 성공과 공감에도 불구하고 결과는 실망스러웠다. 회오리 캠페인이 이롭지 않았다고 할 수는 없었다. 많은 사람이 과거의 그 어느 때보다 서로를 더 잘 알게 된 점은 분명했다. 페퍼리 판사는 캠페인 이후로 평소 궁금했던 인물인 피트 글로버에 대해 전부 알게 됐다고 했다. 이처럼 더할 나위 없이 만족스러운 캠페인이었다. 회오리 캠페인의 진짜 문제는 그들 중 어떤 사람이 회오리의 주체이고, 캠페인 대상은 누군지 명확하게 잘 알지 못했다는 점이었다.

몇몇 사람들은 그런 사실을 꽤 심각하게 받아들였던 것 같다. 헨리 멀린스가 그랬다는 것은 알고 있다. 눈에 보였기 때문이다. 캠페인이 첫 결실을 맺었던 날의 점심 모임에서 멀린스는 정장을 차려입었고 흰 조끼에 진분홍 장미를 달고 있었다. 두 번째 날에는 회색 조끼에 분홍 카네이션을 달고 있었다. 세 번째 날에는 정장 조끼가 아니라 니트 조끼에 죽은 수선화를 달고 있었다. 마지막 날은 고등학교 교사들이 점심 모임에 왔으면 했던 날이었는데 그냥 사무복 차림에 면도조차 하지 않은 얼굴이었다. 그의 모습은 패배자 같았다.

그날 밤 멀린스는 드론 사제에게 캠페인이 실패로 돌아갔다는 소식을 전하려고 사제관으로 갔다. 알다시피 사제는 점심 모임에 참석하지 않는 것으로 정해져 있었다. 모든 일이 사제를 완전히 깜짝 놀라게 해주려는 작전이었다. 사제가 캠페인에 대해 알았던 내용은 고작 점심 모임에 많은 사람이 왔고 그들이 매우 환호했다는 단편적 정보가 전부였다. 한번은 마리포사 뉴스 패킷에 '25만 달러'라는 5센티미터 크기의 기사 제목이 눈에 확 띄었다. 사제는 뜻밖의 기쁨을 망칠까 봐 그 기사를 읽으려던 마음을 접었다.

나는 멀린스가 드론 사제를 보러 가면서 거리를 지나는 모습을 봤다. 때는 사월 중순이었고 길거리는 넝마 같은 눈으로 덮여 있었다. 밤은 여전히 어둡고 추웠다. 멀린스는 이를 악물고 걷고 있었다. 코트 주머니 속에 들어 있는 자신의 100달러짜리 수표를 쥐고서. 그것은 조건을 달지 않은 수표였다. 그는 마리포사에 야비하고 역겨운 놈들이 너무 많아서 대도시의 본점에 있는 편이 낫겠다고 말했다.

드론 사제가 사제관의 작은 문으로 나왔다. 바깥은 깜깜했고 사제가 등지고 있는 열린 문에서는 램프 불빛이 새어 나오고 있었다. 사제는 멀린스와 악수를 했다. 그리고 두 사람은 함께 안으로 들어갔다.

6장. 언덕 위의 횃불

나중에 멀린스는 드론 사제에게 캠페인 결과를 전하는 일이 생각보다 훨씬 쉬웠다고 했다. 그의 말에 따르면 사제가 너무 조용했다고 했다. 물론 드론 아저씨가 멀린스에게 욕부터 내뱉었거나 멀린스를 한 대 치려고 했다면 그 일은 훨씬 어려웠을 것이다. 드론 사제가 너무나 잠자코 있으니 이따금 그가 멀린스가 하는 말을 거의 알아듣지 못하는 것 같기도 했다. 멀린스는 그런 사제의 반응이 기뻤다. 사제가 그다지 실망하고 있지 않다는 증거였기 때문이다.

실제로 만나서 이야기하는 동안 사제가 유일하게 생기를 띠면서 흥미를 보인 때는 멀린스가 괘씸한 물렁이들이 많아서 캠페인이 망했다고 말했던 순간이었다. 사제는 곧바로 그 물렁이들이 정말 캠페인 결과를 망쳐놨냐고 물었다. 멀린스는 틀림없다고 대답했다. 사제는 물렁이들의 존재가 어떤 일을 이루려고 애쓸 때 치명적이냐고 다시 물었고 멀린스는 그렇다고 했다. 그러자 사제는 그리스도교적 의미에서 볼 때 단 하나의 물렁이도 해를 끼칠 수 있는지 물었다. 멀린스는 물렁이 하나가 뭐든 망칠 수 있다고 했다. 그 뒤로 사제는 거의 아무 말도 하지 않았다.

사제는 그제야 멀린스를 너무 오래 붙들어서는 안 되겠다고, 이미 너무 오래 붙잡아두었다고 말했다. 멀린스가 기차 여행으로 고단할 게 분명하고 극도로 피곤할 때는 푹 자는 일 말고는 다 소용없다고 했다. 안타깝게도 사제 자신은 서재로 가서 편지를 몇 통 더 쓰기 전까지는 잠이 주는 귀한 혜택을 누릴 수 없을 거라고 덧붙였다. 어느 정도 눈치가 빠른 멀린스는 이제 가야 할 때라는 걸 알고 사제관을 나왔다.

멀린스가 거리로 내려왔을 때는 한밤중이었다. 캄캄하고 고요한 밤이었다. 나중에 법정에서 나온 진술이었기 때문에 이 이야기는 확실하다고 볼 수 있다. 멀린스는 이때가 캄캄한 밤이었다고 증언했다. 그는 심문을 받을 때 하늘에 별이 있었던 것 같기도 하고 아니면 별 비슷한 게 있었던 것 같다고도 했다. 반대 심문에서는 별이 몇 개인지 세어보려고 하진 않았다고 시인했다. 어쩌면 전깃불이 있었는지도 모르겠다고 했고 달빛이 어느 정도 있었을 가능성도 크게 부정하지 않았다. 하지만 이날 밤 햇빛처럼 환한 불빛은 없었다고 무조건 확신했다. 이 이야기는 전부 법정에서 나온 것이다.

드론 사제는 위층 서재로 올라가 편지를 쓰려고 탁자 앞에 앉았다. 바로 이 방에서 그는 늘 설교문을 썼다. 창밖을 바라보니 앙상한 가지만 남은 단풍나무들 사이로 교회 건물의 윤곽이 보였다. 그 건물은 밤하늘을 배경으로 커다란 그림자를 드리우고 있었다. 그 너머로는 멀긴 하지만 사제가 일요일마다 산책하는 (그 이유는 앞에서 말했던 것 같다) 새 공동묘지가 있었다. 창문이 동향이다 보니 묘지 너머 아주 멀지 않은 곳에는 지상 낙원이 자리 잡고 있는 듯했다. 서재 창문으로 보는 풍경은 이보다 좋을 수가 없었다. 글쓰기에 이보다 도움이 되는 환경도 없었다.

이날 밤 사제는 편지 쓰는 일이 어려웠던 게 분명하다. 왜 그런가 하니 탁자 앞에 앉아 한 손으로는 펜을 쥐고 다른 손으로는 머리를 받치고 있었으며 이따금 종이에 한두 줄 쓰긴 했지만 대부분 꿈쩍도 하지 않고 앉아 있었기 때문이다. 사제는 편지는커녕 단 한 글자도 쓰지 못하고 있었다. 그는 사직서를 쓰고 있었다. 40년 동안 그런 글을 써보지 않았던 사람에게는 지극히 어려운 일이다.

적어도 사제 자신은 그것을 깨달았다. 먼저 한 줄을 쓴 다음 가만히 앉아서 생각하고는 또 한 줄을 썼다. 하지만 전혀 적합한 말 같지는 않았다.

진짜 진실은 드론 사제가 스스로 의식하는 것 이상으로 고상한 말과 효과를 고민하고 있었다는 것이다. 평소와 완전히 다른 상황이라는 느낌이 들 때 그런 직감이 있는 사람이라면 당연히 합당한 표현을 찾기 마련이다.

50년도 더 전에 루퍼트 드론이 그리스어 우수상 메달을 받았을 당시 훌륭한 작가가 되려던 그의 길이 막힌 것은 순전히 운명의 장난이었다. 드론은 작가의 꿈을 가슴에 묻어두었다. 이발사인 제퍼슨 소프가 금융인의 꿈을 가슴에 묻어두었던 것처럼 말이다. 마리포사에는 그런 사람들이 많다. 잘은 모르겠지만 다른 곳에서도 그런 경우를 볼 수 있을 것이다. 예를 들면 전신 기사인 빌리 로슨은 라듐을 쉽게 발명했을 수도 있다고 나는 확신한다. 마찬가지로 장의사 깅엄 씨의 경우 그가 쓴 광고문을 읽어본 사람이라면 그의 마음에 여전히 시적 감성이 살아 숨 쉰다는 사실을 알게 된다. 깅엄 씨는 윌리엄 컬런 브라이언트(19세기 미국의 낭만주의 시인이자 저널리스트 - 역자 주)의 '죽음에 관한 고찰'보다 죽음에 대해 훨씬 더 매력적인 운문을 쓸 수 있었을 것이다. 그것도 대중의 정서를 최대한 해치지 않으면서도 관습을 타파하는 제목을 붙여서 말이다. 이 이야기는 그에게서 직접 들은 것이다.

드론 사제는 이렇게도 써보고 저렇게도 써보았지만, 어떤 표현도 적합하지 않아 보였다. 맨 처음에 그는 이렇게 썼다.

"여러분과 함께한 지도 이제 40년이 되었습니다. 활기와 희망이 넘치고 주어진 일에 열정을 쏟았던 청년은…" 여기서 그는 잠시 멈추고는 표현의 정확성과 명료성이 의심스러워 그 문구를 몇 번이고 다시 읽으면서 깊은 생각에 잠겼다. 그러고는 다시 이렇게 썼다.

"여러분과 함께한 지도 이제 40년이 되었습니다. 활기도 희망도 없이 슬픔에 빠져 우울했던 학생은 이 지역 교회에서 신을 섬기는 일에만 헌신하기를 간절히 바라며 상처받은 존재로 남아 있지 않고 비로소 진정한 시작을…" 사제는 여기서 또 멈췄다. 그리고 자신이 쓴 문구를 읽었다. 그는 얼굴을 찡그리며 펜으로 그 문구에 줄을 그었다. 이렇게 쓸 수는 없었다. 이건 빈약한 자기중심적 불평의 나열이다. 그는 다시 또 이렇게 시작하는 글을 썼다.

"여러분과 함께한 지도 이제 40년이 되었습니다. 수학을 제외한 교육을 받고 단련된 남자는…" 사제는 또다시 멈췄다. 그의 머릿속에는 앞서 얘기했던, 교과 과정에서 로그를 뺄 정도로 숭고한 사명감이 거의 없었던 성공회대학 교수의 기억이 되살아났다. 다시 오래 심사숙고한 결과 개인적인 내용은 완전히 포기하는 쪽이 더 간단하고 나을 것 같아 이렇게 썼다.

"여러분! 이 지역 교회의 삶에서 어느 지점에 이르는 순간이 오는 신기원에 대해 말하자면…"

사제는 다시 글이 꽉 막혔지만, 이번에는 절대 지지 않고서 결연하게 써내려갔다.

"그 지점에서 그 순간의 상황이 당시 이 지역 교회의 삶을 집중시키는 그런 신기원을 이룹니다.”

여기까지 쓰고 나서 사제는 자신이 패배했음을 깨달았다. 교구를 관할하는 일은 물론이고 국어를 제대로 구사하는 것마저 안된다는 사실을 안 것이다. 그중 국어 문제는 더 쓰라린 발견이었다.

고개를 들어 창문 너머로 노을을 배경으로 한 교회의 그림자를 잠시 바라보았다. 그 실루엣이 무척 선명해서 그 너머에 지상 낙원의 빛이 있다는 생각이 들 정도였다. 그러고 나서 다시 편지를 썼다. 이번에는 일반 사람이 아니라 오직 멀린스에게만 보내는 편지글이었다.

“친애하는 헨리. 난 이제 내 직책을 내려놓고 싶다네. 이곳에 와서 날 도와주겠나?”

사제가 펜을 놓고 자리에서 일어났을 때는 밤이 깊었던 것 같다. 창밖을 다시 내다보던 그는 바깥을 한 번 보고 나서 다시 또 보다가 그만 눈이 휘둥그레져 그대로 서 있었다. 시선이 바깥에 보이는 광경에 고정되었다.

그게 뭐였을까? 저기 하늘에 보이는 저 빛, 동쪽에서 보이는 저 빛 말이다. 그 빛이 가까이 있는지 멀리 있는지 도무지 알 수가 없었다. 벌써 동쪽에서 지상 낙원의 새벽이 환하게 밝았나? 아니면…, 교회가 자체 발광하는 빛이었나? 도대체 저게 뭐지? 교회의 스테인드글라스 창 뒤로 흐릿하게 비치는 발간 불빛이 시뻘겋게 번지고 있는데? 이제는 그 창문에서 갈퀴 같이 생긴 불꽃이 일어나더니 위로 확 치솟아 나무에 옮겨붙는 게 보인다. 갑자기 퍼진 불에 교회의 창문들이 와장창 깨지면서 유리 파편이 하늘로 솟구친다. 급기야 그 불빛에 캄캄한 밤하늘 아래 벌거벗은 나무들과 잠든 마리포사 거리가 전부 환히 비친다!

불이야! 불! 갑자기 울린 종소리가 밤의 정적을 깨뜨렸다.

사제는 몸을 지탱하려고 한 손으로 탁자를 짚고서 똑바로 서 있었다. 그 사이에 마리포사 화재 경보 종이 땡땡 울리며 잠자는 도시를 깨웠다. 거리의 떠들썩한 소리, 소방대가 요란하게 달려가는 소리, 귀에 거슬리는 종소리, 그 밖의 다른 소리로 점점 소란스러워졌다. 불길은 활활 타면서 하늘로 솟은 교회 지붕의 들보와 서까래를 갈가리 찢어놓고는 그 위로 밤하늘의 횃불처럼 타올랐다.

사제는 그 자리에 그렇게 서 있었다. 교회가 갑자기 언덕 위에서 타오르는 횃불이 되면서 교회 간판은 어디론가 사라지고 건물이 앞으로 폭삭 내려앉았다. 탁자를 짚고 서 있던 사제의 얼굴은 고통으로 일그러졌다.

화재의 의미를 알려면 아직도 목제 건물이 절반인 마리포사 같은 도시에서 일어나는 화재 사건을 잘 봐둬야 한다. 대도시와는 상황이 완전히 다르다. 구경꾼에게 불은 하나의 구경거리에 지나지 않지만 말이다. 대도시는 모든 게 갖춰져 있고 체계적이며 확실하다. 마리포사처럼 목재로 지어진 작은 도시에서 한밤의 공포처럼 찾아온 대화재는 진짜 큰 도시에서는 백 년에 한 번쯤 일어날까 말까 한 사건이다.

마리포사에서 영국 국교회 교회가 불에 타버린 사월의 그날 밤 화재가 그런 의미라는 얘기다. 만약 그 불길이 30미터 정도 더 번졌으면, 아니 그보다 덜했어도 불은 교회 뒤의 헛간에서부터 중심가에 목재로 지은 상점들 뒤쪽까지 이르렀을 것이다. 위사노티호수의 물을 다 끌어와도 화재가 일으키는 파괴를 막아낼 수는 없었을 것이다. 마리포사 사람들의 진화 작업 구간은 30미터에 달했다. 한밤중에 종이 울렸던 때부터 날이 서서히 밝아올 때까지 계속됐다. 그들이 진화에 나선 까닭은 교회를 구하기 위해서가 아니었다. 교회는 애초부터 화재에서 살아남을 가능성이 없었다. 불길이 번지는 것을 막아 도시를 구해야 했다. 그들은 창가에서, 불타는 문에서, 입을 쫙 벌린 아궁이 같은 열린 종탑에서 불과 싸웠다. 거리에는 마리포사 소방차가 푸푸 소리를 내며 증기를 내뿜고 있는데 격렬하게 달아오른 모습이 마치 동족과 싸우는 악마의 하수인 같았다. 높은 사다리들이 지붕에 바로 걸쳐졌다. 물줄기를 뿜어내는 호스는 이리저리 흔들리면서 불길을 잡고 있었다.

무엇보다도 교회 뒤에 있는 나무로 지어진 말과 마차 전용 헛간을 지키려고 분투했다. 그곳에 불이 붙으면 마리포사의 중심으로 불길이 확 옮겨갈 수 있어서였다. 그 헛간이야말로

도시의 생명이 걸린 진짜 전투가 벌어지는 현장이었다. 그들이 소방 호스를 지붕 쪽으로 방향을 바꿔 물줄기 힘으로 지붕 널들을 산산조각 내는 장면은 정말 직접 봤어야 한다. 도끼를 들고 지붕에 올라가 서까래를 미친 듯이 내리쳐 건물을 무너뜨리는 장면도 함께 말이다. 진화 작업을 하는 사람들 주위에는 구름 같은 시커먼 연기가 엄청나게 밀려들었다. 소방차를 끄는 말들은 벌목용 사슬을 채워 헛간의 기둥에 매어놓았는데 그 말들이 움직이면서 건물을 부숴놓는 광경도 볼 수 있었다.

정말 직접 봤어야 하는 건 스미스 호텔의 주인 스미스 씨였다. 소방관 안전모를 쓴 스미스 씨는 헛간 지붕 위에서 꽉 고정된 단단한 삼나무 대들보를 도끼로 내리치며 쪼개고 있었다. 서까래와 마룻대가 이미 무너져 내린 상태에서 헛간에 열 군데도 넘게 불이 붙었다. 여기저기 불꽃이 튀고 연기에 질식할 것 같은 상황이 되자 다른 사람들은 쫓겨나듯 아래로 내려왔다. 스미스 씨는 위에서 내려오지 않았다! 그가 대들보 가장자리에서 단단히 중심을 잡고 130킬로그램에 육박하는 몸무게를 도끼에 실어 힘껏 내리찍는 모습을 한번 보라! 정말이지 이런 일에는 북쪽의 소나무 숲 지대에서 도끼질 좀 해본 사나이가 필요하다! 오른쪽에서 왼쪽으로, 왼쪽에서 오른쪽으로 도끼를 내리치는데 단 한 번도 쉬거나 멈추지 않고 연속되는 동작이 한 치도 빗나가지 않는다!

"힘내라! 스미스!"

"그만 해요! 스미스!"

군중이 이렇게 두 갈래로 나뉘어 소리치는 가운데 대들보가 쩍 하고 갈라지면서 산산조각이 났다. 다시 땅으로 내려온 스미스 씨는 불을 지배하려는 듯한 목소리로 헛간을 무너뜨리고 있는 말과 사람들을 진두지휘했다.

그날 밤 누가 스미스 씨를 마리포사 소방 대장으로 만들었는지는 모르겠다. 도대체 어디서 그 거대한 빨간 안전모를 구해서 머리에 썼는지도 모르겠고, 교회가 불타 버린 그날 밤까지도 스미스 씨가 소방 대원이라는 얘기는 전혀 들은 바가 없다. 일이 진행되는 과정을 보면 늘 이런 식이다. 체구가 작고 새가슴인 남자들이 일을 잘 계획하고 조직할지는 모르지만, 진짜 실행 단계에서는 덩치도 크고 무게도 많이 나가는 사나이가 언제나 맨 앞에 나선다. 철의 재상인 독일의 비스마르크, 영국의 글래드스턴 총리, 미국의 태프트 대통령 그리고 스미스 씨를 한번 보라. 저마다 경우는 달라도 똑같은 행동을 보여주는 사례다.

그러니 스미스 씨가 화재 현장에 오자마자 누군가의 안전모를 쓰고서 사람들에게 큰 소리로 지시를 내리고, 독일 의회를 장악한 비스마르크처럼 마리포사 소방대의 우두머리가 된 것은 완전히 자연스러운 일이다.

화재는 늦은 시각에, 그것도 밤늦게 발생했기 때문에 사람들은 날이 밝을 때까지 불을 꺼야 했다. 그 불빛은 도시와 벌거벗은 잿빛 단풍나무들을 환하게 비추었다. 그 환한 빛 속에서 드넓은 호수가 보였다. 얼어붙은 호수 면에는 아직도 눈이 쌓여 있었다. 교회에 난 불은 '횃불'처럼 어찌나 활활 타올랐던지 호수 반대쪽에서 달리는 남행 야간 고속열차에 탄 사람들도 30킬로미터 이상 떨어진 거리에서 그 불빛을 볼 수 있었다. 교회를 '불의 증거'로 만든 그 화재는 마리포사에서 전무후무한 사건이었다. 교회 지붕이 부서지고 높은 첨탑이 흔들리다 무너지니 별안간 어둠이 찾아온 듯했다. 잿빛 나무들과 얼어붙은 호수는 마치 존재의 흔적이 지워지듯 순식간에 사라지고 말았다.

아침이 찾아왔을 때 마리포사의 위대한 교회는 물에 젖은 벽돌 더미와 검게 그을린 벽들만 남은 폐허가 되어 있었다. 아직도 호스로 여기저기 물을 뿌리며 불의 어두운 분노를 잠재우고 있었다. 불이 난 이튿날 아침 마리포사 사람들은 화재로 파괴된 현장을 걸어 다니면서 둘러보았다. 그들은 무너진 첨탑의 잔해가 있는 위치와 교회 종들이 녹아서 생긴 덩어리가 있는 벽돌들 사이를 가리키면서 손실이 얼마이며 교회를 다시 지으려면 돈이 얼마가 들어가는지, 보험은 들었는지, 보험금은 얼마인지 같은 이야기를 나누었다. 화재를 처음 목격한 사람이 최소 열네 명이었고 처음으로 알린 사람은 그보다 더 많았다. 이런 종류의 화재를 예방하는 법을 아는 사람은 또 그렇게 많을 수가 없었다.

그중에서도 특히 눈에 띄는 사람들은 교회 위원들과 간사들 그리고 위원장인 멀린스였다. 그들은 작게 무리 지어 화재에 대해 논의하고 있었다. 늦게 대도시에서 온 보험사 직원들과 화재 감정인들은 화재 현장을 돌며 교회 관계자들과 이야기를 나누었다. 그날 마리포사는 완전히 경사가 난 분위기여서 마치 공휴일을 맞이한 것만 같았다.

그런데 이 화재 사건의 가장 기이한 부분은 그 뒤에 이어진 예상치 못한 일이었다. 드론 사제의 숫자들에 어떤 오류가 있어서 이런 일이 생겼는지, 수학 교육이 어떻게 부족했기에 이런 결과가 나왔는지는 모르겠다. 수학 교수에 대한 기억이 마땅히 그 일에 큰 책임이 있겠지만, 확실히 밝혀진 사실은 마리포사 영국 국교회 교회가 알고 보니 10만 달러짜리 보험에 들어 있었다는 것이다. 사제의 서재에 있는 서랍에서 서명이 다 되어 있는 보험 증서와 보험금 납입 영수증들이 나왔다. 그 사실은 의심할 여지가 없었다. 보험 관계자들은 자기들 멋대로 이의를 제기할지도 모른다. 사실을 있는 그대로 놓고 보면 교회는 분명히 교회 건축비와 채무, 사제 봉급, 사제의 막내딸 기숙학교 학비를 포함한 전체 비용의 약 두 배를 보상받는 보험에 가입되어 있었다.

회오리 캠페인은 바로 여기에 있었다! 모금을 논한다면 이런 것이어야 했다! 회오리 캠페인이라고 부르는 더디고 고생스러운 방법으로 모금하려고 돌아다니거나, 5만 달러를 모금하는 데 온종일 걸릴 수도 있는 대학교나 시 기관에서 이처럼 훌륭하고 간단한 방법을 한번 생각해본 적이 있는지 궁금하다.

신자들에게 너무나 무거운 짐이었던 '위대한 증거'인 교회는 최후까지 활활 타올라 교회의 빚과 의무를 다 태워버리고 숭배자들에게 파괴로써 풍요를 선사했다. '언덕 위의 횃불'이었던 교회! 그 이야기를 능가하기란 거의 불가능하다.

교회 위원들과 간사들 그리고 위원장인 멀린스가 그런 생각을 하면서 빙그레 웃거나 킬킬거리는 모습을 직접 봤어야 한다. 그들은 작은 믿음과 노력만 있으면 된다고 줄곧 말하지 않았던가? 그들의 말을 그대로 옮기면, 여기 그런 사례가 있으며 결국 그들이 옳았다고 했다.

참, 보험 관계자들이 이의를 제기한 일은 어떻게 되었냐고? 그들이 보험금을 지급하지 않으려는 소송 절차를 밟았냐고? 저런! 그건 마리포사 법원을 전혀 모르고서 하는 질문이다. 사실 앞에서 이미 얘기한 적 있었지만, 마리포사 법원은 지금까지 영국의 페어플레이 정신을 확립해온 가장 엄정한 수단 중 하나였다. 그 이유는 페퍼리 판사가 그 소송 건을 처리하면서 보험사의 이의 신청을 기각하는 데 15분도 채 걸리지 않았다는 사실에서 알 수 있다! 페퍼리 판사가 관할하는 법정의 사법권이 정확히 어디까지인지는 모르겠지만, 지나치게 많은 돈을 벌려는 사악하고 역겨운 무리의 음모에 맞서 그리스도교 신자들의 권리를 지키는 데 있다는 것은 확실히 알겠다. 이는 법원 결정문을 그대로 인용해서 하는 말이다. 어쨌거나 마리포사 법원에 대적할 자는 없다. 페퍼리 판사는 심지어 원고에게 징역이나 더 심한 처벌을 내릴 수도 있다고 위협했다.

화재가 어떻게 시작되었는지는 지금까지 아무도 모른다. 다만 스미스 씨와 깅엄 씨 조수가 그날 야심한 시간에 거리에서 자동차용 등유 한 통을 운반하는 모습이 목격되었다는 취지의 괴담이 떠돌기는 했다. 하지만 그런 소문은 사실이 아니라는 게 법정에서 스미스 씨 본인의 증언으로 충분히 입증되었다. 스미스 씨는 목숨을 걸고 맹세했다. 예전의 사업 면허 재판 때와 같은 평범한 맹세가 아니라 이번에는 목숨을 건 맹세였다. 그는 길거리에서 등유통을 나른 적이 없으며, 어쨌거나 등유는 자기가 지금까지 본 것 중 가장 악취가 심하고, 당밀(사탕무나 사탕수수에서 사탕을 뽑아내고 남은 검은 액즙으로 비료, 사료, 연료로도 쓰임 - 역자 주)보다도 훨씬 쓸모가 없다고 말했다. 그런 주장은 법원의 인정을 받았다.

그나저나 드론 사제는 어떻게 됐냐고? 그가 회복되었냐고? 그런 질문을 하는 이유가 무엇인가? 그 말은 그가 그런 타격을 받은 뒤에 머리가 조금이라도 어떻게 되지 않았냐는 뜻인가? 아니, 그런 일은 없었다. 절대 없었다. 사제는 그 사건의 영향을 전혀 받지 않았다. 마리포사에서 사제를 아는 누군가가 최소한 어떤 식으로든 사제가 정신적 충격을 받았다고 여겼는지는 모르겠지만 말이다. 사제를 보좌하는 새로운 '수다쟁이Uttermost' 씨가 온 일은 드론 사제의 머리와는 아무런 관련이 없었다. 새 교회에서 그 보좌관의 설교를 들어본 적이 있는지 모르겠는데, 그런 변화가 생긴 이유는 단지 과중한 업무 부담을 덜기 위해서였다. 교회 위원들 사이에는 요즘 같은 전문화 시대에 드론 사제가 지나치게 광범위한 분야를 맡고 있다는 중론이 있었다. 그래서 사제의 업무를 좀 덜어내면 그가 유아반에 더 열심히 전력할 수 있을 거라고 다들 생각했다. 그게 전부였다. 아마도 어느 날 오후, 단풍나무 아래에 서서 새로 만든 유아원의 열린 창문 쪽으로 귀를 기울이면 드론 사제가 아이들에게 이야기하는 소리를 들을 수 있을 것이다.

지적이고 주의를 기울이는 청중, 그러니까 휴런호수라는 멋진 곳에 관한 이야기를 듣고 이해할 수 있는 사람들을 찾으려면, 훨씬 더 멋진 무한한 공간에서 온 지 얼마 안 된 유아반 아이들의 푸른 눈망울들을 들여다보면 된다. 다들 어른들에게 말하고 싶어 하지만, 진정으로 이야기를 들어주는 사람들을 원한다면, 어린이용 앞치마를 입고 자기 곰 인형을 껴안은 채 바닥에 발도 닿지 않는 아이들이 있는 유아반이 좋다. 그래서 '수다쟁이Uttermost' 씨가 성서의 역사적, 과학적 연구에 기초한 고등 비평으로 밝혀지는 새로운 형태의 의심에 대해 마음껏 설교할 수 있는지도 모른다.

그러니 드론 사제가 예전보다 오히려 훨씬 더 정신이 맑아지고 총명해졌다는 것을 잘 알 수 있을 것이다. 그 증거를 보고 싶다면 사제관 정원의 자두나무 꽃그늘에서 그리스어 책을 읽고 있는 사제를 한번 잘 살펴보라. 사제는 예전엔 어려워 보였던 그리스어 작품이 이젠 그 어느 때보다도 쉽게 읽힌다고 했다. 이제 머릿속이 너무나 맑아졌기 때문이다.

그리고 가끔씩 머리가 정말 맑을 때 사제는 자두나무 꽃그늘에 앉아 책을 읽다가 천상에서 들려오는 노랫소리와 아내의 음성을 듣기도 했다.

7장. 펍킨 씨의 특별한 연애 관계

페퍼리 판사는 단단한 나무 바닥이 깔려 있고 넓은 회랑이 있는 저택에 살고 있다. 그 집은 언덕진 오나이다 거리의 꼭대기에 자리 잡고 있어서 회랑에서 호수가 바라다보인다.

판사는 매일 저녁 5시 반쯤 마리포사 법원 직무실에서 퇴근해 집에 도착했다. 어떤 날은 집에 거의 다 와서는 아내에게 이렇게 소리쳤다. "전능하신 모세여, 맙소사! 여보! 대체 누가 잔디에 스프링클러를 계속 켜둔 거요?"

또 어떤 날은 집에서 조금 떨어진 곳에서부터 아내에게 이렇게 외쳤다. "어머니, 다녀왔습니다! 배고픈 자에게 줄 저녁이 있습니까?"

이처럼 페퍼리 부인은 퇴근하는 남편이 어떤 식으로 나올지 전혀 알 수 없었다. 그가 스프링클러를 보고 호통치는 날에는 그의 안경에서 다이너마이트 같은 빛이 번쩍했다. "어머니, 다녀왔습니다"라고 인사하는 날에는 상냥한 눈빛을 발했다.

어떤 날은 또 이렇게 분노하며 울부짖었다. "고통받는 시저여, 맙소사! 저 지긋지긋한 개가 또 제라늄을 뽑아놓은 것입니까?"

그러다가 또 다른 날에는 이렇게 외치는 소리를 듣게 된다. "로버, 안녕! 착한 멍멍이, 요 귀여운 녀석!"

아침 식사 자리에서도 마찬가지로 조간신문을 훑어보다가 가끔 벌떡 일어나서 이렇게 절규했다. "영원한 모세여, 맙소사! 자유당이 엘긴(영국 스코틀랜드 북동부의 옛 주써 - 역자 주) 동부를 점령하다니요." 또 어떤 때는 식탁 앞에서 상체를 뒤로 젖히고는 세상에 이보다 유쾌할 수 없는 웃음을 터뜨리며 이렇게 말했다. "으하하! 보수당이 노퍽(영국 잉글랜드 동부의 주써 - 역자 주) 남부를 점령했군."

이런 일들을 잘 생각해보면 페퍼리 판사는 완벽하게 논리적인 사람이었다. 예민하고 흥분 잘하는 남자에게 지긋지긋한 스프링클러가 온 사방에 물을 뿌려대는 것보다 화나는 일이 뭐가 있으며, 성격 좋고 온화한 사내에게 잘 차려놓은 저녁보다 더 기분 좋은 일이 뭐가 있겠는가? 보면 그저 좋아서 껑충껑충 뛰어오르는 오래 기른 정들고 착한 개보다 더 마음이 가는 존재가 있을까? 아니면 제라늄을 막 뽑아놓는 데다가 너무 늙어서 기르기도 힘든 지긋지긋한 개새끼보다 더 미운 존재가 있을까?

정치에 대해서는 글쎄, 전반적으로 매우 합리적인 사람인 듯했다. 어디서든 보수당이 정권을 잡으면 페퍼리는 크게 웃으며 즐거워했다. 그 이유는 단지 공정한 진검승부에서 최선의 인물이 이기는 모습을 보는 것이 유익해서다. 그래서 자유당이 정권을 잡으면 화가 뻗쳐서 그렇게 절규하는 것이었다. 그게 정치적 편향성 때문은 아니다. 판사라는 직무상 편파적이면 안 되니까. 다만 나라가 악마의 손에 들어가는 것을 가만히 두고 볼 수 없어서 그런다고 봐야 한다.

게다가 온종일 법정에 앉아 재판받는 사람들의 이야기를 듣다 보니 그것도 부분적으로 영향을 준 것 같다. 소위 법관 기질이라고 보면 이해가 된다. 페퍼리는 그런 기질이 너무나 강하게 발달한 사람이어서 가증스러운 꽃은 번성하면 안 된다며 수국 화분을 발로 차서 산산조각 낸 적도 있었다. 한번은 망할 놈의 새들이 노래하지 못하게 해야 한다며 카나리아 새장을 라일락 덤불에 던져버리기도 했다. 바로 법관 기질을 여실히 드러내는 사례였다. 페퍼리와 마찬가지로 보통 많은 판사에게 그런 법관 기질이 전면적으로 나타난다.

판결을 내리는 일이 확실히 판사의 그런 면에 영향을 미친 것 같다. 어쨌든 페퍼리는 아주 정확한 판결을 내리는 데 소질이 있어서 법정 안이고 밖이고 줄곧 그 일에 매달렸다. 사람들의 간담을 서늘하게 하는 터키의 술탄이나 독일의 황제, 팽크허스트 부인(20세기 초 영국의 여성 참정권 운동을 이끈 급진적인 여성 운동가 – 역자 주)에게도 형을 선고했다고 들었다. 어느 여름

날 저녁에는 페퍼리가 집 회랑의 의자에 앉아 신문을 읽고 있었는데 그의 안경에서 다이너마이트 같은 빛이 번쩍했다. 그때 그는 마음속으로 러시아 차르에게 소금 광산 노역 10년 형을 선고했고 그 판결은 대략 15분 만에 이루어졌다. 페퍼리는 해외 뉴스를 늘 읽었는데 그 뉴스는 자신이 바꿀 수 없는 일들에 관한 것인 데다가 사정없이 고통을 자극하는 내용이었다.

그러니 어떤 면에서는 판사의 집을 방문하기가 상당히 어렵다고 생각할 수 있다. 사실 그 일이 얼마나 끔찍이 어려운지는 펍킨 씨를 두고 하는 말이다. 가령 그 집 회랑의 계단을 올라가 즉석에서 자연스럽게 "오, 판사님. 처음 뵙겠습니다. 제나 양이 집에 있는지요? 감사합니다. 여기 계속 있으려는 게 아니어서 이제 가봐야 할 것 같습니다. 그냥 잠깐 들렀을 뿐입니다."라고 말하려면 어느 정도 담력이 필요하다는 것이다. 그러려면 이른바 사교적 수완도 상당히 뛰어나야 한다. 게다가 면도도 엄청 깔끔하게 하고 나중에 성가신 일이 없도록 넥타이에 조각 장식 핀도 완벽한 각도로 꽂아야 한다. 그러고 나서도 처음에는 라일락 덤불 주위를 30분 동안 서성이면서 마음을 진정시켜야 할지도 모른다. 그러다가도 황급히 오나이다 거리를 내려가 돌아가기에 십상이다.

그래도 그게 바로 사랑이라는 것이다. 그런 사랑을 품고서 면도도 잘하고 구두도 잘 닦는다면 그 사람은 거의 불가능해 보이는 일을 해낼 수 있다. 그래, 뭐든지 할 수 있다. 회랑에서 내려오다가 그 집 개에 발이 걸려 넘어지더라도 말이다.

그렇다고 해서 페퍼리 판사가 접근할 수 없는 사람이라거나 항상 모두에게 가혹한 사람일 거라고 생각하지 않길 바란다. 그럴 리가 없다는 것을 펍킨 씨조차 인정할 수밖에 없었다. 제나 페퍼리가 판사의 목을 껴안고서 아빠라고 부르는 모습만 봐도 그걸 알 수 있었다. 심지어 회랑 가장자리에 젊은 남자들이 두어 명 앉아 있을 때도 제나는 그렇게 행동했다. 마리포사에서 가장자리에 앉는다는 게 어떤 의미인지는 잘 알 것이다. 어디에 어떻게 앉아 있는가는 그 집의 가족 중 누구를 보러 왔는지를 말해준다. 상업은행 지점장인 조지 더프가 페퍼리 판사의 집에 오면 그는 늘 베란다에 있는 의자에 앉아 판사와 이야기를 나누었다. 하지만 펍킨이나 맬러리 톰킨스 같은 청년이 와서 베란다 난간에 비스듬히 걸터앉아 있으면 그가 여기에 온 목적이 빤히 보였다. 그 집을 잘 아는 사람이라면 베란다 기둥에 기대서 담배를 피웠겠지만 그런 행동은 담력이 필요했다.

이야기하다 보니 주제에서 좀 벗어난 것 같은데 당연히 다들 나만큼 잘 알 것이다. 내가 말하려던 것은 단지 판사가 평생 제나에게는 심한 말을 내뱉은 적이 없었던 것 같다는 점이다. 아, 판사가 제나의 소설책을 포도 덩굴 너머로 집어 던졌던 일은 부정하지 않겠다. 하지만 세상에, 아가씨가 〈중세 프랑스의 용사 팔라댕의 편력기〉나 〈원탁의 기사 갤러해드 경의 전기〉 같은 쓰레기를 읽다니 그게 가당키나 한가? 집에 〈존 A. 맥도널드 경의 전기〉나 〈티컴세 지역 개척기〉 같은 훌륭한 책들이 가득한데 말이다.

그래도 내 말은 판사가 제나에게 가혹하게 말한 적은 없었다는 것이다. 다만 극도로 부아가 치미는 상황은 예외겠지만…. 그리고 분명히 닐에게도 절대, 절대 그렇게 말한 적이 없었다. 대체 어떤 아버지가 닐 페퍼리 같은 훌륭한 아들에게 화내면서 말하고 싶겠는가? 판사는 아들 문제에 대해서는 자기공치사를 하지 않았다. 닐은 그 지역 전체에서 가장 훌륭하게 자란 소년이었다. 덩치가 매우 커서 고작 열일곱 살밖에 안 됐을 뿐인데도 미시나바 경마에 참여했다. 게다가 닐은 영리했다. 어찌나 영리한지 공부할 필요가 없었다. 너무 영리한데 머리를 전혀 쓰지 않아서 마리포사 고등학교에 다닐 때 수학은 뒤에서 1등을 차지했다. 판사가 그 이유를 설명하는 걸 열 번도 넘게 들었다. 닐은 정말 영리한 아이인데 다른 아이들이 집에서 공부하는 저녁 내내 마리포사 하우스에서 당구를 쳤기 때문에 그런 성적을 받았다고 한다.

닐은 참으로 힘이 센 녀석이었다! 마리포사 사람들은 모두 닐 페퍼리가 자유당의 조직책인 피터 맥기니스의 얼굴을 가격했던 일을 기억한다. 당시 기억을 되살리면 총선으로 맥도널드 정부가 실각했을 때였다. 이튿날 아침 페퍼리 판사는 그 폭행 사건으로 자기 아들을 재판해야 했다. 마리포사 법원에서도 그런 재판 장면은 전무했다고 한다. 로마 역사에서도 규모는 더 작지만 비슷한 일이 있었던 것 같은데 극적인 면에서 보면 마리포사의 반도 따라가지 못한다. 내 기억으로 페퍼리 판사는 몸을 앞으로 기울인 채 판결을 내렸다. 알다시피 판사는 법정 선서에 매인 몸이기에 그 모습이 얼마나 엄숙했는지 모른다. 그 선서의 무게를 계속 견디며 자기 의무를 다하는 사람처럼 무척 당당하고 행복해 보였다. 그는 이렇게 말했다.

"내 아들아, 너는 무죄다. 네가 피터 맥기니스의 얼굴을 가격하긴 했지만 그건 범죄 의도가 없는 행동이었다. 네가 맥기니스의 얼굴을 망가뜨려 놔서 그가 여섯 달 동안은 얼굴을 회복하지 못할 테지만, 여호사밧(분열된 이스라엘 남유다 왕국의 4대 왕. 중간에 큰 실수를 저지르기도 했지만, 신을 잘 숭배하고 옳은 일을 해 위대한 왕으로 인정됨 - 역자 주)에 맹세코 너는 사악한 목적이나 해할 의도가 없이 그런 행동을 한 것이다. 아들아, 고개를 들어라! 네 손을 이리 주렴! 너는 네 이름을 더럽히지 않고 이 법정을 나가도 된다."

사람들은 마리포사 법원에서 벌어진 일 가운데 가장 감동적인 재판 장면 중 하나라고 말했다.

그런데 참으로 이상하게도 마리포사에서는 판사만 빼고 모두가 아는 사실이 하나 있었다. 만약 판사가 그걸 알았더라면 가슴이 찢어졌을 것이다. 판사는 닐이 마리포사 하우스의 당구장에서 술에 취해 얼굴이 벌게져 있는 모습을 본 적이 없었다. 누구나 다 아는 사실이었지만, 맥도널드 정부가 실각한 날 밤에 닐이 술에 취해서 미쳐 날뛰다가 자유당의 조직책을 때린 것도 몰랐다. 닐이 마리포사를 떠나는 마지막 날조차 술에 취해 있었던 것도 몰랐다. 그날 닐은 3차 파견대에 들어가 참전하기 위해 미시나바 경주마를 타고 기차역으로 갔고, 이 작은 도시의 거리에는 사람들의 함성이 울렸었다.

판사는 그런 일들을 전혀 알지 못했고 지금은 물론 앞으로도 결코 알지 못할 것이다. 누군가 그에게 그런 사실을 말해주려는 심술이 발동하더라도 이제는 그의 가슴을 찢어놓기만 할 뿐 아무 소용이 없다. 그래봤자 남아프리카의 거대한 침묵이 흐르는 어딘가에 아무도 돌보지 않는 무덤의 모습이 머릿속에 떠올라 도리어 자책감만 들 것이다.

판사가 가끔 자기 아내에게 심한 말을 했다고 내가 앞에서 말했던가? 혹은 그런 뜻이 내비치는 말을 했던가? 그 얘기를 듣고 잠깐이라도 페퍼리 부인의 운명이 한탄스럽거나 안타깝다고 느끼는 사람이 있었나? 그렇다면 그 사람은 그런 일들에 대해 아무것도 모른다고 볼 수 있다. 단지 마리포사에서는 결혼이 알 수 없는 신비라는 걸 깨달을 뿐이다. 페퍼리 부인이 정말 안 됐다고 늘 얘기하는 고등학교 생물 교사인 스피프킨스 양만큼이나 무지한 셈이다. 그렇게 생각하는 사람은 판사가 잔디밭에서 계속 돌아가는 스프링클러를 보고 앨곤퀸족 인디언처럼 아우성쳤다는 이유만으로 그런 인상을 받은 것이다. 그런데 그 반대편의 사실을 확실히 아는가? 스피프킨스 양처럼 여성의 권리를 논하면서 모든 측면을 고려하고 있다는 확신이 드는가 말이다. 그날 저녁 판사는 한 손으로는 자신의 관자놀이를 누르면서 다른 한 손에는 닐이 남아프리카에서 전사했다는 국제 전보를 들고서 퇴근했다. 만약 그 자리에 있었다면 페퍼리 부부를 보면서 다른 생각이 들었을지도 모른다. 그날 밤 부부는 나란히 앉아 서로의 손을 잡고 있었다. 30년 전 페퍼리가 대도시에서 법대생이던 시절 두 사람이 그렇게 같이 앉아 있었을 때처럼 말이다.

그러니 스피프킨스 양에게 가서 이 이야기를 해줘라! 수국 사건, 카나리아 사건, 판사의 법관 기질과 불같은 성격 등 이 모든 것에 대해 스피프킨스 양은 도대체 뭘 알고 있단 말인가?

여하튼 페퍼리 판사에게 닐에 대해 알려주려고 해도 이제 판사는 그 말을 믿지 않을 것이다. 오히려 비웃으며 무시할 것이다. 제복을 입은 닐의 사진은 주방에 있는 캐나다 연방 설립자들의 사진 옆에 나란히 걸려 있다. 사진 속에서 닐 옆의 군인으로 보이는 남자는 키치너 장군(제1차 세계대전 초기에 중요한 역할을 수행한 영국 육군 원수이자 식민지 총독이며 모병 포스터로 유명한 인물 - 역자 주)이다. 닐이 편지에서 정말 많이 언급했던 인물이라 아마도 들어봤을 것이다. 사실 주방 곳곳은 물론이고 위층에 있는 판사의 서재에는 남아프리카 풍경 사진과 모두 돌아오지 못한 캐나다 병사들의 출정 모습이 담긴 사진, 기마 보병과 말에 타지 않은 기병 사진, 그리고 병사들과 그들의 아버지들만 아는 많은 것들을 찍은 사진 들이 있었다.

그러니 군인답지 않은 남자, 더구나 테니스 관중 스타일의 밝은 노랑 재킷 외에는 제복 비슷한 것도 입어보지 못한 남자에게 판사의 집은 발을 들여놓기가 지독히 어려운 곳임을 실감할 수 있다.

젊은 펍킨 씨를 기억하리라 믿는다. 아니, 기억이 안 난다고? 앞에서 외환은행 창구 직원이라고 이미 몇 차례 언급했었다. 마리포사를 조금이라도 아는 사람이라면 그를 자주 봤을 것이다. 몸에 꼭 맞는 회색 정장을 입고 넥타이에는 말채찍 모양의 금색 핀을 꽂고서 아침에 은행 우편물을 찾으러 가는 모습을 말이다. 저녁 식사 후에 테니스 복장으로 노와 진홍색 카누 방석을 겨드랑이에 끼고 담배를 피우면서 호숫가로 내려가는 모습도 꽤 자주 봤다. 거의 발까지 내려오는 긴 프록코트에 실크 모자를 쓰고 드론 사제가 있는 교회에 들어가는 것도 본 적이 있다. 피트 글로버의 철물점 위층 방에서 포커를 칠 때 에이스 세 장을 들고 있지 않은 것처럼 보이려고 애쓰는 모습도 아마 봤을 것이다. 사실 그때 얼굴이 막 빨개지고 머리카락이 쭈뼛 서는 것 말고는 절대 아무 표시도 나지 않았다.

그런 과묵함은 금융업 종사자가 무조건 배워야 할 점이다. '마리포사 포장 회사'의 계좌에서 많은 돈이 인출된 사실을 알아도 그것에 대해 함부로 발설하지 않는 태도를 지니려면 일종의 과묵함과 자기 통제력을 익혀서 은행 외부에 있는 사람들에게 그런 정보가 절대로 들어가지 않게 해야 한다. 심지어 함께 테니스를 치는 여자들에게도 말이다. 이 말은 참고가 될 만한 정보를 가볍게 내비쳐서도 안 된다는 게 아니라 정말로 작정하고 이야기해주면 안 된다는 뜻이다. 예컨대 테니스장에 은행 장부를 가져가서 보여줘서는 안 된다는 말이다.

예전에 소방관 무도회에 갔던 펍킨이 연미복 차림으로 벽에 기대서 약사 짐 엘리엇과 이야기를 나눴던 일을 알고 있다. 그 와중에 펍킨은 바로 그날 아침 짐 엘리엇의 어음이 지급 거절된 이야기는 전혀 꺼내지 않았다. 약간의 암시도 주지 않았다. 펍킨이 그 이야기를 전혀 언급하지 않았던 것은 아니다. 다만 무도회장에서 다른 한두 명에게 그 이야기를 살짝 흘리긴 했으나 벽에 기대서 대놓고 말하지는 않았다는 뜻이다.

어찌 됐든 펍킨 씨를 두둔하거나 비난하려고 하는 이야기가 아니다. 단지 그런 게 금융업의 기본이다. 이건 펍킨 씨에게 직접 들은 말이다. 그는 다른 '마리포사 운송 회사'의 정확한 신용 상태를 밝히길 주저하면서 그 이유를 그렇게 설명했다. 당연한 얘기지만, 일단 기본을 익힌 다음에는 대단히 흥미로운 것들을 많이 배울 수 있다.

따라서 마리포사를 알고 금융업의 기본까지 이해한다면 펍킨 씨를 완벽하게 알고 있는 셈이다. 그런데 뭐라고? 펍킨 씨가 고등학교 교사인 로슨 양과 사랑하는 사이라는 게 기억난다고? 그가 '로슨 양'을 사랑한다고? 그건 정말 말도 안 되는 생각이다. 모든 사람이 타고 있던 마리포사벨이 호수에 가라앉았던 날 밤에 펍킨 씨가 로슨 양을 구하려고 뭍에서 보트를 타고 호수로 나온 일 때문에 단순히 그렇게 생각하는 것이다. 아주 잘못 짚었다. 그건 '사랑'이 아니었다. 펍킨은 열 번도 넘게 그 이유를 직접 설명했다. 그날 밤에 말도 안 되는 보트를 타고 노를 저어서 침몰하는 증기선에 갔던 일은 일종의 끌림이었지 진짜 사랑이 아니었다고 한다. 훗날 펍킨이 느끼게 된 그런 사랑의 감정이 아니었다. 실제로 그가 그때의 감정에 대해 계속 생각해보니 그것은 끌림이 아니고 순수한 존중심이었다고 한다. 그게 다였다. 어쨌거나 그건 예닐곱 달 전의 일이었고 펍킨은 당시 자신이 애송이에 불과했다고 인정했다.

그럼 이제 펍킨이 외환은행 건물의 맨 위층인 3층에서 맬러리 톰킨스와 같이 지냈다는 사실을 설명해야겠다. 그 아래 2층은 멀린스가 혼자 사는 집이었다. 펍킨과 톰킨스가 같이 사는 집은 침실 두 개에 거실이 하나 달린 무척 안락한 주거 공간이었다. 거실에는 스노우 슈즈와 테니스 채가 벽에 걸려 있었다. 댄스 프로그램과 카누 동호회 배지를 비롯한 갖가지 물건도 있었다.

맬러리 톰킨스는 다리가 길고 체크 바지를 즐겨 입는 청년으로 마리포사 타임스-헤럴드 신문사에서 일했으며 문학에도 취미가 있었다. 그는 노르웨이의 극작가인 입센과 다른 네덜란드 작가의 작품들을 읽었다. 그 네덜란드 작가가 범스톤(작가가 지어낸 허구의 인물 - 역자 주)이었나? 아닌가? 아무튼 톰킨스가 대단히 지적인 친구라는 판단이 드는 대목이다. 또 스스로 인정했지만 너무나 지적이어서 닭이 있기 전에 달걀이 있었다고 믿는 주의였다. 그는 펍킨과 창조론과 진화론에 대해 참으로 많은 논쟁을 벌였었다. 아무렴 학교에서 응용과학을 공부하면 현생을 초월한 지옥은 없다고 배운다.

톰킨스는 기적이란 전기 현상에 지나지 않는다며 확실한 논거를 댔다. 펍킨은 대단히 좋은 논점임은 인정하지만, 교회 설교 시간에 그것에 관한 훌륭한 반증을 들었다고 주장했다. 안타깝게도 그 내용은 기억하지 못했지만 말이다.

톰킨스는 성서에 나오는 홍수가 지질학에 모순되는 이야기라고 설명했다. 펍킨은 훌륭한 지적이지만 지질학적으로 완전히 해명하는 책을 읽었다고 대답했다. 다만 그때 그 책 제목을 적어놨어야 하는 건데 말이다.

톰킨스는 대개 논쟁의 논리적인 면에서는 단연 앞섰지만, 엄청난 그리스도교 신자인 펍킨은 자기가 잊어버린 내용에 훨씬 더 강한 모습을 보였다. 두 사람의 토론은 종종 밤늦게까지 계속됐다. 펍킨은 잠이 들어 훌륭한 논쟁을 펼치는 꿈을 꾸기도 했는데 꿈속에서는 논쟁을 완전히 끝장냈건만, 아침에 일어나면 안타깝게도 그 내용이 기억나지 않았다.

펍킨은 자신이 톰킨스와 지적으로 대등하다고 여긴 적이 한 번도 없었다. 그건 말도 안 되는 생각이었다. 톰킨스는 온갖 책을 섭렵했고 직접 소설을 써볼까 하는 마음도 있는 사람이었다. 소설이든 희곡이든 말이다. 본인 말로는 혼자 어딘가로 휴가를 떠나 생각할 수 있는 시간만 있으면 된다고 했다. 톰킨스가 대도시로 휴가를 갈 때마다 소설을 완성해서 돌아오지 않을까 펍킨은 내심 기대했다. 하지만 톰킨스는 생각하느라 눈만 벌게지고 소설은 미완성인 채로 돌아오기 일쑤였다.

앞서 말한 대로 톰킨스는 대단히 지적인 청년이었다. 거실에 있는 책장에 꽂힌 책들을 보면 그 사실을 알 수 있었다. 예를 들면 40권짜리 〈메트로폴리타나 백과사전〉이 있었다. 그는 매달 2달러씩 내는 할부로 그 전집을 구입했다. 그런데 어느 날 판매처에서 그 책들을 가져가 버렸고 그 뒤에는 50권짜리 〈문명의 역사〉가 그 자리를 대신했다. 이번에는 매주 50센트씩 50년 동안 지불하는 조건이었는데 톰킨스가 석기 시대를 반쯤 읽었을 때 판매처에서 또 책들을 가져가 버렸다. 그 뒤에는 〈화가들의 생애〉 시리즈를 일단 한 권 구입했다. 그 책은 가렌스, 가첸탈, 각스(작가가 지어낸 허구의 인물들 - 역자 주)를 비롯해 그런 급의 화가들에 대해 쓴 훌륭한 책이었다.

스스로 하는 학습만큼 좋은 교육은 없다. 톰킨스는 모든 것들의 초창기에 대해 알았고, 이름이 'ㄱ'으로 시작하는 사람들에 대해서는 그의 지식을 따라잡을 사람이 없었다.

그렇다고 해서 톰킨스와 펍킨이 평소 학구열에 불타는 저녁만 보냈다는 말은 아니다. 사실은 그렇지 않았다. 오히려 절대 칭찬받지 못할 일로 저녁 시간을 곧잘 보냈다. 거실에서는 포커판이 벌어지기 일쑤였으며 그 자리는 거의 한밤중이 될 때까지 끝날 줄을 몰랐다. 카드놀이는 판돈이 걸리지 않으면 지지부진한 사업이나 다름없다. 더군다나 은행에서 일하거나 온종일 돈을 다루는 사람에게 도박은 매력적이다.

펍킨과 톰킨스, 치과의사 조 밀리건, 매표원 미첼, 그 밖의 '젊은이들'이 탁자에 둘러앉아 각자 앞에다 공장을 차려도 될 만큼의 성냥개비를 잔뜩 쌓아놓은 장면을 본 적이 있다. 성냥개비 열 개가 칩 하나에 해당했다. 칩 열 개는 1센트였다. 그러니 이들이 단순히 재미로만 카드를 치는 건 아님을 알 수 있다. 물론 이런 놀이는 공허한 쾌락이다. 그 집에서 자다가 밤에 몹시 갈증이 나서 일어나보면 누군가 성냥개비 1만 개를 빚지고 있는 광경도 보게 된다. 금융은 야생동물과 다름없고 그것은 누구나 아는 사실이다.

때때로 펍킨은 도박에서 손을 떼겠다고 맹세하고서 몇 주씩 그 저주받을 도박판을 멀리하기도 했다. 그러다 순전히 우연으로 탁자에 있는 성냥개비 더미나 바닥에 떨어진 성냥개비

하나를 보게 되면 내면에서 광기가 일어나는 것 같았다. '광기'라는 표현은 그의 말을 그대로 옮긴 것이다. 한번은 펍킨이 로슨 양에게 그 광기에 대해 전부 털어놓았더니 로슨 양이 그의 광기를 치료해주겠다고 약속했다. 로슨 양은 실제로도 그랬을 것이다. 그런데 말했듯이 펍킨은 자기가 끌렸다고 착각했던 느낌이 그저 존중하는 마음이었음을 깨달았다. 게다가 존중하는 여자가 자신의 광기에 대해 걱정하게 만드는 건 쓸데없는 짓이다.

펍킨이 마리포사 사람들에 대해 모두 알게 된 건 톰킨스를 통해서였다. 펍킨은 머나먼 연해주州(캐나다 동부의 뉴브런즈윅주州, 노바스코샤주州, 프린스에드워드아일랜드주州를 일컫는 지명 - 역자 주)의 아래쪽 지역 출신이라 이곳에 아는 사람이 하나도 없었기 때문이다. 톰킨스는 펍킨에게 페퍼리 판사에 관한 이야기를 늘 들려줬다. 정말 기가 막히게 똑똑한 사람이라는 둥, 보수 정권이 조기에 무너지지 않고 15년이나 20년 더 집권했더라면 분명히 대법원으로 갔을 거라는 둥 말이다. 톰킨스가 페퍼리 집안에 관한 이야기를 하도 많이 하는 바람에 펍킨은 그 이름만 들어도 넌더리가 났다. 그러나 제나 페퍼리를 보자마자 그 뒤로는 그 집안 이야기를 아무리 들어도 질리지 않았다. 펍킨은 판사네 개 로버에 대해서도 톰킨스와 몇 시간이고 떠들 수 있었다. 제나에 대해서라면 그 이름을 입에 올리며 그녀에 대해 영원히 이야기할 수도 있었다.

펍킨이 제나를 처음 본 건 마리포사 중심가에서였다. 그 마주침은 세상에서 가장 신기한 우연 중 하나였다. 그가 거리를 올라가고 제나가 거리를 내려오지 않았다면 둘이 마주치는 일은 일어나지 않았을 것이다. 훗날 두 사람은 모두 그 일이 지금까지 들어본 가장 특이한 우연 중 하나였다고 인정했다. 펍킨은 그날 아침에 무슨 일이 일어날 것만 같은 이상한 느낌이 들었다고 고백했다. 예전에 로슨 양에게 말을 걸었던 때와는 완전히 차원이 다른 느낌이었다. 로슨 양에게 느낀 감정은 기껏해야 존중을 기대하는 수준이었다.

펍킨과 제나 페퍼리는 6월 26일 10시 35분에 만났다. 그 순간 세상이 완전히 변했다. 과거는 모두 지워졌다. 마침 톰킨스가 40권짜리 전집을 거실에 새로 들여놨는데도 펍킨은 전혀 신경 쓰이지 않았다.

당시 제나는 기숙학교에서 집으로 막 돌아온 시기였다. 그녀가 기숙학교에서 돌아온 그해 줄곧 흰 블라우스에 진홍색 타이를 매고 테니스 채를 들고 거리를 지나다녔는데 그때 유월의 마리포사는 내게 좋은 기억으로 남아 있다.

펍킨에게는 온 도시가 햇살을 받으며 환히 빛났을 뿐 아니라 새들도 즐겁게 노래하고 호수도 잔물결을 일렁이면서 춤을 췄다. 사람들도 모두 친절한 얼굴을 하고 있었다. 펍킨이 느낀 기분은 마리포사에서 살았거나 이곳에서 청춘을 보낸 사람만이 조금이나마 알 수 있다.

간단히 말하자면 펍킨은 제나를 보자마자 곧바로 정확히, 확실히, 완전히, 무조건 그녀를 사랑하게 되었다.

그 사실이 무척 중요하므로 여기서 이 장을 끝내고 그 문제에 대해 생각해보는 것이 맞겠다.

8장. 제나 페퍼리와 피터 펍킨의 운명적 사랑

제나 페퍼리는 담쟁이덩굴로 반쯤 덮인 집 회랑의 의자에 앉아 소설을 읽고 있었다. 책은 무릎 위로 떨어졌고 제나의 보랏빛 눈에는 한없는 동경이 담겨 있었다. 옆에 놔둔 사과를 집어 한 입 베어 물면서도 동경 어린 그 눈빛은 완전히 사라지지 않았다.

두 손을 모으고 앉아 있는 제나는 소녀들이 하는 온갖 아름다운 몽상에 잠겨 있었다. 제나의 시선이 먼 곳을 향하고 있다면 다뉴브 강가에 있는 사방이 포위된 성에서 갑옷을 입고 투구에 깃털을 꽂은 기사가 제나를 구하는 몽상에 빠져 있다는 것을 의미했다. 어떤 때는 지중해의 푸른 물 위에서 알제리 해적에게 붙잡혀서는 프랑스를 향해 두 팔을 뻗어 작별 인사를 하고 있기도 했다.

제나의 얼굴에서 부드럽게 체념하는 표정이 보인다면 바로 이런 장면을 상상하고 있는 것이다. 로날드 쉐브뢰 경이 그녀 앞에 무릎을 꿇고 있고, 그녀는 그에게 그만 일어나라고 하면서 자신의 미천한 신분이 두 사람의 행복에 분명히 장애가 될 거라고 말한다. 그러면 로날드 경은 참담한 심정에 젖는다. 그녀에게 구애했다가 같은 대답을 들은 영국 귀족들처럼 말이다.

만약 그런 장면이 아니라면 이제 제나의 연인이 그녀 곁으로 막 돌아온 상황이다. 훤칠하고 군인다운 외모에 햇볕에 그을린 그는 그녀를 위해 십 년 동안 아프리카 수단의 전쟁터에 나가 있다가 그녀에게 청혼하려고 돌아왔다. 십 년 동안 그녀의 얼굴을 한시도 잊은 적이 없었고, 심지어 밤에 보초를 설 때도 항상 그녀를 떠올렸다고 말한다. 그는 그녀에게 둘의 사랑을 확인할 수 있는 증표를, 어떤 식의 증표라도 달라고 한다. 그가 수단에서 십 년이라는 세월을 보냈기에 두 연인은 사랑의 증표를 나눌 자격이 있었다. 제나는 머리에 꽂은 흰 장미를 딱 한 송이만 뽑는다. 그러다가 아버지가 회랑 계단을 올라오는 소리가 들리면 제나는 〈티컴세 지역의 개척자들〉 책을 황급히 잡고 미친 듯이 읽기 시작했다.

이처럼 제나는 늘 위기에서 구출되거나 아니면 악당에게 붙잡혀 헤어지고, 프랑스나 스페인을 향해 두 팔을 뻗고, 스페인의 바야돌리드나 독일 호헨브란트바인에 있는 옛 성채에 영원히 작별을 고하고 있었다.

그렇다고 해서 제나가 엄청나게 특이하거나 연애에 매달리는 소녀라는 뜻은 아니다. 마리포사의 여느 아가씨들과 똑같았다. 알제리 해적이 마리포사에 와서 요청만 하면 그런 아가씨를 열 명도 넘게 데려갈 수 있을 것이다. 그러면 부상 당한 영국 장교들은 글쎄, 그 얘기는 어디 가서 하지 않는 편이 낫겠다. 그렇지 않으면 이 작은 도시가 군인 병원이 되어버릴 테니까.

알아둘 게 있는데 마리포사 아가씨들은 아무 문제가 없다. 그들을 보기만 해도 그런 사실을 알아차릴 수 있다. 마리포사에서는 대도시에서 볼 수 있는 것보다 훨씬 좋은 하늘색이나 연분홍의 무늬 있는 드레스를 1달러 20센트에 살 수 있다. 그런 드레스를 입고 챙이 넓은 밀짚모자를 쓰고서 단풍나무로 둘러싸인 테니스장의 푸른 잔디밭에 서 있는 아가씨들을 본다면 그들이 얼마나 참한지 알 수 있다. 게다가 이들이 하나같이 마리포사 고등학교에 다녔고, 어려운 수학 문제를 풀 수 있는 교양 있는 여성들이라는 점을 기억한다면 알제리 해적이 그들을 보자마자 데려가려고 긴 칼을 가는 게 이해된다.

이 아가씨들이 모두 결혼하고 싶어서 안달이 났다고 생각해서도 안 된다. 실제로 그렇지 않기 때문이다. 그들이 방랑하는 기사나 해적, 헝가리인 도망자를 받아들이지 않을 거라는 말은 아니다. 다만 보통 사람들의 일반적인 결혼에 대해 동정 섞인 경멸을 느낄 뿐이다. 그래서 각자 때가 되면 마법에 걸린 왕자와 결혼하여 도시의 아래쪽에 자리 잡은 마법에 걸린 작은 집들 중 한 곳에 살러 간다.

이런 사실을 아는지 모르겠지만, 마리포사에서는 매우 저렴한 월세로 마법에 걸린 집을 얻을 수 있다. 가장 완전한 마법에 걸린 집들 가운데 어떤 건 더 싼 가격에 살 수도 있다. 마법에 걸린 왕자에 대해 얘기하자면 전혀 예상치 못한 이상한 장소에서 그를 만나게 된다. 그 왕자는 온통 마법에 걸린 장소들, 이를테면 약국이나 인쇄소에서 일하거나 심지어 가게에서 물건을 팔고 있다. 그런 왕자들을 만나려면 우선 원탁의 기사 갤러해드 경의 이야기나 중세 용사의 편력기 같은 종류의 소설을 숱하게 읽어야 한다.

그렇다 보니 제나 페퍼리가 회랑의 의자에 앉아 무법자와 부상 당한 장교, 점박이 말을 탄 로날드 경과 만나는 몽상에 잠겨 있는 것은 당연했다. 그 몽상에 밝은 노랑 재킷을 입고서 자전거를 타고 지나가는 하급 은행원이 등장하는 것은 거의 상상할 수 없는 일이다. 그래서 자전거를 타고 오나이다 거리 경사면을 올라간 펍킨이 분명히 그냥 지나치는 게 아닌 속도로 판사의 집을 지나갔을 때 제나는 그의 존재를 의식하지 못했던 것 같다.

그런데 그렇게 보는 건 약간 과장 섞인 추측일 수도 있다. 아마도 제나는 펍킨이 외환은행에 새로 온 창구 직원으로 연해주州에서 왔으며 아무도 그의 집안에 대해 알지 못한다는 사실을 알고 있었을 것이다. 그가 마리포사에 오기 전까지는 평생 카누를 타본 적이 없고, 드론 사제가 운영하는 교회에서 네 번째 줄 안쪽 자리에 앉으며 연봉이 800달러라는 사실도 알았을 것이다. 그 외에 더 아는 게 없었지만, 펍킨이 집 앞을 그토록 빨리 지나가는 이유는 천천히 지나갈 엄두가 나지 않아서일 거라고 짐작했다.

당연히 그 짐작은 완전히 적중했다. 중심가에서 제나와 처음 마주친 날부터 줄곧 펍킨은 은행에서 퇴근하자마자 자전거를 타고 그 집 앞을 지나갔다. 하루에 스무 번은 지났을 텐데도 용기가 없었다. 오나이다 거리를 올라갈 때면 자전거 페달을 점점 더 빨리 밟았다. 그럴 의도는 전혀 없었는데 어쩔 수가 없었다. 제나가 앉아 있는 회랑 앞을 지날 때는 노랑 재킷을 바람에 휘날리며 무서운 속도로 씽씽 달렸다. 펍킨은 그렇게 소음과 흙먼지를 일으키면서 순식간에 사라졌다. 가속도가 붙은 자전거는 완전히 교외로 빠져 수 킬로미터를 달렸고 펍킨은 그제야 비로소 자전거를 멈추거나 뒤를 돌아볼 수 있었다.

그럴 때면 펍킨은 교외를 크게 한 바퀴 돌면서 들판의 농작물을 둘러보고 있다고 애써 생각했다. 그러곤 얼마 지나지 않아 다시 자전거를 도시 쪽으로 돌려서 오나이다 거리를 향해 달렸다. 자전거는 빨라지고, 빨라지고, 더 빨라지다가 급기야

페달이 마구 휙휙 돌아가고 씽씽 소리를 내면서 판사네 집을 또 총알처럼 지나갔다. 그 집 앞을 두 번 지나면 자전거로 24킬로미터를 달리는 셈인데 그때조차도 그는 있는 용기를 다 내야 했다.

오나이다 거리에 사는 사람들은 펍킨이 제정신이 아니라고 여겼지만, 제나는 그가 멀쩡하다는 것을 알았다. 펍킨이 자전거를 타고 그 집 앞을 지나는 것과 '슬픔에 잠긴 탕크레드(제1차 십자군에 들어가 활약한 노르만족 지도자 - 역자 주)'가 다뉴브강 기슭에서 마지막으로 말을 달리던 모습 사이에는 일종의 유사성이 어렴풋이 존재했다.

펍킨과 제나 페퍼리가 처음에 서로 어떻게 알게 되었는지는 앞서 이미 언급했던 것 같다. 그들 주변에서 일어나는 다른 모든 일처럼 그 만남은 순전한 우연이었으며 운명이라고 이해하지 않으면 거의 설명할 수 없었다.

당연히 운명적 사랑은 그런 식으로 찾아오며 바로 그 지점에서 평범한 사랑과 차이가 있다.

드론 사제가 있는 교회에서 펍킨이 제나 옆에 앉아 '행운의 편지' 방식으로 10센트를 요청하는 편지를 똑같이 베껴 쓰면서 제나와 처음 이야기를 나누었을 때 느낀 감정은 굳이 자세히 설명하지 않겠다. 둘이 쓴 편지가 거의 여덟 통에 이르렀을 때 둘은 서로의 글씨체가 너무나 닮아서 거의 구분이 되지 않는다는 사실을 발견했다. 다만 펍킨의 글씨는 둥글둥글하고 제나의 글씨는 뾰족하며, 펍킨은 수직으로 반듯하게 쓰고 제나는 기울어진 모양으로 쓰는 게 달랐다. 그것 말고는 필체가 너무나 비슷해서 세상에 이보다 더 신기한 우연은 없었다. 물론 숫자는 필체가 서로 달랐다. 펍킨은 제나에게 은행에서는 '7'이 '9'처럼 보이지 않게 쓸 수 있어야 한다고 설명해주었다.

두 사람은 오후 내내 편지를 썼다. 그 일이 끝나자 오나이다 거리까지 같이 걸어서 갔는데 그렇게 천천히 걸을 수가 없었다. 제나의 집 근처에 다다랐을 때 제나는 펍킨에게 집에 들어가서 저녁 식사를 같이 하자고 청했다. 그 자리에서 너무나 쉽게 나온 제안이어서 제나가 귀가 시간이 30분 늦었고 아버지에게 무슨 소릴 들을지 모른다는 것도 티가 나지 않았다. 펍킨이 제나의 초대를 수락할 틈도 없이 판사가 문 앞에 나타났다. 그때 펍킨과 제나는 회랑 계단을 올라가고 있었는데 테이블 냅킨을 들고 있던 판사에게서 호통이 떨어졌다. 그의 안경에서는 다이너마이트의 불꽃이 튀고 있었다.

"하늘이시여, 맙소사! 제나, 도대체 왜 저녁 식사 시간에 제대로 맞춰 들어오지 못하는 거니?"

제나는 펍킨에게 간절한 눈빛을 보냈고, 펍킨은 제나에게 이해한다는 눈길을 한 번 주고는 돌아서서 재빨리 오나이다 거리를 내려왔다. 이 장면은 '음유 시인 탕크레드'의 포기만큼 사뭇 극적이지는 않았지만 적어도 그 안에 뭔가 공통 요소가 존재했다.

펍킨은 구름 위를 걷는 기분으로 집까지 걸어와 저녁을 먹으러 마리포사 하우스에 갔다. 그날 저녁 그곳 식당의 웨이트리스 사디를 대하는 펍킨의 태도에는 점잖은 거리가 있었다. 지금까지 마리포사의 은행원들에게서는 보지 못한 모습이었다. 그 장면은 마치 갤러해드 경이 귀네비어 왕비의 시녀들에게 허클베리 파이를 주문하는 모습과 같았다.

그 후로 펍킨과 제나는 계속 만났다. 둘은 갤러거 박사의 집 뒤에 있는 잔디 코트에서 테니스 파트너가 되었다. 그 장소는 마리포사 테니스 동호회에서 한 달에 50센트를 내고 빌려 쓰는 곳이었다. 펍킨은 공중으로 높이 뛰어올라 그 작은 체구로 'S'자 곡선을 그리며 서브를 넣으면서 대담하고 완벽한 테니스 천재의 모습을 보여주었다. 둘은 때때로 저녁에 위사노티호수에 가서 펍킨의 카누를 타기도 했다. 제나는 뱃머리 쪽에 앉았고, 펍킨은 배꼬리 쪽에 앉아 노를 저었다. 둘은 그렇게 배를 타고 아주 멀리 갔다가 날이 어두워져 별이 반짝반짝 빛날 때가 되어서야 집으로 돌아왔다. 제나는 별들을 바라보며 그 별들이 정말 한없이 멀리 있는 것 같다고 말했다. 펍킨은 그런 마음을 지닌 아가씨는 자기 같은 바보를 거들떠보지도 않으리라는 걸 깨달았다. 제나는 펍킨에게 플레이아데스 성단과 목성, 작은곰자리를 찾아보라고 했다. 펍킨은 그 별들의 위치를 정확히 가리켰다. 그 일은 서로에게 엄청난 감동을 주었다. 펍킨은 제나가 기숙학교에서 천문학책을 봐서 그 별들의 이름을 기억한다는 사실을 몰랐고, 제나는 펍킨이 그저 우연히 별들의 위치를 맞췄다는 사실을 몰랐기 때문이다.

두 사람 사이에 너무나 허물없는 이야기가 수없이 오가다 보니 펍킨은 하마터면 연해주州에 계신 부모님과 집안 이야기를 꺼낼 뻔했다. 그는 그런 이야기를 솔직히 털어놓고 그 결과를 감당하지 못한 남자답지 않은 자신을 책망했다.

지금까지의 일들로 사랑의 행로가 순조로웠을 거라고 상상하지 말길 바란다. 그와 반대로 펍킨은 스스로 그 사랑이 애초부터 완전히 절망적이라고 느꼈다.

물론 진전을 보이는 것 같은 일들도 분명히 있었다는 점은 인정받아야 한다. 6월부터 8월까지 석 달 동안 펍킨은 제나를 호수로 데려가서 카누를 서른한 번 같이 탔다. 저녁에 평균 3킬로미터쯤 갔으니 제나를 위해 93킬로미터의 거리 즉 230리쯤 노를 저은 셈이다. 그것은 분명 대단한 일이었다.

그 기간 중 열여섯 날은 오후에 제나와 테니스를 쳤다. 그중 세 번은 테니스 채를 제나에게 맡기고 그 집에 두고 왔다. 한 번은 제나가 전적으로 그러라고 해서 자전거도 거기에 밤새 놔두었다. 이것은 분명 중요한 의미를 지닌다. 어떤 아가씨도 남자의 자전거를 베란다 기둥에 밤새 세워놓고 그 일에 아무 의미를 두지 않을 정도로 그 남자를 하찮게 대하지는 않을 것이다.

더 나아가 펍킨은 판사의 집에 차를 마시러 열네 번 갔고, 제나가 사제관에 가는 날에는 드론이 오라고 해서 그곳에 일곱 번 갔으며, 제나가 갤러거 박사의 집에 있다는 이유로 갤러거에게 초대를 받아 그곳에 차를 마시러 다섯 번 갔다.

펍킨은 제나와 식사를 정말 많이 해서 마리포사 하우스 식권을 평소보다 두 배 가까이 썼는데 그곳 식당에서 일하는 아가씨 사디의 얼굴은 가슴 아픈 체념으로 우울해 보였다.

펍킨이 제나에게 사준 것을 전부 계산해보면 아이스크림은 양동이로 두 통쯤, 초콜릿은 18리터 정도였다. 펍킨은 그 비용을 전혀 아까워하지 않았다. 오히려 아이스크림과 초콜릿을 넘어서 흰 조끼와 금박을 입힌 지팡이, 여러 장의 새 넥타이, 에나멜가죽 부츠 한 켤레도 샀다. 전부 다 제나를 위해 구입했다는 공통점이 있다.

그 외에도 펍킨과 제나는 두 달 동안 거의 매주 일요일 저녁마다 영국 국교회 교회에 나갔다. 한 번은 '재미로' 장로교회에도 갔었다. 마리포사를 아는 사람이라면 그런 행위가 의미심장한 엉뚱한 장난임을 알아차릴 것이다.

그럼에도 펍킨은 제나와의 관계에서 절망감을 느꼈다. 이런 특이한 연애는 절정과 나락이 끔찍하게 반복되고 희망과 절망이 마구 교차되는 특징만 있을 뿐이다.

그렇다. 이 연애는 절망적이었다.

펍킨은 교회에서 제나가 기도하는 모습을 지켜볼 때마다 그녀가 너무 착한 여자라서 자신에게 과분하다고 생각했다. 제나를 데리러 갔을 때 그녀가 브라우닝(영국의 시인. 부모의 반대를 무릅쓰고 6살 연하의 시인 로버트 브라우닝과 결혼해 이탈리아로 야반도주했으며 남편에 대한 사랑을 노래한 아름다운 시를 남김 - 역자 주)과 오마르 하이얌(페르시아의 수학자이자 천문학자이며 철학가이자 시인. 이슬람 문학의 백미로 평가되는 그의 4행시 '루바이야트'는 실재와 영원, 인생의 무상함과 불확실성, 인간과 신의 관계 등을 번민하면서 현세의 아름다움을 노래함 - 역자 주)의 시집을 읽는 모습을 보면 그녀가 너무 똑똑해서 자신에게 과분하다고 생각했다. 제나를 보고 있으면 언제나 그녀가 너무 아름다워서 그 역시 자신에게 과분하다고 생각했다.

펍킨은 자기가 영웅이 아니란 걸 알았다. 평소 제나가 손깍지를 끼고서 십자군 기사, 군인, 소방관, 영웅들에 대해 열변을 토하면 펍킨은 자신의 위치를 정확히 깨달았다. 그 안에 끼는 건 어림도 없었다. 만약 마리포사에 전쟁이 일어나거나 판사의 집에 독일군이 침입했다면 기회가 있을 수도 있었겠지만, 그럴 가망은 전혀 없었다.

제나의 아버지도 문제였다. 펍킨이 페퍼리 판사의 마음에 들려고 열심히 노력한 일은 하늘만 안다. 펍킨은 판사가 내세우는 견해는 전부 동의했는데 그러려면 근본적으로 상당히 유연한 지성이 필요했다. 하루는 여성 참정권을 심하게 비판했다가, 다음 날은 찬성하는 입장이 되었다. 또 하루는 노동 운동이 국가의 중심부를 잠식한다고 주장했다가, 다음날이 되면 세상의 희망은 서민 노동자들의 조직 안에 있다고 보았다. 펍킨은 판사의 생각에 따라 만화경의 유리처럼 자신의 의견을 요리조리 바꿨다. 사실상 그가 확고하게 유지해도 되는 유일한 신념은 캐나다 보수당의 순수성과 판사들의 지독하게 몹쓸 기억력이었다.

그럼에도 페퍼리 판사는 펍킨에게 호의적이지 않았다. 판사가 펍킨을 초대하지 않아서 결국 제나가 그를 집에 데려왔다. 보통 마리포사의 은행원들은 모두 판사의 저택을 제집 드나들듯 했는데 말이다. 펍킨이 집에 왔다 가고 나서도 판사는 회랑에 앉아 펍킨에 대해 비아냥거렸다. 그러면 제나는 화가 나서 〈티컴세 지역의 개척자들〉 책을 팽개치고 자기 방으로 뛰어 들어갔다. 그러고 나면 판사는 태도를 금세 바꾸고는 옥수수 속대로 만든 담뱃대에 불을 붙이면서 확실하게 만족하는 얼굴이 되었다. 이 모든 정황을 보면 펍킨이 제나와 맺어질 가망이 확실히 없다는 아주 묘한 분위기가 있었다.

그게 전부가 아니었다. 펍킨의 연봉은 800달러였는데 외환은행의 결혼 대출 한도액은 1,000달러였다.

마리포사 은행들의 가혹한 자본주의적 횡포를 알고 있으리라 생각한다. 그 안에서 결혼은 성숙하고 경험 있는 19세부터 21세까지의 수많은 청년이 닿을 수 없는 먼 곳에 있다. 그 청녀들은 마리포사 하우스의 식권으로 끼니를 잇고 은행 건물 위층에 살면서 자본가 무리의 비위를 맞춰야 한다.

펍킨은 자기 연봉과 대출금의 차액인 200달러를 생각할 때마다 사회적 불안이 의미하는 바를 완전히 깨달았다. 사실상 그런 면에서 나타나는 사회 불만을 전부 이해했다. 그 200달러에 대한 생각이 발단이 되어 러시아 무정부주의와 독일 사회주의, 노동 운동은 물론 헨리 조지(미국의 언론인이자 정치경제학자로 단일 토지제도를 주장하고 '진보와 빈곤'을 저술함 - 역자 주)와 로이드 조지(영국의 정치가로 불로소득 과세를 포함한 국민 예산안을 제출하고 사회보장제도의 기초를 확립하는 데 공헌함 - 역자 주) 같은 인물들의 주장까지 불평등한 사회를 개선하려는 수많은 노력을 모두 이해한 것이다.

이 시기에 펍킨이 〈위대한 혁명가들의 회고록〉을 읽고 헨리 멀린스를 다이너마이트로 날려버릴 생각까지 했다는 것을 알게 되면 펍킨의 심리 상태가 어땠는지 짐작하고도 남을 것이다.

제나를 향한 사랑을 가로막는 이 모든 장애물 앞에서도 펍킨은 자살 충동을 느끼지 않았다. (뒤에 얘기하겠지만 펍킨은 자살을 세 번 시도했다) 그가 자살 충동을 느낀 것은 오로지 그와 제나 사이에 놓인 차가운 현실 속에 최종적으로 존재하는 또 다른 장벽을 절감했기 때문이다.

펍킨은 제나를 알게 되자마자 그런 느낌이 들었다. 자신의 부모님과 집안 이야기를 하려다가도 주저하게 되는 이유를 깨달을 때마다 둘 사이에 가로놓인 장벽을 점점 더 실감했다. 부모님이 그를 보러 마리포사에 오고 싶다는 전갈을 받고서 어떻게든 부모님의 방문을 막으려고 안간힘을 썼을 때 그 마지막 장벽을 진정으로 깨달았고 심장 발작이 일어날 것만 같았다.

펍킨은 왜 부모님이 오지 못하게 막는 것일까? 도대체 왜? 그 이유는 아주 간단했다. 그는 부모님이 부끄러웠다. 그것도 몹시 부끄러웠다. 그의 어머니와 아버지가 마리포사에 나타나 이곳 친구들이 부모님을 보게 되고 부모님이 판사의 집에 가는 장면을 상상하면 창피해서 기절할 것만 같았다.

그래, 그런 마음이 잘못됐다고 할 수는 없다. 그건 단지 이 세상에서 재산의 차이나 빈부 격차가 의미하는 바를 보여줄 뿐이니까. 어떤 사람은 정말 운이 좋아서 자기 부모님의 사회적 지위를 부끄러워한다는 게 뭔지 제대로 알지 못할 수도 있다. 그런 사람은 신분 따위는 문제가 되지 않으며 정직하고 친절한 마음이 가장 중요하다고 여긴다. 하지만 그런 생각은 자신보다 가진 게 적은 사람들의 너무나 괴로운 심정을 모른다는 사실을 드러낼 뿐이다.

펍킨의 경우도 그랬다. 부모님이 마리포사에 나타난다고 생각하면 전혀 어울리지 않을 거라는 창피함 때문에 얼굴이 빨개졌다.

그 장면이 머릿속에 그려졌다! 부모님이 운전기사가 문을 열어주는 리무진 승용차에서 내리고, 아버지가 호텔에서 스위트룸을 요청하는 모습이 눈에 선했다. 한번 생각해보라. 마리포사 하우스에서 스위트룸이라니!

그런 생각을 하니 펍킨은 바로 머리가 지끈거렸다.

뭐? 내 말뜻을 오해했다고? 부모님이 가난해서 부끄러워하는 게 아니었냐고? 맙소사, 그렇지 않다! 오히려 펍킨은 부모님이 부자여서 부끄러웠다! 여기서 부자란 마리포사 사람들이 말하는 그런 부자를 의미하지 않는다. 마리포사에서 부자란 단지 회랑이 있는 저택을 짓고 원하는 것을 다 가질 수 있을 정도의 돈이 있는 사람을 뜻한다. 반면 펍킨이 생각하는 부자는 자동차, 리츠 호텔, 고급 요트, 여름 휴양지 섬과 같은 온갖 호화로운 것들을 가진 사람을 의미한다.

그런 사실을 숨기는 게 더 이상 무슨 소용이 있겠는가? 펍킨의 아버지는 3대째 내려오는 법률회사의 사장이었다. 연해주州를 조금이라도 아는 사람이라면 펍킨가家에 대해 당연히 들어봤을 것이다. 체다벅토만灣(캐나다 동부의 반도인 노바스코샤주州 해안의 큰 만灣 - 역자 주) 지역에서는 누구나 다 아는 가문의 이름이다. 말이 나와서 말인데 대대로 이어온 펍킨 법률회사와 더불어 펍킨의 아버지가 법무부 장관을 지냈다는 사실은 이 집안 이야기의 극히 일부일 뿐이다. 법무부 장관이라고 해봐야 돈벌이는 되지 않으니까! 법무부 장관은 상원의원이나 다름없었다. 펍킨의 아버지는 수많은 변호사들처럼 실제로 일을 꾸미는 기획자였다. 그래서 회사들을 거품처럼 날려버렸고, 연해주州에 있지 않을 때에는 보스턴이나 뉴욕에서 모금 활동을 하거나 융자를 받았다. 뉴욕 은행에서 자금이 모자라면 런던으로 가서 자금을 대출받았다. 그렇게 자금을 확보하자 그는 미라미시(캐나다 동부의 뉴브런즈윅주州에서 가장 큰 도시 - 역자 주)에서 대규모 목재 회사를, 그랜드 뱅크스(캐나다 동부의 뉴펀들랜드섬 부근에 있는 세계적인 어장으로 특히 대구와 청어가 풍부함 - 역자 주)에서 대구 유통 회사를, 펀디만灣(캐나다 뉴브런즈윅주州와 노바스코샤주州 사이에 있는 만灣 - 역자 주)에서 기타 어류를 유통하는 회사를 설립했다. 아마도 '타이들 운송 주식회사', '펀디 어업 조합', '퍼스페비악 제지 무한회사' 같은 회사 이름들을 들어봤을 것이다. 이 회사들이 다 펍킨의 아버지가 차명으로 운영하는 사업체였다. 그러니 그런 사람이 마리포사에 있다고 한번 상상해보라! 거기서 완전히 바보가 되지 않겠는가? 펍킨의 아버지가 짐 엘리엇을 만나 짐이 약국을 운영한다는 이유만으로 그를 약사처럼 대하는 장면을 떠올려보라! 혹은 제퍼슨 소프가 돈을 벌기 위해 면도를 한다는 이유만으로 제프를 이발사 대하듯 말을 건넨다고 생각해보라! 그런 아버지는 마리포사에서 아들을 한나절 만에 파멸시킬 수 있었고 펍킨은 그 점을 잘 알고 있었다.

어쩌면 그건 별로 큰 문제가 되지 않을 수도 있다. 하지만 페퍼리 부부와 제나를 한번 생각해보라! 모든 것이 한 번에 끝나버릴 것이다. 펍킨은 페퍼리 판사가 부와 사치에 대해 어떻게 생각하는지 정확히 알고 있었다. 그는 판사가 모건과 록펠러에게 종신형을 선고한다는 말을 얼마나 자주 들었는지 모른다. 연봉이 3,000달러(미시나바주州의 판사 연봉) 이상인 사람은 날강도이며 정직한 사람과 악수할 자격도 없다는 소리는 또 얼마나 자주 들었던가. 아, 괴로워라! 펍킨은 분명 마음이 괴로웠을 것이다! 마리포사 고등학교 교장인 머들슨 씨가 연봉을 1,500달러 이상 받는 사람은 누구든 공공의 적이라고 했을 때도 아마 그렇게 괴롭지는 않았던 것 같다. 우체국장인 트렐로니가 이 사회에서 한 해에 1,300달러 이상 버는 사람은 (선거에 당선되어 인지도가 합법적으로 올라가는 경우를 제외하고는) 사회에 위험한 존재라고 했을 때도 확실히 별로 괴롭지 않았다. 어쨌거나 펍킨은 마음이 괴로웠다. 그런 사람들이 모두 마리포사에 있었다. 그들이 자기 아버지를 얼마나 경멸할지 바로 상상이 갔다!

그리고 제나! 무엇보다도 큰 문제는 제나였다. 펍킨은 제나가 다이아몬드를 정말 싫어해서 그걸 몸에 걸치지 않겠다는 둥, 다이아몬드를 경멸해서 그게 박힌 왕관 머리띠를 받아도 고맙지 않을 거라는 둥, 그런 말을 얼마나 자주 들었던가! 자동차와 고급 요트 같은 것들도 제나에게 전혀 점수를 따지 못할 게 뻔했다. 어느 날 밤 함께 카누를 타다가 제나는 펍킨에게 가난해도 자수성가해서 그녀를 위해 어떤 난관도 극복할 수 있는 남자하고만 결혼하겠다고 말한 적이 있었기 때문이다. 그때 펍킨이 제나의 말에 아무 대꾸도 하지 못하자 제나는 시무룩해져서는 집으로 돌아가는 내내 아무 말도 하지 않았다.

펍킨은 마리포사 은행에서 연봉 800달러를 받으면서 대체 뭘 하는 것이었을까? 그렇게 묻는다면 그건 연해주州 생활과 그 지역 사람들의 억센 기질을 전혀 모른다는 뜻이다. 이 세상에 연해주州 사람들만큼 호화 사치를 싫어하는 사람들은 없으며, 그중에서도 펍킨의 아버지만큼 사치를 싫어하는 사람도 없다.

그렇다고 해서 펍킨의 아버지를 오해하면 안 된다. 그는 겨울마다 긴 물개 가죽 코트를 입는다. 그렇지만 그것은 사치의 문제가 아니라 단지 그의 폐 건강 문제로 봐주어야 한다. 그가 비싼 시가를 피운다는 점은 인정한다. 비싼 담배를 선호해서가 아니라 단지 흉부가 약해서 그럴 수밖에 없었다. 점심 식사 때 샴페인을 마시는데 그 점도 인정한다. 결코 샴페인을 즐겨서가 아니라 단순히 혀와 입술의 별난 애착 때문에 그런 것이니 어쩔 수 없었다. 정작 그가 동경하는 것은 (그의 아내도 바라는 것으로) 진정으로 단순한 삶, 그리고 새와 나무가 있는 외딴 섬이었다. 그래서 부부는 섬을 서너 개 샀다. 하나는 세인트로렌스강에 있었고, 두번째는 세인트로렌스만灣에 있었으며, 나머지 하나는 메인주州 해안에 있었다. 펍킨의 아버지는 자신이 자란 아루스투크강(미국 메인주州에서 발원해 캐나다 뉴브런즈윅주州까지 흐르는 강 - 역자 주) 상류의 오래된 작은 농가를 떠올리게 하는 장소를 갖고 싶다고 자주 말했다. 그런 향수를 느낄 만한 농가들을 곧잘 샀지만, 알고 보니 항상 대도시와 너무 가까워서 그 집들을 볼 겨를도 없이 부동산을 처분했다.

정작 강조해야 할 점은 외동아들인 펍킨과 관련된 사치의 문제다. 펍킨의 아버지는 철저히 연해주州 사람이었고, 골수 왕당파(미국 독립 전쟁 전후에 캐나다로 가서 정착한 영국 왕에게 충성하는 식민지 주민을 일컬음 - 역자 주)다운 배짱이 두둑했다. 그런 사람의 아들에게 사치란 있을 수 없었다! 아무렴, 그렇고말고! 펍킨의 아버지는 아들이 어렸을 때부터 사치와는 최대한 거리가 먼 사람으로 만들려고 연해주州 지역에서 아직도 성행하는 상류 사회의 관습에 따라 '사치를 빼내는' 교육을 시작했다. 아들을 구식 학교에 보내 '사치가 떨어져 나오게' 했고, 그 뒤에는 일 년 동안 노바스코샤 범선에 태워 '사치를 완전히 제거' 시켰다. 그런 과정을 다 거친 펍킨이 마리포사에 와서도 조각 장식이 있는 넥타이핀을 꽂고 노란 수선화 색깔의 재킷을 입고 다니면서 월급날에는 잔무늬가 있는 사프란 빛깔의 실크 넥타이를 하고 나타나는 걸 보면 이 죄 많은 아담의 후예에게는 여전히 연해주州의 엄한 훈육이 더 필요해 보이기만 하다.

물론 펍킨도 법조인이 되는 길을 갔다. 그것은 그의 아버지의 염원이었고 법률회사는 당연히 4대째 이어질 참이었다. 하지만 펍킨은 아버지 시대에 생겨난 바보 같은 사법시험 제도 때문에 법조계에 들어가지 못했다. 결국 아버지는 아들을 은행에 '내던지는' 수밖에 도리가 없었다. 정말 '내던졌다'라는 표현이 딱 맞는 것 같다. 펍킨의 아버지는 아들을 그렇게 은행에 던져 넣으려면 아예 제대로 멀리 '완전히 캐나다 안으로'(알다시피 연해주州에서는 이런 식으로 표현한다) 던져 넣어야 한다고 결정했다. 그래서 오랜 친구에게 그 일을 청탁했다. 30년 전에 대도시에서 법대를 함께 다녔고 생각이 같으며 자기만큼 과격한 친구였다. 이 과격한 친구가 마침 마리포사에 살고 있었고 당장 이렇게 답한 것이다. "오, 이런! 에드워드, 네 아들을 이리로 보내."

펍킨은 그렇게 마리포사로 오게 되었다. 그가 이곳에 왔을 때 아버지의 친구가 눈 하나 깜짝하지 않고 그를 거칠게 막 대하는 것은 연해주州 사람들의 '엄한 훈육' 과정이 지속되는 것으로 볼 수 있었다.

페퍼리 가문이 몇 세대 전에 아루스투크강 유역에 정착했었고, 페퍼리 판사의 아버지가 바로 그곳에서 티컴세 지역으로 이주했다는 얘기를 했던가? 아마 그런 얘기는 안 한 것 같지만 뭐 중요하지는 않다.

이제 이런 과거 이야기는 끝내고 곧 펍킨에게 닥칠 끔찍한 일은 다음 장에서 계속 이야기하겠다.

9장. 마리포사 은행의 미스터리

자살은 매우 신중하게 생각하지 않고 함부로 저지르면 안 된다. 자살에는 대개 심각한 결과가 뒤따르며 어떤 경우에는 자신보다 다른 사람들에게 고통을 안겨준다.

자살에 정당한 이유가 없다는 말은 아니다. 정당한 이유가 있을 때도 많다. 특정한 음악을 듣거나, 특정한 시를 읽거나, 특정한 콘서티나(아코디언 모양의 육각형 손풍금 악기 - 역자 주) 연주를 듣는 사람이라면 누구나 지속해서는 안 되는 삶이 더러 있다는 점과 심지어 자살에도 밝은 면이 있다는 점을 인정할 것이다.

사랑 때문에 자살하려는 것은 기껏해야 의심만 잔뜩 사는 시도에 불과하다. 이런 내 의견은 사랑에 단단히 빠진 사람이 애초에 시작하지 않았어야 할 관계를 명예롭게 끝내는 유일한 방법으로 걸핏하면 자살을 택하는 생각에 반한다는 것을 보여준다.

자살에는 그 나름대로 사람의 마음을 사로잡는 매력과 감동이 있다는 점도 상당히 인정한다. 여자가 자신이 상처를 준 남자의 진심을 깨닫게 만드는 데 그만한 것도 없다. 남자의 자살은 심장 박동을 영원히 멈추게 하는 청산가리 용액이 반쯤 담긴 잔을 손에 쥔 바로 그 순간 여자를 용서하는 숨결을 불어넣기도 한다.

그 문제의 일반적인 가치를 떠나서 5주 동안 네 번에 이르는 자살 기도의 의미를 아는 사람은 연인들 말고는 거의 없다고 본다.

그 자살 기도의 주인공이 바로 외환은행 마리포사 지점에서 일하는 피터 펍킨이었다.

펍킨은 제나 페퍼리를 알게 된 이후로 그녀를 향한 사랑에 희망이 없다는 것을 깨달았다. 제나는 너무나 아름답고 너무도 착한 여자라서 그에게 과분했다. 제나의 아버지는 그를 싫어했고, 제나의 어머니도 그를 무시했다. 더욱이 그의 봉급은 너무 적은데, 그의 가족은 너무 부자였다.

이런 상황에서 어느 날 밤 펍킨이 판사의 집에 갔다가 어떤 시인이 제나에게 시를 낭송해주는 것을 보게 된 일까지 더하면 펍킨의 자살 기도가 단번에 이해될 것이다. 정식 시인인 그 남자는 심각한 얼간이처럼 생겼고 볼품없이 죽 뻗은 머리에 가르마를 탔으며 설탕 시럽 같은 눈빛을 띠고 있었다. 그 시인이 어떻게 그곳에 가게 됐는지는 모르겠다. 아마도 대도시에서 온 것 같은데 어쨌든 시인은 8월의 그 날 저녁 페퍼리 저택의 베란다에 있었다. 테니슨의 시인지 셸리의 시인지 자작시인지 구분은 안 되지만, 그는 시를 낭송하고 있었다. 그 주위에 제나가 손깍지를 낀 채 앉아 있었고, 노라 갤러거는 밤하늘을 바라보고 있었으며, 조슬린 드론은 아득히 먼 곳을 쳐다보고 있었다. 작고 통통한 어떤 여성도 고개를 옆으로 기울인 채 시인을 바라보고 있었다. 그 자리에는 여자들이 전부였다.

이런 식으로 여성들을 끌어당기는 시인들에게 대관절 뭐가 있는지 모르겠다. 시인은 가만히 앉아서 손으로 허공을 가리키며 정말 멍청한 목소리로 시를 낭송할 뿐인데 모든 여자들이 그에게 홀딱 빠져 있다. 남자들은 시인을 얕볼 뿐 아니라 감히 할 수만 있다면 그를 베란다 밖으로 뻥 차버리겠지만, 여자들은 시인에게 마냥 열을 올리며 이야기한다.

펍킨은 베란다의 어둑한 곳에 앉아 그 시인이 브라우닝의 시를 낭송하는 것을 들으면서 자기만 빼고 모두가 그 시의 내용을 이해한다는 사실을 깨달았다. 펍킨이 보기에 제나는 시인에게 시선을 고정한 채 음절 하나하나에 귀를 기울이고 있는 것 같았다. 제나는 정말 그러고 있었다. (꼭 그래야 했다) 펍킨은 겨우 15분쯤 그 상황을 참고 있다가 베란다 옆쪽으로 슬그머니 그 자리를 빠져나와서는 작별 인사도 하지 않고 사라졌다.

펍킨은 오나이다 거리를 곧장 내려가서는 중심가를 따라 아주 맹렬한 기세로 걸었다. 그의 머릿속에는 오직 한 가지 목적만 있었다. 바로 자살이었다. 그는 사거리 모퉁이에 있는 짐 엘리엇의 약국으로 곧장 향했다. 거기서 마취제인 클로로포름을 사서 마시고는 그 자리에서 바로 죽어버릴 생각이었다.

거리를 걸으면서 그 모든 장면이 머릿속에 너무나 생생히 떠올라 지극히 세세한 부분까지 상상할 수 있었다. 심지어 다음날 신문에 이런 기사 제목이 크게 찍혀 나오는 것까지 말이다.

끔찍한 자살, 독약을 마신 피터 펍킨

아마도 펍킨은 자신의 자살에 어떤 공개적인 수사가 뒤따라서 브라우닝의 시 문제가 밝혀지고, 그 시를 일반적으로 읽히게 허용하는 일이 전적으로 타당한지에 대해 신문 지상에서 완전히 공개 토론이 붙길 바랐던 것 같다.

그런 생각을 하면서 걷던 펍킨은 중심가 사거리 모퉁이에 이르렀다.

알다시피 8월의 더운 날 저녁에는 마리포사의 약국이 불빛들로 완전히 환하다. 탄산수 공급기에서 탄산수가 쉭쉭 나오는 소리가 반 블록 떨어진 곳에서도 들린다. 약국 안은 사람들로 바글바글하다. 남녀노소 할 것 없이 모두 사사파릴라(루트비어와 비슷한 갈색의 탄산음료 - 역자 주), 레몬 사워 같은 탄산음료들에 긴 빨대를 꽂아서 마시거나 초콜릿 아이스크림을 먹고 있다. 거기 모인 사람들이 웃고 떠드는 소리가 어찌나 큰지 그런 시끄러운 소리는 들어보지 못했을 정도다. 여자들은 흰색, 분홍색, 푸른색 등의 옷을 입었다. 은 수도꼭지가 달린 흰 대리석의 탄산수 공급기에서는 쉭쉭, 탁탁하는 소리가 난다. 짐 엘리엇과 그의 조수는 흰 가운을 입었고 그 위에 빨간 제라늄을 달았다. 그곳은 마냥 즐거움이 넘쳐흐른다.

파리의 오페라 극장 로비도 장관이겠지만, 마리포사의 엘리엇 약국과는 비교할 수 없다고 본다. 엘리엇 약국 안은 진정한 흥과 삶의 기쁨이 가득하기 때문이다.

약국은 그날 밤 유난히 북적였다. 토요일이라 모든 호텔이 일찍 문을 닫았기 때문이다. 물론 스미스 호텔은 예외였다. 호텔 문이 닫혀 있으니 사람들은 죄다 약국으로 와서 음료를 엄청나게 마셔댔다. 이런 현상은 지방자치단체나 금주 운동 등을 통한 모든 음주 규제가 어리석기 짝이 없다는 것을 보여준다. 호텔 영업시간을 제한하면 사람들을 탄산수 공급기로 내모는 꼴이며 마시는 양도 예전보다 훨씬 늘어나기 때문이다. 이는 남자들에게만 국한되지 않고 여자들, 청소년들, 어린아이들에게도 해당한다. 나는 약국의 높은 걸상에 앉히려면 번쩍 들어올려야 하는 여덟아홉 살짜리 꼬마들이 레몬 소다를 커다란 포도주잔으로 배가 터질 만큼 마셔대는 광경을 본 적이 있다. 이 아이들은 각자 아버지 손에 이끌려 왔는데 그 이유는 무엇일까? 바로 호텔 바가 문을 닫았기 때문이다.

고작 위스키와 브랜디를 차단해서 사람들이 마시는 것을 막을 수 있다고 생각하는 게 무슨 소용인가? 결과적으로 사람들이 전에는 입에도 대지 않던 레몬 사워와 사사파릴라, 체리맛 시럽 감기약, 자양 강장제 따위를 마구 들이켜게 할 뿐인데 말이다. 결국 사람들은 예전보다 더 많이 마시게 되었다. 여기서 핵심은 아무리 애를 써도 사람들이 즐겁게 노는 것을 막을 순 없다는 점이다. 라거 맥주와 브랜디를 못 마시면 밍밍한 탄산수와 레몬 소다를 마시게 되니 어쨌든 금주 운동을 벌이는 사람들의 암울한 계획은 모조리 좌절되고 만다.

다만 내가 말하고자 하는 바는 토요일 밤 마리포사의 엘리엇 약국은 세상에서 가장 즐겁고 유쾌한 장소라는 것이다.

그러니 자살하기에 얼마나 바보 같은 장소일지 한번 생각해보라!

탄산수 공급대로 가서 5센트어치 클로로포름과 탄산수를 달라고 하는 장면을 한번 상상해보라! 그런 짓은 절대 할 수 없다. 그걸로 끝이다.

펍킨은 그 사실을 깨달았다. 펍킨이 약국 안에 들어가자마자 누군가 "피터, 안녕!"하고 외쳤다. 또 한두 사람이 "펍, 안뇽!"하고 크게 말했다. 어떤 이는 "잘 지내?"라고 물었다. 어떤 사람은 "어떻게 잘 지내고 있어?"라고 묻는 등 안부 인사가 이어졌다. 봐서 알겠지만, 모두가 어느 정도 마신 상태라 당연히 기분이 무척 좋고 들떠 있었다.

결말은 펍킨이 클로로포름을 마시는 대신 탄산수 공급대로 가서 체리 소다가 들어간 두통약을 한 잔 마셨고, 뒤이어 탄산가스가 든 위장약을 한 잔 들이켠 다음 레몬 탄산수를 몇 잔 더 마셨다.

혹시 두통약의 정신적 효과를 아는지 모르겠다.

두통약으로는 자살이 어렵다.

아니, 자살은 불가능하다.

오히려 자신감이 마구 솟는다.

두통약과 환한 불빛, 주변의 여자들 덕분에 펍킨은 기분이 사뭇 좋아지면서 브라우닝의 시 따위는 전혀 신경 쓰이지 않았다. 아, 그런데 그 시인에 대해서는 속에서 열불이 났다! 시가 대체 뭐기에? 운율에 맞춘 말일 뿐이구먼.

믿기지 않겠지만 10분쯤 지나 펍킨은 다시 약국에서 나와 페퍼리가家의 저택으로 곧장 향했다. 시인이 있거나 말거나 더 중요한 사실은 그가 엘리엇 약국에서 산 커다란 아이스크림 세 덩이를 가지고 간다는 것이었다. 그것도 초록, 분홍, 갈색의 3단 아이스크림이었다. 그가 베란다로 들어섰을 때 마침 브라우닝의 시는 김이 빠져서 따분하기 그지없는 분위기였다. 두통약 덕에 펍킨의 뇌는 완전히 들떠서 흥분한 상태였다. 펍킨이 아이스크림을 꺼내놓자 제나는 한달음에 접시와 숟가락을 가져와 사람들이 나눠 먹을 수 있게 준비했다. 펍킨도 제나를 거들었다. 그 자리에 있던 사람들은 다 같이 숟가락을 집어 들고 크게 웃으면서 행복해했다. 그 광경은 그저 경이로울 따름이었다. 알다시피 여자들에게는 두통약 따위가 필요 없다. 늘 흥이 넘치기 때문이다.

그리고 그 시인 말인데…, 제나가 펍킨에게 시인이 유부남이고, 고개를 옆으로 기울이고 있던 그 작고 통통한 여성이 그의 부인이라고 말해줬을 때 펍킨의 기분이 어땠는지 상상이 가는가?

그렇게 다 함께 아이스크림을 먹는데 그 시인은 엄청나게 먹어댔다. 원래 시인들은 그런 법이다. 그럴 필요가 있으니까. 그렇게 먹고 나서 시인은 몇 연으로 구성된 자작시를 낭송했고, 펍킨은 자신이 그 남자를 잘못 판단했다는 것을 깨달았다. 그 시는 멋졌고 정말 최고였기 때문이다. 그날 밤 펍킨은 구름 위를 걷는 기분으로 집에 돌아갔으며 클로로포름은 아예 생각도 나지 않았다. 결국 자살은 하지 않았고 사랑에 빠진 모든 사람들처럼 바뀌어 있었다.

그 뒤에 펍킨이 또 자살을 기도했던 이야기는 자세히 늘어놓을 필요가 없을 것 같다. 죄다 똑같은 계획으로 시도했다가 앞서 이야기한 것과 똑같은 이유로 흐지부지되었기 때문이다.

펍킨은 가끔 밤에 은행 건물 위층의 거주 공간에서 사무실로 내려가 스스로 목숨을 끊으려고 은행 보관용 권총을 가져

오기도 했다. 그러면 그의 머릿속에는 또다시 이런 신문 기사 제목이 떠올랐다.

수재 은행원이 머리를 쏴서 자살하다

머리를 쏴서 죽는 것은 지나치게 요란한 행위여서 이내 펍킨은 그런 방식이 특별한 유형의 지도자에게나 어울릴 법한 생각이 들었다. 그래서 밤늦게 다시 사무실로 살금살금 들어가서 권총을 도로 갖다 놓고는 그 대신 물에 빠져 죽어야겠다고 마음먹었다. 오사위피강위의 철교로 갈 때마다 물에 빠져 죽는 것은 별로 적당하지 않다는 생각이 들었다. 그곳은 너무 높았기 때문이다. 강물은 시커먼 데다 물살도 너무 빨랐다. 급물살을 보고 있으니 너무나 섬뜩했다. 그 장소는 물에 빠져 죽을 만한 곳이 전혀 아니었다.

차라리 다리 위 철로에서 고속열차를 기다렸다가 바퀴 아래로 몸을 날려서 일을 끝내는 편이 훨씬 낫겠다는 생각도 들었다. 그런 식으로 종종 기차를 기다려도 자신에게 적당한 기차 바퀴를 고를 수가 없었다. 빠르게 화물을 실어 나르는 고속열차를 구분하기란 몹시도 어려운 일이다.

만약 펍킨의 자살 기도 사건 중 하나가 마침내 펍킨을 영웅으로 만들고 제나 페퍼리와의 복잡하게 꼬인 연애 문제를 싹 해결함으로써 막을 내리지 않았다면 나는 이런 자살 기도들을 언급하지 않았을 것이다. 우연히도 펍킨은 그때 자살을 하려다가 가장 불가사의한 은행 범죄의 한가운데로 내몰렸다. 그 범죄 사건은 이 나라 안에서 가장 진취적인 지역 사회에 속하는 곳의 우수하고 똑똑한 법조인들을 당황하게 했다.

사건이 일어난 것은 어느 날 밤이었다. 앞서 말했듯이 그날도 펍킨은 자기 집에서 은행으로 내려가 권총을 꺼내서 스스로 머리를 쏠 수 있을지 보기로 했다. 소방관 무도회가 열린 밤이었는데 제나는 대도시에서 온 어떤 방문객과 네 번이나 춤을 췄다. 그 사람은 대학 4학년생으로 모르는 게 없는 청년이었다. 펍킨이 더 이상 견딜 수 없는 상황이었다. 그날 밤 맬러리 톰킨스는 집에 없었고, 펍킨이 집에 돌아왔을 때는 그 건물에서 완전히 혼자였다. 건물 뒤에 증축한 집에 사는 관리인 길리스만 빼고 말이다.

펍킨은 자기 방안에 앉아 골똘히 생각에 잠겨 있었다. 두어 번 책을 집어 들고 읽어보려 했지만, 그 내용은 아무 의미도 없고 시시하게 느껴졌다. 훗날 펍킨은 그 책이 칸트의 〈순수이성비판〉이었다는 것을 분명히 기억해냈다. 책을 읽다가 갑자기 결의가 솟구친 펍킨은 의자에서 일어나 계단을 내려가서 은행 안으로 들어갔다. 권총을 꺼내 당장 그 자리에서 자신을 쏘고 바닥에 쓰러진 본인의 시체가 발견되도록 할 작정이었다.

때는 한밤중이었고 텅텅 빈 은행 건물은 고요했다. 펍킨은 발아래에서 계단이 삐걱거리는 소리를 들었다. 문이 열리거나 닫히는 듯한 소리를 들은 것 같았다. 평소에 듣던 문 닫히는 소리가 아니라 마치 누군가 지하실에 있는 금고의 철문을 닫는 것 같은 낮고 둔탁한 소리가 났다. 잠시 서서 귀를 기울이는 동안 펍킨의 심장은 쿵쾅쿵쾅 뛰었다. 신고 있던 슬리퍼를 벗어 던지고 1층에 있는 사무실 안으로 소리 없이 숨어들어서는 은행 창구에 있는 자신의 책상에서 권총을 꺼냈다. 권총을 잡고서 안쪽 계단과 아래층 금고 보관실에서 나는 소리에 귀를 기울였다.

이 시점에서 외환은행 마리포사 지점이 길거리와 같은 1층에 자리 잡고 있다는 것을 설명해야겠다. 그 아래에는 또 다른 층이 있다. 그곳은 바닥에 널돌을 깐 천장이 낮은 어두운 방이었다. 사용하지 않는 사무용 책상들과 서류 상자들이 쌓여 있었다. 바로 이 층에 은행 금고들이 있다. 추수철인 가을에는 금고들 안에 최소 50달러부터 10만 달러어치를 묶어 놓은 화폐 다발이 들어 있다. 그 방은 길거리의 불빛이 희미하게 돌바닥에 군데군데 비치는 것 말고는 빛이 전혀 없다.

펍킨은 손에 권총을 들고 은행 안에 서 있으면서 자신이 여기 온 감상적인 일차 목적은 까맣게 잊었던 것 같다. 그 순간에 영웅이나 연애 따위는 몽땅 잊어버렸다. 한밤에 솟는 강렬한 기운으로 온 신경을 곤두세우고 경계하면서 은행 안쪽 계단과 금고 보관실에서 들려오는 소리에 완전히 집중했다.

지금 이 일이 무엇을 의미하는지 활자처럼 선명하게 인식했다. 영웅이 되는 일 따위는 잊었다. 은행의 아래층 금고 보관실에 6만 달러가 있으며 그 돈을 지키려고 자신이 연봉 800달러를 받는다는 사실만 자각했다.

양말 바람으로 그 자리에 서서 귀를 기울이고 있었을 때 창문으로 들어오는 길가의 불빛에 비친 그의 얼굴은 잿빛을 띠고 있었다. 심장은 망치로 치는 것처럼 쿵쾅거렸다. 그렇게 뛰는 심장에는 4대째 내려오는 충성스러운 왕당파의 피가 흐르고 있었다. 마리포사 은행에서 6만 달러를 가져가는 강도는 창구 직원 피터 펍킨의 시체를 넘어야만 이곳을 나갈 수 있었다.

펍킨은 사무실 한 층 아래 은행 금고가 있는 방 입구로 통하는 계단을 내려갔다. 그의 걸음걸이는 선조들이 행진할 때 보여줬던 것만큼 훌륭했다. 그가 금고 보관실로 이어지는 계단을 내려갈 때 층계 옆 안쪽 통로에서 눈에 띄지 않게 몸을 웅크리고 있는 어떤 남자가 있었다는 사실을 알았더라면 좋았을 텐데…. 이 남자도 역시 손에 권총을 들고 있었다. 범죄자인지 아닌지는 모르겠지만, 남자의 얼굴도 펍킨만큼이나 결연했다. 은행 직원이 계단을 내려오는 발소리가 들리자 남자는 몸을 돌려 문간 어둑한 곳에서 소리 없이 기다렸다.

실제로 이 모든 것을 낱낱이 언급할 필요는 없다. 사람들의 관심사는 오로지 코르덴 실내복을 걸치고 양말 바람인 은행원이 마리포사 아가씨들의 몽상에 나올 법한 그런 영웅으로 어떻게 변모할 수 있는지 보는 것이니까.

이 모든 일은 새벽 3시쯤 일어났던 게 분명하다. 이 사실은 나중에 건물 관리인 길리스의 증언으로 상당히 입증됐다. 길리스는 처음에 소리를 들었을 때 손목시계를 보고는 2시 반이라는 것을 알았다. 손목시계가 사흘 전에는 45분쯤 느렸는데 그 이후로 조금씩 빨라지고 있어서 그날은 30분쯤 느린 상태라는 걸 알았기 때문이다. 길리스가 은행 안에서 나는 발소리를 듣고 권총을 들고서 아래층 계단으로 처음 발을 디딘 정확한 시간은 나중에 반대 심문에서 미묘한 논점이 되었다.

펍킨은 은행 금고의 철문에 다다라서는 그 앞에서 무릎을 꿇고 어둠 속을 더듬으며 잠금장치가 파손되지 않았는지 알아내려고 했다. 그러는 사이 등 뒤에서 무슨 소리가 들렸다. 무릎을 꿇은 채로 몸을 홱 돌리자 통로에 빛이 반쯤 들어오는 곳에 서 있는 은행 강도와 그의 손에서 반짝거리는 권총이 보였다. 그 뒤에 벌어진 일들은 순식간에 끝나고 말았다. 펍킨은 "총 버려! 안 그러면 쏘겠다!"라고 외치는 자신의 목소리가 귀에 들어왔지만, 그 소리는 이상하고 공허하게 들렸다. 권총을 들어 올렸는데 그 순간 눈앞에 한 줄기 빛이 스치면서 아무것도 보이지 않았다. 바닥에 고꾸라진 은행원 피터 펍킨은 더 이상 아무것도 알지 못했다.

이 시점에서 나는 당연히 이 장을 끝내거나, 아니면 이 책을 마무리짓거나, 적어도 모래주머니로 독자의 머리를 내리쳐서 독자가 잠시 멈추고 생각하도록 만들어야 한다. 상식적인 사람이라면 여기서 멈추고 숫자를 백까지 세거나, 자리에서 일어나 집 근처를 한 바퀴 돌거나, 어찌 됐든 펍킨이 은행 바닥에 누워 움직이지 않고 두 팔이 부풀어 오른 채 한 손은 아직도 권총을 꼭 쥐고 있는 모습을 머릿속에 그려봐야 한다.

하지만 나는 이야기를 계속해야 한다.

이튿날 아침 7시 반 무렵 외환은행의 창구 직원 피터 펍킨이 은행 건물 금고 보관실에서 은행 강도의 총에 맞아 죽었다는 소식이 온 사방에 알려졌다. 건물 관리인 길리스도 층계 밑바닥에서 총에 맞아 죽었고, 강도는 5만 달러를 훔쳐서 달아났다는 소식도 전해졌다. 강도가 보도에 핏자국을 길게 남겼고, 사람들이 탐색 견들을 풀어 도시 북쪽의 엄청나게 넓은 늪지대까지 강도를 추격하고 있다는 얘기도 들렸다.

미리 말해두지만, 이야기를 아주 잘 듣는 것이 중요하다. 7시 반에 알려진 소식은 그런 내용이었다. 물론 사람들은 시시각각 더 많은 내용을 알게 되었다. 8시에는 펍킨이 죽지는 않았지만, 가슴에 중상을 입어 위독하다고 전해졌다. 8시 30분에는 그가 가슴에 총을 맞은 게 아니라 총알이 배를 뚫었다고 전해졌다.

9시에는 펍킨의 배는 멀쩡한데 오른쪽 귀에 총알을 맞아 귀가 떨어져 나갔다고 알려졌다. 최종적으로는 정확히 귀가 떨어져 나가지는 않았다고 했다. 다시 말해 총알이 명중해서 귀가 날아가지는 않았지만, 머리를 가볍게 스치는 바람에 그가 기절한 것이라고 했다. 만약 총알이 왼쪽으로 3에서 5센티미터 정도 더 가까이 지나갔다면 머리에 맞았을지도 모른다고 했다. 당연히 이런 부상 이야기는 목숨을 잃었다는 것만큼이나 대중의 관심을 받았다.

실제로 9시쯤에는 머리 양옆으로 붕대를 둘둘 감은 펍킨이 중심가에 나타나 강도가 지나간 흔적을 손으로 가리키는 모습을 볼 수 있었다. 건물 관리인인 길리스도 죽지 않았다는 소식이 8시쯤 알려졌다. 총알이 길리스의 머리를 관통했다고 했지만, 중상이냐 아니냐 하는 추측만 무성했다. 10시쯤에는 강도가 쏜 두 번째 총알이 길리스의 머리 옆을 가볍게 스쳤다고 파악되었다. 알려진 바로는 그의 정신이 이전과 다름없었다고 한다. 혈흔과 늪지대의 탐색 견들에 대한 첫 소식은 부정확한 것으로 밝혀진 점도 덧붙여야겠다. 발견된 자국은 피였을 수도 있지만, 네틀리 정육점의 지하실 계단 입구로 이어지는 것으로 보아 당밀이었는지도 모른다. 강도가 완전히 간계를 부려 당연히 혈흔 위에 당밀을 부은 것이라는 주장도 분명히 나왔지만 말이다.

마리포사에는 탐색 견이 없었다는 사실도 기억해야 한다.

뭐, 개들은 얼마든지 있지만.

그래서 오전 10시쯤에는 전체 사건이 유례없는 미궁에 빠진 상태였다.

증거가 충분하지 않았던 것은 아니다. 펍킨이 직접 들려준 이야기와 길리스의 이야기, 밤중에 총소리를 듣고 강도가 달아나는 장면을 봤다는 어떤 사람들의 이야기가 있었다. 증인 중 어떤 이들은 강도가 한 명이라고 했고, 또 어떤 이들은 강도떼라고 했다. 어떤 이들은 강도가 뛰어서 지나갔다고 했고, 또 어떤 이들은 걸어서 지나갔다고 했다. 어쨌든 명백한 사실은 강도가 마리포사 거리를 오락가락하며 달아나다가 사라졌다는 것이다.

펍킨과 길리스의 이야기는 매우 분명했다. 펍킨은 은행 안에서 무슨 소리가 들려 아래층으로 내려갔고 마침 강도가 통로에 웅크리고 있는 것을 봤다고 얘기했다. 강도는 거대한 몸집에 악랄한 인상의 남자로 무거운 코트를 입고 있었다고 설명했다. 길리스도 정확히 똑같은 이야기를 했다. 같은 시간에 같은 소리를 들었다고 했다. 다만 그가 처음 묘사한 강도의 모습은 왜소한 사내였다. 어둠 속이었지만 얼굴이 특히 악랄해 보였으며 짧은 재킷을 입고 있었다고 했다. 곰곰이 생각하던 길리스는 자기가 범인의 체구를 잘못 말했다는 것을 깨달았다. 그가 정정한 말에 따르면 범인은 펍킨 씨가 말했던 것보다 오히려 덩치가 훨씬 더 컸다고 한다. 길리스 자신도 강도에게

총을 쐈는데 그 시점은 펍킨 씨가 총을 쏜 것과 동시였다고 했다.

그것 말고는 모든 게 완전히 불가사의한 미스터리였다.

11시 무렵에는 외환은행 본점의 지시를 받은 수사관들이 대도시에서 도착했다.

그 두 명의 수사관이 마리포사를 이리저리 돌아다니는 모습을 직접 봤어야 한다. 그들은 잘생겼고 근엄하고 완고한 사내들이었다. 두 수사관은 은밀하게 움직이면서 본능적으로 도시 전체를 파악하는 것 같았다. 아무 의도가 없는 것처럼 아주 조용히 스미스 호텔을 찾아가서 바에 서 있다가 어깨 너머로 사람들의 대화를 조금씩 주워들었다. 알다시피 수사관들이 일하는 방식대로 말이다. 이따금 구경꾼 한두 명이 사주는 술도 받아 마셨는데 아마도 그들은 한편이었을 것이다. 수사관들이 술을 마시는 방식을 보면 실마리를 찾으려고 계속 귀를 쫑긋 세우고 있다는 것을 알 수 있다. 스미스 호텔이나 마리포사 하우스, 콘티넨털 호텔에서 아주 작은 단서라도 발견되면 두 수사관은 번개처럼 그 현장에 와 있었다.

그날 두 수사관이 도시를 조용하고 침착하면서도 엄청나게 돌아다니는 모습을 보니 그들의 기이하고도 위험한 직업을 아주 잘 이해할 수 있었다. 온종일 도시를 쏘다니면서도 어찌나 특이하고 은밀하게 움직이는지 그들이 일하긴 하는 건지 도통 알아차릴 수가 없었다. 그들은 스미스 카페에서 저녁을 같이 먹으며 한 시간 반을 보내다가 사람들 사이에서 자취를 감추었다. 사람들에게서 벗어나서는 눈에 띄지 않는 안쪽 방에 앉아 조시 스미스와 이야기를 나누었다. 스미스 씨는 금세 그들이 마음에 든 모양이었다. 두 수사관은 스미스 씨와 몸집이 같거나 비슷한 데다 호텔 경영자와 수사관은 대개 서로 잘 통하는 구석이 있었다. 굉장히 과묵하고 대중의 약점에 대한 비밀을 잘 알고 있다는 공통점이 있으니 말이다.

스미스 씨 역시 수사관들에게 큰 도움이 되었다. 스미스 씨는 말했다. "여러분, 밤늦은 시각에 밖에 있었던 사람들이 누군지 너무 자세히 묻지는 않겠습니다. 이 도시에는 그런 사람들이 없으니까요."

그 명석한 두 수사관이 마침내 저녁 5시 반에 대도시로 출발했다. 각각의 엄숙하고 무덤덤한 얼굴 이면에서 범죄 사건의 단서들이 완전히 소용돌이치고 있었다는 것은 거의 알아챌 수 없었다.

수사관들이 영웅이었다면, 펍킨은 어떻게 됐을까? 머리에 붕대를 감은 펍킨이 은행 앞에 서서 영웅들에게만 그 자격이 주어지는 특유의 겸손을 가장하며 한밤중의 강도 사건을 이야기하는 장면을 한번 떠올려보라.

영웅이 되어본 적이 있는지 모르겠지만, 기분을 완전히 들뜨게 만드는 데 그만한 것이 없다. 펍킨은 평생 자신을 쓸모없다고 여겨왔는데 갑자기 그의 위상이 보나파르트 나폴레옹이나 존 메이너드 케인스(영국의 경제학자. '케인스 경제학' 이론을 창시해 20세기의 가장 영향력 있는 경제학자로 꼽히는 인물 – 역자 주), '경기병대의 돌격(크리미아 전쟁 중인 1854년에 영국의 카디건 장군이 기병 600여명을 이끌고 러시아 포병대를 공격한 사건. 시인 테니슨이 이 병사들의 용맹을 찬양하는 시를 씀 – 역자 주)'만큼 높아졌다. 오, 참으로 놀라운 일이었다. 이제 펍킨은 용감한 사나이였다. 본인도 그 사실을 알고 용감한 사내들이 모두 차리는 겸손도 완전히 익혔기에 그렇게 된 것이다. 나는 펍킨이 자신은 맡은 바 임무를 다했을 뿐이고, 그런 상황에서는 누구라도 자신과 같이 행동했을 거라고 했다는 이야기를 믿는다. 누군가 "당신 생각을 듣고 보니 그렇군요."라고 반응했을 때 펍킨은 상처 입은 영웅의 조용한 표정을 지었고 그 침묵은 말보다 더 통렬했다.

그리고 펍킨이 대도시의 석간신문에 자신이 죽었다는 기사가 났다는 사실을 알았더라면 훨씬 더 호사를 누리는 기분이 들었을 텐데…, 그는 그 사실을 전혀 알지 못했다.

그날 오후 마리포사 법원에서는 공판이 열렸다. 죽은 강도의 사인 규명을 위한 심문을 진행하는 법적 절차로써 사건 관련자들이 소환되었다. 아직 강도의 시체는 발견되지 않았지만 말이다. 법정에 증인들이 늘어서 있는 가운데 반대 심문이 진행되는 광경은 참으로 볼만했다. 마리포사에서 니벤스 같은 훌륭한 형사 전문 변호사들의 반대 심문과 페퍼리 같은 재판

장의 심문에는 예리하게 속까지 파고 들어가 재판을 지켜보는 사람들을 짜릿하게 만드는 뭔가가 있다.

외환은행 지점장인 헨리 멀린스는 한 시간 반 동안 증인대에 있었다. 그 흥미진진함에 다들 숨을 죽이고 있어서 핀이 떨어지는 소리도 들을 수 있을 정도였다. 니벤스는 멀린스를 가장 먼저 심문했다.

"이름이 뭡니까?" 니벤스가 말했다.

"헨리 어거스트 멀린스입니다."

"어떤 직책을 맡고 있죠?"

"외환은행 지점장입니다."

니벤스는 멀린스를 물끄러미 바라보며 서 있었다. 그는 다음 질문을 하기 전에 상당히 깊이 생각하는 듯했다.

"어디서 학교에 다녔죠?"

멀린스는 곧바로 대답했다. "시골에 있는 고등학교에 다녔습니다."

니벤스는 또 잠깐 생각하더니 이렇게 물었다.

"그 학교에 학생은 몇 명이었습니까?"

"60명 정도였습니다."

"교사는 몇 명이었습니까?"

"3명 정도였습니다."

니벤스는 한참 뜸을 들이며 머릿속에서 증거를 간추리고 있는 듯 보였는데 드디어 생각이 떠올랐는지 입을 열었다.

"어젯밤 은행 건물에 없었다는 진술은 잘 알고 있습니다. 그럼 어디에 있었습니까?"

"호수 아래쪽에서 오리를 사냥하고 있었습니다."

멀린스가 이렇게 대답했을 때 법정 안의 들뜬 분위기를 직접 봤어야 하는데…. 의자에 앉아 있던 판사는 몸을 앞으로 기울이더니 곧바로 불쑥 질문을 던졌다.

"헨리, 오리를 잡았나요?"

"네. 여섯 마리쯤 잡았습니다." 멀린스가 대답했다.

"어디서 잡았습니까? 뭐라고요? 강가 지나서 와일드 라이스 습지라고요? 설마, 그럴 리가요! 앉아 있다가 잡았나요? 아니면 어떻게 잡았습니까?"

이 질문들이 전부 단숨에 속사포처럼 증인에게 쏟아졌다. 실제로 사냥철을 알리는 오리들이 오사위피강 습지에서 처음 발견되었다는 사실이 알려지면서 오전 공판은 15분 만에 끝났다. 공판이 끝나자마자 멀린스와 조지 더프, 증인들의 절반은 엽총을 가지고 오리를 사냥하러 갔다.

마리포사 은행 강도 사건의 전모는 전혀 밝혀지지 않았다고 말하는 게 낫겠다. 부랑자들이나 수상한 인물들을 중심으로 수많은 용의자를 검거했지만, 그중 단 한 명도 유죄를 입증하지 못했다. 한 남자는 미시나바주州에서 마리포사와 반대쪽으로 30킬로미터 넘게 떨어진 곳에서 검거되었는데, 강도의 인상착의와 정확히 일치했을 뿐만 아니라 한쪽 다리가 의족이었다. 마리포사 같은 도시들에서 외다리 부랑자들은 늘 용의 선상에 오르므로 강도나 살인 사건이 일어날 때마다 무더기로 검거되기 마련이다.

외환은행에서 강도를 당한 돈의 액수는 지금까지도 전혀 알려지지 않았다.

1만 달러라는 말도 있고 그 이상이라는 얘기도 있었다. 은행에서는 당연히 사업 목적상 금고의 내용물은 무사하고 강도의 범행은 실패했다고 주장했다.

하지만 그런 사실은 펍킨의 위상이 올라가는 데 중요하지 않다. 불운과 마찬가지로 행운도 얼마 안 되는 할부금처럼 정기적으로 찾아오지 않는 법이다. 그 환상적인 날 펍킨에게는 좋은 일들이 한꺼번에 일어났다. 그날 아침에 펍킨은 영웅이 되어 있었다. 법정에 앉아 있었을 때 판사가 펍킨의 행동이 티컴세 지역의 개척자들에 대한 기록에 나란히 오를 만하다며 공개적으로 치하하고는 펍킨을 집으로 초대해 저녁을 같이 먹자고 했다. 오후 5시에는 은행 본점에서 보내온 승진 전보를 받았는데 연봉이 1,000달러로 올랐다는 소식이었다. 이로써 펍킨은 영웅에다가 괜찮은 신랑감까지 됐다. 6시에 펍킨은 판사의 집으로 출발하면서 일생일대 가장 중요한 단계로 과감히 나아가기로 결단을 내렸다.

그는 마음을 정했다.

마리포사에서는 좀처럼 전례가 없는 일을 하려는 것이었다. 펍킨은 제나 페퍼리에게 청혼하려고 했다. 무슨 말이냐면 마리포사에서는 이런 청혼 단계가 거의 없다는 뜻이다. 사랑의 과정은 테니스, 춤, 썰매 타기와 같은 단계를 모두 거치다가 마침내 단물 쓴물 다 빠진 상태에서 결혼 서약에 이르는 것이다. 단도직입적인 청혼은 오만과 허세로 여겨졌으며 책 속의 인물들에게만 가능한 일이었다.

펍킨이 생각하기에 그런 청혼은 평범한 사람들이 감히 하지 못하는 영웅들만 시도가 허용되는 일이었다. 그는 제나에게 청혼하려 했고, 거기서 더 나아가 자신이 부자이며 그 결과에 책임을 지겠다고 남자답게 털어놓으려고 했다.

그는 그렇게 했다.

그날 밤 회랑에는 담쟁이덩굴의 그림자 속에 해먹이 걸려 있었고 그곳에서 펍킨은 제나에게 청혼했다. 그날은 운이 완전히 좋아서 판사는 집 안의 서재로 들어갔고, 정말 드문 행운으로 페퍼리 부인은 집 안의 바느질 방으로 들어갔으며, 마침 다행히도 하인은 집에 없었고, 개도 묶여 있었다. 사실 이렇게 모든 상황이 자기에게 유리한 사람은 지금까지 세상에 없었다.

제나가 펍킨의 청혼에 '예'라고 대답한 것 외에 무슨 말을 했는지는 모르겠다. 펍킨이 돈 얘기를 했을 때 제나는 요조숙녀처럼 훌륭하게 받아들였고, 다이아몬드를 언급했을 땐 그를 위해 그 예물을 몸에 걸치겠다고 했다.

두 사람은 이런저런 얘기를 나누었고 그 어느 때보다도 많은 대화를 했다. 그때 마침 오나이다 거리에서 한 번도 들어보지 못한 부우웅 하는 굉음이 들려왔다. 환상적인 리무진 승용차가 얼마 안 되는 3,000달러의 연봉을 받는 판사의 집 쪽으로 다가와서는 집 앞에 멈췄다. 차가 서자 긴 물개 가죽 코트를 입은 남자가 신이 난 얼굴로 차에서 휙 내렸다. 그 코트는 전혀 사치를 부린 게 아니며 순전히 쌀쌀한 가을 저녁 날씨 때문에 걸친 것이었다. 당연히 짐작하겠지만, 펍킨의 아버지였다. 대도시 석간신문에서 아들이 죽었다는 기사를 보고서 자동차로 이곳에 온 것이다. 운전기사 말로는 여기까지 오는 데 2시간 15분이 걸렸다고 한다. 그들을 따라서 수사관들과 비상 인력들을 가득 실은 특별 기차 한 대가 함께 왔지만, 펍킨의 아버지가 오는 도중에 아들 피터가 살아 있다는 전보를 받고서는 모두 돌려보냈다.

펍킨의 아버지가 연해주州 출신이라는 것을 몰랐던 사람이라면 아들을 바라보는 그의 눈에 눈물이 고이고 그가 곧 자식을 끌어안을 거라고 예상했을 것이다. 그는 아들을 안아주지는 않았지만, 분명히 제나는 잠깐 꼬옥 안아주었다. 연해주州 남자들은 예쁜 아가씨들을 보면 자상한 아버지처럼 그렇게 꼬옥 안아준다. 그런데 참으로 이상하게도 펍킨의 아버지는 아무런 설명을 듣지 않았는데도 이 모든 상황을 이해하는 듯 보였다.

페퍼리 판사는 펍킨의 아버지를 보자 그의 양팔을 붙잡고 흔들 뻔했다. 두 사람이 서로 "네드!", "필립!"이라고 부르는 소리를 들으니 그들이 다시 대도시에서 법대를 함께 다니던 시절로 돌아갔다는 느낌이 들었다.

자기 아버지가 마리포사 사람들의 호감을 얻지 못하리라고 생각한 것은 순전히 펍킨의 착각이었다. 펍킨의 아버지는 판사의 집 베란다에 앉아 옥수수 속대로 만든 담뱃대로 담배를 피웠다. 마치 고급스러운 쿠바 아바나산産 시가는 평생 들어보지도 못한 사람처럼 말이다. 사흘 동안 마리포사의 가을을 즐기면서 제퍼슨 소프 이발소와 엘리엇 약국을 드나들었다. 습지에서 검은 오리도 사냥했다. 매일 저녁 1센트에 해당하는 성냥개비 백 개를 쌓아놓고 포커도 쳤다. 평생 그렇게 살아서 다른 삶은 전혀 모르는 사람처럼 말이다. 그는 전보를 가방 한 가득 받고 나서야 비로소 마리포사를 떠났다.

펍킨과 제나는 결혼해서 마리포사의 신시가지 언덕 위에 있는 마법에 걸린 집 중 한 곳에 살게 되었다. 그 동네의 집들은 아마도 오늘날까지 마법에 걸려 있을 것이다.

그곳에서는 예전처럼 현란한 재킷을 입은 펍킨이 작은 정원에서 마법에 걸린 잔디를 깎는 모습을 언제나 볼 수 있으리라.

펍킨에게 다가가 말을 걸거나 마법에 걸린 그 집 안으로 들어가려면 자신의 목소리를 약간 음악처럼 바꿀 수 있길 빈다. 그 집에 있는 마법에 걸린 아기의 잠을 조금이라도 방해하면 안 되기 때문에.

10장. 미시나바주州 총선

내게 어떤 선거냐고 묻지 마라. 영연방 자치령 선거든, 지방 선거든, 대영제국 선거든 나는 아는 바가 거의 없다.

이 나라의 다른 지역에서도 선거는 분명히 계속 치러지고 있다. 마리포사가 속해 있는 미시나바주州의 선거 과정은 내가 전부 봤다. 그곳은 당연히 이 폭풍의 중심이자 모든 혼란의 핵심이었다.

내가 아는 사실은 단지 그것이 아주 큰 선거였고 어마어마하게 중요한 쟁점들이 쏟아져 나왔다는 것이다. 예컨대 마리포사가 미국의 일부가 되어야 하는가, 10세기 동안 티컴세 지역의 자치회관 위에서 펄럭이던 깃발이 외국의 침입자 발에 짓밟혀야 하는가, 영국인이 노예가 되어야 하는가, 캐나다인이 영국인이 되어야 하는가 따위의 그런 엄청난 사안들이다.

그런 아우성과 소동 가운데서도 깃발이 펄럭이고, 북소리가 울리고, 횃불이 타올랐다. 다른 지역과 달리 미시나바주州에서는 그런 선거 요소들이 상당히 중요했던 게 분명하고 실제로 중요했다.

이젠 선거가 모두 끝났기에 격해지거나 열을 올리지 않고 그 일을 되돌아볼 수 있다. 보다시피 결과는 아주 명확하다. 캐나다 총선이 대영제국을 구했고, 미시나바주州가 캐나다를 구했고, 티컴세 지역의 제3지구 투표가 미시나바주州를 구했으며, 티컴세 제3지구에서 승리를 이뤄낸 사람들이…. 글쎄, 여기서 더 밀고 나가지 않아도 되겠다. 그 문제는 적당히 해두는 편이 낫다. 만약 그 얘기를 계속한다면 그저 조용하고 간단하게 하루에 서너 번까지만 하자.

마리포사의 특이한 정치 양상을 먼저 제대로 알지 못하면 전당 대회, 후보 지명, 선거운동, 투표를 아우르는 선거를 전혀 이해할 수 없다.

이제 이 이야기를 맨 처음부터 시작해보겠다. 마리포사 주민들은 모두 자유당이나 보수당, 아니면 둘 다 지지한다. 그중 일부는 평생 한 당만 지지해서 자유당 지지자는 골수 자유당원, 보수당 지지자는 옛날 토리당원(영국 보수당의 전신. 잉글랜드의 왕위 계승 문제를 놓고 왕권을 지지했던 무리 – 역자 주) 같은 호칭 등으로 불린다. 이런 사람들은 오랜 훈련 덕에 국내 쟁점들에 대해 아주 빠르고 예리한 통찰력이 생겨서 가장 복잡한 사안에 대해서도 4초 만에 결정을 내릴 수 있다. 그들은 아침에 우편으로 받는 대도시 신문을 집어 들자마자 어떤 문제를 봐도 해결책을 전부 알고 있다. 또 어떤 사람들은 편견을 갖지 않고 신중하게 노력하면서 그날 사안들에 대한 자신의 판단에 따라 자유당에 표를 주기도 하고 보수당에 표를 주기도 한다. 그 사안들에 대해 스스로 판단을 내려 자신에게 유리한 게 있으면 자유당에 투표를 한다. 그렇지 않은 경우에는 특정 정당의 노예나 특정 정치 지도자의 심복이 되길 거부한다. 그래서 심복을 찾는 사람이라면 그런 사람들을 멀리해야 했다.

마리포사에서 누구에게도 용납되지 않는 한 가지는 정치에 무관심한 것이다. 물론 자신이 처한 환경 때문에 정치에 무관심한 사람들도 항상 있기 마련이다. 그런 사정도 쉽게 수긍이 간다. 우체국장인 트렐로니의 경우를 한번 보자. 그는 오래전 자유당 맥켄지 정부 시절에는 집배원이었고, 이후 재집권한 보수당 맥도널드 정부 시절에는 우편물 분류 담당자였으며, 한참 뒤에 터퍼 정부 시절에는 우편물에 소인을 찍는 업무를 했고 그렇게 계속 변화를 거쳤다. 트렐로니는 자기가 정치에 무관심하다고 항상 말하지만, 실상 그는 정치에 관심이 너무 많다.

마리포사의 성직자들도 마찬가지다. 그들은 정치에 관심이 없다. 정말 아예 없다. 드론 사제는 선거철이 되면 늘 성서 구절을 인용해 이런 설교를 한다. “하! 이스라엘에는 정녕 정의로운 자가 한 명도 없단 말입니까? 이것 보세요! 변화할 때가 되지 않았습니까?" 이런 말은 자유당을 지지하는 사업가들이 일제히 자리에서 일어나 교회 밖으로 나가게 만드는 계기가 된다.

장로교회도 사정은 비슷하다. 목사는 자신의 신성한 소명 때문에 정치에 참여하면 안 되고 인간에게 가혹한 말을 한마디도 입 밖에 내면 안 되지만, 사악한 인간들을 끌어올려 연방국의 고위직에 앉히는 일에 대해서는 (당연히 보수당 후보 임명을 의미한다) 자신의 신성한 소명 때문에 생각하는 바를 그대로 말해야만 한다며 가만히 있지 않는다. 선거철에는 보수당을 지지하는 신자들을 거의 정리하면서, 성경을 인용해 고대 히브리인들은 한 명도 빠짐없이 '자유당 지지자'였는데 다만 홍수가 나서 물에 빠져 죽거나 사막에서 목숨을 잃은 거라고 계속 설교한다.

이처럼 정치에 무관심하다고 말해야 하는 사람들이 일부 있다. 예를 들면 공무원, 성직자, 학교 교사, 호텔 경영자다. 그런 사람들 외에 마리포사에서 정치에 무관심하다고 말하는 사람은 누구나 비뚤어진 인간으로 간주하며, 사람들은 그가 도대체 어떤 '목적'으로 그러는지 의아하게 여긴다.

이제 도시는 정치로 온통 북새통이 된다. 영국의 하원 회의나 미국의 상원 회의 같은 회합만 본 적 있을 뿐, 티컴세 코너스 지역의 보수당 전당 대회나 선거지구 자치회관에서의 자유당 집회를 한 번도 본 적 없는 사람들은 정치의 의미를 모른다.

조지 5세가 캐나다 의회를 해산하고서 존 헨리 백쇼를 더는 신뢰할 수 없으니 다른 인물을 선출하라고 미사나바주州에 명령하는 공식 서한을 보냈다는 사실이 알려지자 마리포사가 흥분으로 들끓는 장면은 아마 상상도 못 할 것이다.

영국 국왕은 마리포사에서 아주 유명하고 평판이 매우 좋다. 국왕이 캐나다를 순회하던 중 이곳을 방문한 일은 모두가 기억한다. 그는 기차를 타고 가다가 마리포사 기차역에 잠시 내렸었다. 당시 그는 왕자 신분이었지만, 상당히 많은 군중이 역에 나와 있었다. 다들 왕자가 마리포사를 더 둘러볼 시간이 없다는 사실을 아쉬워했다. 기차역과 목재 야적장만 봐서는 마리포사에 대해 잘못된 생각을 할 수 있었기 때문이다. 주민들은 모두 기차역에 나왔고 자유당 지지자들과 보수당 지지자들 모두 거리낌 없이 뒤섞여 아무 구분 없이 나란히 서 있었다. 왕자가 사람들 사이에서 당파를 발견하지 못하게 하려고 말이다. 왕자는 아무것도 알지 못했고 실제로 그렇게 보였다. 그 자리에서 왕자를 위해 대영제국의 평온함과 제국에 대한 충성이 담긴 환영사가 낭독되었는데 거기에 도시 선착장에 대한 고민이나 새 우체국 위치를 둘러싼 큰 논쟁은 의도적으로 빠져 있었다. 이런 문제로 왕자에게 폐를 끼치는 것은 옳지 않다고 보는 공손한 분위기가 일반적이었기 때문이다. 물론 그가 나중에 왕이 되면 그 문제들을 모두 '알아야' 하겠지만, 그전까지는 그가 제국이 평온하다고 생각하도록 놔두는 편이 나았다.

마리포사 사람들은 일부러 안심시키는 말들로 환영사를 작성했고 왕자는 그 내용에 기뻐했다. 그가 환영사를 듣고 나서는 두 다리를 뻗고 잤으리라 확신한다. 왕자의 직속 무관들과 그를 보좌하는 사람들에게도 환영사는 효과를 발휘했다. 그러니 왕자가 어떤 기분이었을지 한번 상상해보라!

마리포사 사람들은 왕들을 완벽하게 이해하고 있는 것 같다. 그들은 국왕이나 왕자가 올 때마다 그가 밝은 면만 보고 마리포사가 완전히 단결되었다고 여기도록 하려고 애쓴다. 가령 페퍼리 판사는 그저 왕자의 기분을 좋게 하려고 이 도시에서 가장 최악의 자유당원인 갤러거 박사와 팔짱을 끼고 걸어 다녔다.

그러니 국왕이 현역 의원인 존 헨리 백쇼를 신임하지 않는다는 소식을 접했을 때 마리포사 사람들은 그 사실을 한 치도 의심하지 않았다. 백쇼가 국왕의 신뢰를 잃었다고? 좋아, 그럼 그들은 당장 다른 사람을 의원으로 선출할 것이다. 국왕이 필요하다고 하면 대여섯 명이라도 선출할 것이다. 그들은 아무것도 개의치 않는다. 그런 일로 국왕을 걱정시키느니 차라리 사람을 줄줄이 뽑아서 주민 전체를 당선시킬 수도 있었다.

여하튼 보수당 지지자들은 모두 국왕과 총리 같은 지도자들이 백쇼 같은 사람을 그토록 오래 용인해온 데 수년간 의문을 품고 있었다.

미시나바주州는 명실상부하게 북새통 같은 정치판이다. 대도시에서 볼 수 있는 형편 없이 비뚤어지고 돈이 지배하는 정치가 아니라 명예를 중요시하는 바르고 진정한 구식 정치가 이루어진다. 뇌물을 쓰는 사람이나 돈 때문에 신념을 파는 사람은 경멸의 대상이다. 그러나 그들이 돈을 받지 않는다는 말은 아니다. 그들도 당연히 돈을 받는다. 안 될 이유가 뭐가 있겠는가? 그럴 때는 과감하게 돈을 받고 그 사실에 대해 함구한다. 어차피 인간이 하는 일이니 어떤 일자리나 정부 계약을 받아들일 수도 있지만, 그런 경우에는 국민정신이 투철해서 그런 것이지 일 자체를 위해 받은 게 아니니 안심해도 된다. 아무렴, 그렇고말고.

미시나바주州 농부들과 마리포사 사업가들의 표를 얻고자 하는 사람이라면 자신이 적임자라고 믿도록 그들을 설득해야 했다. 농부들과 사업가들이 그렇게 믿고 나머지 사람들도 모두 그렇게 알고 있다면 그는 그들의 표를 얻게 된다.

거듭 말하지만, 자유당 지지자들과 보수당 지지자들 사이에는 분열이 심하다. 마리포사에서 한동안 지냈더라도 그곳에서 치러지는 선거를 겪어보지 않았다면 그 사실을 전혀 알지 못한다. 마리포사 사람들을 이해할 수 있어야만 그들 사이에서 절대 없어지지 않는 복잡한 분열이 계속 전개되는 양상을 볼 수 있다. 처음에 미처 보지 못한 미세하고 미묘한 차이가 점점 눈에 들어오는 것이다. 겉으로는 모두 매우 친해 보인다. 예를 들면 치과의사 조 밀리건은 지난 6년 동안 보수당 지지자였지만, 자유당 지지자인 갤러거 박사와 보트 창고를 같이 쓰며 심지어 모터보트도 함께 구입했다. 피트 글로버와 알프 맥니콜은 서로 다른 당을 지지하는데도 제휴를 맺어 철물점과 페인트 가게를 운영했다.

선거가 가까워져 오자 곧바로 정치적 차이가 극명해졌다. 자유당 지지자들과 보수당 지지자들은 서로를 멀리했다. 조 밀리건이 토요일 하루 모터보트를 사용하면, 갤러거 박사는 다음날 모터보트를 탔다. 피트 글로버는 가게 한쪽에서 철물을 팔고, 알프 맥니콜은 그 반대편에서 페인트를 팔았다. 신문도 하나는 보수당을 지지하고, 다른 하나는 자유당을 지지했다. 약국도 자유당과 보수당으로 나뉘는 등 그렇게 양쪽으로 갈라졌다. 마찬가지로 선거철에는 마리포사 하우스가 자유당 호텔이 되고, 콘티넨털 호텔이 보수당 호텔이 되었다. 다만 스미스 호텔은 늘 바텐더를 몇 명 더 투입해서 다소 제국주의적 성격을 띤 '통합 중도'라고 부를 수 있겠지만 말이다. 장의사 깅엄 씨는 직업적인 영향으로 자연스레 진보적 자유당 지지자였지만, 선거철에는 항상 특별 조수를 고용해 보수당을 지지하는 고객들을 방부 처리했다.

이제 미시나바주州 총선의 전반적인 정치적 배경을 어느 정도 이해하리라고 본다.

존 헨리 백쇼는 미시나바주州의 현직 의원이자 자유당원이다.

자유당 지지자들은 그를 백전노장, 오래된 군마, 오랜 챔피언과 같은 호칭으로 부른다. 보수당 지지자들은 그를 늙은 멍청이, 늙은 노새, 늙은 술고래, 늙은 부패 정치인, 늙은 무뢰한이라고 불렀다.

백쇼는 세상에서 가장 엄청난 정치 권력자 중 하나처럼 보였다. 흘러내리는 백발에 중절모를 왕관처럼 쓰고 다녔다. 면도 비용으로 하루에 나랏돈을 25센트 쓰는 정치인답게 얼굴이 매끈했다.

합산해보면 캐나다 연방은 백쇼가 미시나바주州를 대표하는 20년 동안 얼굴 면도 비로 매년 2,000달러가 넘는 돈을 썼다. 그래도 결과는 충분히 그만한 가치가 있었다.

백쇼는 정치인들이 잘 입는 긴 코트를 입고 다니면서 코트 솔질 비용으로 하루에 나랏돈을 20센트 쓰고, 아침마다 구두를 닦느라 또 나랏돈을 15센트 썼다.

그래도 그 돈은 잘 쓴 것이었다.

마리포사에서 백쇼는 그 시대의 가장 대표적인 정치인에 속했다. 선거가 다섯 번 치러지는 동안 미시나바주州에서 보수당 후보를 몰아내며 당선된 게 전혀 놀라운 일이 아니다. 그러니 그가 얼마나 전형적인 정치인인지 한번 생각해보라. 그는 티컴세 제3지구에 24만 평이 넘는 땅을 소유했다. 자신이 사실상 농부임을 증명하려고 늘 일꾼 두 명을 두고 계속 일을 시켰다. 해마다 가을이 되면 일꾼들이 키운 살진 돼지들을 미시나바주州 농업 박람회와 세계 박람회에 내보냈다. 자신이 직접 돼지우리 옆에 서서 심사위원들을 맞았고, 코듀로이 반바지 차림으로 오후 내내 지푸라기를 씹어댔다. 백쇼가 의회에서 농민을 제대로 대변하지 않는다고 주장하는 농부가 있다면 그 농부는 바보가 되는 꼴이었다.

백쇼는 마구馬具 사업 지분을 50퍼센트, 가죽 공장 지분을 25퍼센트 소유하고 있는 사업가이기도 했다. 장로교회 내 신도 지정석 값을 내고는 의회에서 종교도 대변했다. 30년 전 대학에서 두 학년을 다닌 이력으로 교육도 대변하고, 현대 과학에도 뒤지지 않거나 앞서가는 사람이 되었다. 두 은행 중 한 곳에는 작은 고객, 다른 한 곳에서는 큰 고객이 되어 가난한 사람인 동시에 부자였다.

백쇼는 아마도 마리포사에서 가장 뛰어난 웅변가였을 것이다. 이는 당연히 많은 것을 말해준다. 물론 이곳에도 연설가들이 있고 그중에는 두어 시간 내리 연설할 수 있는 사람들도 많았지만, 이 백전노장은 그들을 모두 물리칠 수 있었다. 사람들 말로는 백쇼가 시작이 좋으면 두어 시간 연설한 뒤에도 페리클레스나 데모스테네스, 키케로도 하지 못했던 연설을 할 수 있었다고 한다.

하원 의원으로서 백쇼의 모습은 100미터 가까이 떨어진 곳에서도 눈에 확 띄었다. 농촌 지역구 출신임을 보여주려고 희끗희끗한 회색 정장을 입었다. 도시 대표라는 점도 부각하려고 도시의 상징들이 매달린 금 시곗줄을 옷에 달고 있었다. 그의 차분하고 낮은 옷깃과 하얀 넥타이는 지역구 유권자들에게 독실한 신앙인이라는 것을 암시했다. 넥타이에 꽂은 말발굽 모양의 핀은 지역구 유권자들에게 스포츠에 소질이 없지 않으며 말과 얼간이를 구별한다는 것을 보여줬다.

백쇼는 대부분 오타와에서 지냈다. (자신의 고요한 농장이 더 좋은데도 늘 그곳을 떠나 있어야 한다며 한숨을 쉬면서 말했다) 그는 오타와에 있지 않으면 워싱턴에 가 있었다. 물론 언제라도 런던에서 그를 필요로 할 수도 있었다. 그래서 마리포사에는 선거가 있는 해에 겨우 두어 달 정도밖에 머물 수 없다는 사실이 전혀 놀랍지 않았다.

그런 이유로 마리포사 사람들은 모두 이른 봄날에 백쇼가 오후에 도착하는 기차에서 내리면 곧 뭔가 대단히 중요한 일이 생기고, 새로운 선거가 있을 거라는 소문이 사실이라는 것을 알았다.

그때 백쇼가 여기 와서 했던 일은 이런 게 전부였다. 먼저 그는 수하물 담당자에게 25센트를 주고서 여행 가방을 찾아오게 했다. 마차 운전사에게 50센트를 주고 중심가까지 데려다

달라고 했다. 그런 다음 캘러핸 담배 가게에 가서 10센트짜리 시가를 두 개 사서는 길 건너 타임스-헤럴드 신문사로 들어가 맬러리 톰킨스에게 총리가 주는 선물이라며 시가를 건넸다.

백쇼는 그날 오후 내내 중심가를 왔다 갔다 했는데 그의 그런 행동을 눈치챈 사람이라면 정치적 기운이 감도는 것을 느낄 수 있었다. 철물점에서 못과 유리, 접착제를 사고, 마구馬具 가게에서 필요한 물품을 사고, 약국에서 약을 사고, 장난감 가게에서 장난감을 사는 등 대대적인 선거운동에 필요한 것들을 모조리 사들였다.

그 모든 일을 마치고 나서 백쇼는 자유당 조직책인 맥기니스와 타임스-헤럴드 기자인 맬러리 톰킨스, 훌륭한 '무소속 자유당 지지자'인 장의사 깅엄 씨와 함께 마리포사 하우스 내부 특별실로 갔다.

백쇼가 자리에 앉기 전에 문을 닫는 모습을 보면 그의 마음가짐이 상당히 진지하다는 것을 알 수 있었다.

"여러분, 선거가 확정됐습니다. 우리는 곧 큰 싸움을 벌일 것이기에 그 싸움을 준비해야 합니다." 백쇼가 말했다.

"그 싸움은 관세 문제일까요?" 톰킨스가 물었다.

"네. 유감스럽게도 그렇습니다. 여러분, 모든 게 관세에 달려 있습니다. 저는 다른 문제이길 바랐어요. 관세는 미친 짓이라고 생각하지만, 당은 그 문제에 여념이 없더군요. 그래서 우린 그 전선에서 싸워야 합니다. 그들은 왜 부당 이득 문제만으로는 싸울 수 없는 걸까요?" 백전노장 백쇼는 자리에서 일어나 주변을 왔다 갔다 하면서 말을 이었다. "하늘만이 아시겠죠. 전 그들에게 경고했습니다. 간청도 했습니다. 부당 이득 문제로 싸우면 우리가 쉽게 이길 수 있다고 말했어요. 이 선거구를 차지하려고 하면서 왜 도시 선착장이나 우체국에 너무 많은 비용을 쓰고 있는 건 아닌지 다투지 않았을까요? 이보다 더 좋은 쟁점이 뭐가 있겠습니까? 내가 비뚤어졌다고 주장할 테면 하라지요. 그러면 나는 아니라고 주장할 테니. 관세 문제를 끄집어내지 않아도 분명히 아주 좋은 상황이었습니다. 여러분, 그럼 이제 제게 선거구에 대해서 좀 말해주세요. 누가 출마하는지 아직 얘기가 없습니까?"

맬러리 톰킨스가 총리에게서 받은 시가 두 개 중 마지막 하나에 불을 붙이고 거기 모인 사람들에게 이렇게 답했다.

"에드워드 드론이 출마할 거라고 다들 말하더군요."

"아!" 백쇼가 기쁜 표정을 지으며 말했다. "드론이요? 드디어 나오는군요! 잘됐어요, 잘됐어. 그럼 그가 어느 당으로 나올까요?"

"무소속입니다."

"아주 좋아요." 백쇼가 말했다. "무소속이라…, 그거 좋군요. 강령은 뭔가요?"

"그냥 단순하게 정직과 사회적 도덕성입니다."

"저런!" 백쇼가 말했다. "그것참 멋지네요. 엄청나게 도움이 되겠는데요. 정직과 사회적 도덕성! 바로 그거죠! 드론이 출마해서 훌륭한 성과를 거두면 확실히 우리에게 승산이 있습니다. 톰킨스 씨, 이 문제를 놓고 시간을 허비하면 안 돼요. 다른 신문에서 이런 기사를 좀 얻을 순 없나요? 지난 선거에서 그들이 도시의 전 유권자에게 뇌물을 줬고, 온 선거구를 완전히 잘못된 길로 이끌 만큼 많은 계약 건들을 나눠줬다는 걸 암시하는 기사 말입니다. 이 도시에 공공 자금을 엄청나게 쏟아부었고 반드시 또 그럴 거라고 넌지시 알려주세요. 드론이 이런 자료를 많이 얻게 해주세요. 그러면 그는 보수당으로 가는 정직하고 편견 없는 표들을 몽땅 빼낼 수 있을 겁니다."

오래된 군마 백쇼는 생기가 좀 빠진 목소리로 이렇게 말을 이어갔다. "제 유일한 걱정은 드론이 끝내 출마하지 않을 거란 점입니다. 드론은 전에도 자주 그렇게 얘기하고는 한 번도 출마한 적이 없었어요. 그는 그럴 돈이 없거든요. 하지만 그가 반드시 출마하도록 해야 합니다. 깅엄 씨, 드론의 형을 잘 아시죠? 우리가 드론의 입후보자 공탁금을 내고 선거운동 비용을 댈 수 있도록 당신이 작업해줘야 합니다. 그런데 이번 출마는 참으로 드론답군요!"

사실 미시나바주州에서 정직을 내세워 무소속 후보로 나오려는 판단 착오 적인 시도는 참으로 에드워드 드론다운 일이었다. 마리포사 사람이라면 누구나 드론이니까 그런 일을 벌인다고 생각했다.

에드워드 드론은 지역 주임 사제 루퍼트 드론의 동생이었다. 사람들은 몇 년 전까지만 해도 그를 드론 사제와 구별해서 젊은 드론 씨라고 불렀다. 에드워드 드론은 그의 형과 좀 덜 비슷한 복사판이었다. 수수한 얼굴이 능력 있게 보이지는 않았지만, 파란 눈은 친절해 보였다. 그는 과거부터 지금까지 줄곧 실패자였다. 옛날에 기술자 훈련을 받던 시절에는 봄에 홍수가 나서 건설한 댐과 다리들이 무너지고 선착장이 떠내려갔다. 제조업자로서도 실패했고, 도급업자로서도 실패했으며, 지금은 아무도 모르는 일종의 감정인 내지 토지 전문가로 변변찮은 생활을 꾸려가고 있었다.

정치사상 면에서 에드워드 드론은 모든 마리포사 사람들이 알고 있듯 항상 정신 나간 사람이었다. 그는 고등학교 가을 운동회에 가서 티투스 만리우스 토르콰투스(기원전 4세기 로마의 정치가이자 장군 - 역자 주)와 퀸투스 쿠르티우스 루푸스(1세기 로마의 역사가로 추정되며 저서 '알렉산더 대왕의 역사'를 남김 - 역자 주) 같은 고대 로마인들을 동시에 다룬 연설을 했다. 반면 백쇼는 '단풍'에 대한 연설을 하며 나머지 반나절은 그냥 쉬자고 제안했다. 드론은 학생들에게 진정한 위인들의 삶에서 얻는 교훈에 관해 이야기했고, 백쇼는 엄청난 부자의 삶에서 얻는 교훈에 관해 이야기했다. 드론은 고대 로마인들의 빛나는 애국심을 생각할 때마다 가슴이 벅차다고 말했고, 백쇼는 광대한 영연방 자치령을 바라볼 때마다 가슴이 벅차오른다고 말했다.

그 학교에서 가장 어린 학생도 드론이 멍청하다는 것을 알 수 있었다. 교사들조차 그에게 투표하지 않으려 했다.

"보수당은 어떤가요?" 백쇼가 물었다. "누굴 후보로 밀지 아직 얘기가 없습니까?"

깅엄과 맬러리 톰킨스가 서로 얼굴을 쳐다봤다. 그들은 대답하기를 주저했다.

"못 들으셨어요? 그들은 이미 후보를 정했어요." 깅엄 씨가 말했다.

"누구죠?" 백쇼가 재빨리 물었다.

"그들은 조시 스미스를 후보로 내세울 겁니다."

"맙소사!" 백쇼가 펄쩍 뛰며 말했다. "스미스! 그 호텔 경영자 말인가요?"

"네. 바로 그 사람입니다." 깅엄 씨가 대답했다.

역사적으로 웰링턴 공작이 벨기에에서 연합군을 이끌 거라는 소식을 듣고 나폴레옹의 안색이 창백해진 이야기를 기억하는가? 아테네의 장군 테미스토클레스가 아리스토기톤이 스파르타군을 이끌 거라는 소식을 듣고 바닷물에 뛰어든 이야기를 기억하는가? 아마도 그런 이야기는 기억나지 않겠지만, 보수당이 스미스 호텔 주인 스미스 씨를 후보로 선출했다는 소식을 들은 백쇼가 어떤 기분이었을지 이해하는 데 도움이 좀 될지도 모르겠다.

스미스 씨를 기억하리라 믿는다. 몸무게가 거의 130킬로그램에 이르는 거구로 양말만 신고 자기 호텔 앞 계단에 서 있는 바로 그 사나이 말이다. 우리는 그가 순전히 공공심 때문에 영업시간 이후에 술을 파는 것을 봤다. 증기선이 가라앉았던 날에 수백 명의 목숨을 구했던 일과 영국 국교회 교회에 불이 난 밤에 파괴될 뻔한 도시를 구했던 사건도 기억한다. 시내 중심가의 가운데쯤 자리 잡은 '스미스 북부 건강 리조트'도 잘 안다. 그곳은 이미 '스미스 영국 군대'라고 불리기 시작했지만 말이다.

그러니 캐나다 연방 정치인인 백쇼의 낯빛이 거의 하얗게 질리는 모습이 상상이 갈 것이다.

"스미스가 보수당인지 전혀 몰랐네요." 백쇼가 기운 빠진 목소리로 말했다. "항상 우리에게 후원금을 냈는데 말입니다."

"이제는 보수당이에요." 깅엄 씨가 음울한 목소리로 말했다.

"스미스 씨는 이런 상호주의 적인 비즈니스 사상 때문에 마음이 아주 괴롭다고 하더군요."

"저런 사악한 거짓말쟁이!" 백쇼가 말했다.

잠시 침묵이 흐른 뒤, 백쇼가 다시 말을 꺼냈다.

"스미스에게 무역 문제 말고 다른 강령도 있을까요?"

"네, 있을 겁니다." 깅엄 씨가 침울하게 대답했다.

"그게 뭐죠?"

"금주와 주류 전면 금지입니다!"

백쇼는 마치 몽둥이로 한 대 맞은 듯 의자에 털썩 주저앉았다. 그럼 다음 장에서 이야기를 이어가겠다.

11장. 스미스 씨의 출마

스미스 씨가 호텔 정문 계단을 내려오며 길가에 있는 호텔 마부 두 명에게 말했다. "여러분, 저기 영국 국기 좀 들어 올려 주세요. 위로 적당히요."

그러고는 그 자리에 서서 국기가 바람에 펄럭이는 모습을 지켜보았다.

"빌리!" 스미스 씨가 프런트 데스크 직원에게 말했다. "영국 국기를 두어 장 더 구해서 호텔 뒤 카페 지붕 위에도 걸게. 대도시에 전보를 쳐서 영국 국기 백 장 견적을 보내 달라고 해. 바에서 '미국 술 있음'이라는 표지판은 떼어버리고 '영국 맥주 항상 있음'이라는 새 표지판을 걸게. 호밀 위스키는 치워버리고 스카치 위스키와 아이리쉬 위스키를 주문해. 그런 다음 인쇄소에 가서 현수막들을 찾아오고."

그때 스미스 씨의 머릿속에 또 다른 생각이 떠올랐다.

"이보게, 빌리! 대도시에 전보를 칠 때 조지 국왕 사진도 50

장 구하라고 하게. 잘 나온 사진으로. 비용은 얼마가 나오든 상관하지 말고."

"알겠습니다, 사장님." 빌리가 대답했다.

"그리고 빌리!" 또 다른 생각이 떠오른 스미스 씨는 빌리를 다시 불러서 말했다. (사실 정계에 발을 들여놓고부터 그의 머릿속에는 이런 생각들이 파도처럼 밀려왔다) "국왕의 부친인 앨버트 국왕(실제로 국왕 조지 5세의 부친은 에드워드 7세임. 스미스가 영국 왕실의 계보를 제대로 알지 못한다는 사실을 보여줌 – 역자 주) 사진도 50장 구하게."

"알겠습니다, 사장님." 빌리가 대답했다.

"그리고 이봐! 또 말할 게 있어. 전보 칠 때 말이지, 돌아가신 빅토리나 여왕(스미스가 '빅토리아 여왕'의 이름을 잘못 알고 말함 - 역자 주)의 사진도 가능하면 좀 구해봐. 추모 사진은 하프와 사자들, 왕관이 그려진 영국 왕실 그림으로 구하고."

바로 보수당 전당 대회가 끝난 오전의 상황이었다. 조시 스미스는 보수당 후보로 선출되었다. 온 도시가 영국 국기와 현수막으로 뒤덮였다. 매일 저녁 길거리에는 악단들의 연주 소리가 울려 퍼졌으며 아침부터 밤까지 시끌벅적한 음악과 흥이 끊이질 않았다.

선거철은 대도시에서도 아주 흥겨운 분위기다. 그래도 근무 시간에는 그 흥이 잦아들지만, 마리포사에서는 근무 시간이고 뭐고 '시도 때도 없이' 흥겨운 분위기가 이어진다.

스미스 씨는 보수당 전당 대회를 점령하다시피 하면서 당원들의 전폭적인 지지를 받았다. 니벤스를 후보로 내세우려는 미약한 시도도 있었다. 하지만 니벤스는 변호사이고 대학을 나온 사람이라서 조시 스미스처럼 시야가 넓은 사람을 당해낼 수가 없다는 점을 누구나 알고 있었다.

그 결과 스미스 씨가 후보가 되었고 도시 곳곳에 '스미스와 함께 영국에 충성을!'이라고 크게 쓴 현수막들이 걸렸다. 사람들은 한 면에는 스미스 씨의 얼굴이, 다른 한 면에는 조지 국왕의 얼굴이 새겨진 배지를 옷에 달고 다녔다. 호텔 옆 과일가게는 완전히 정리되어 선거운동 위원회 사무실로 바뀌었다. 한 무리의 선거운동원들이 그곳에서 온종일 그리고 한밤중에도 시가를 피워댔다.

도시에는 '백쇼와 함께 자유를! 백쇼와 함께 번영을! 미시나바의 오랜 기수에게 투표하세요'라고 쓴 다른 현수막들도 걸렸다. 도시 위쪽에 있는 마리포사 하우스 옆에는 백쇼의 선거운동 위원회 사무실이 마련되었다. 길 건너에는 크고 흰 현수막이 걸렸다. 사무실 안에서는 백쇼의 선거운동원 무리가 시가를 엄청나게 피워댔다.

스미스 씨는 자신의 선거운동 위원회 사무실에서 피우는 시가를 자유당 측과 비교했을 때 거의 곱절로 많이 태운 것으로 추정했다. 보수당이 그런 성과를 거둔 건 다섯 번의 선거 중 이번이 처음이었다.

드론의 현수막도 걸려 있었다. 대여섯 장 걸린 그 현수막은 대략 손수건만 한 작은 크기였다. '에드워드 드론은 미시나바 주州의 유권자들에게 표를 간청합니다'라고 적혀 있었지만, 그 내용이 전혀 눈에 들어오지 않았다. 드론이 중심가에 '드론과 함께 정직하게!'라는 현수막을 걸려고 하는데 바람이 훅 불어서 현수막이 그만 호수로 날아가 버렸다.

싸움은 사실상 스미스와 백쇼의 이파전이었다. 모든 사람이 처음부터 그렇게 알고 있었다.

선거운동 시작 첫날부터 마지막 투표일까지 이 치열한 경쟁이 반전을 거듭하는 이야기를 전부 들려줄 수 있으면 좋으련만, 그러려면 이야기가 책으로 몇 권이 될 것이다.

가장 먼저 무역 문제를 마리포사의 양대 신문사인 뉴스 패킷과 타임스-헤럴드가 통계를 덧붙이며 말 그대로 털을 곤두세운 채 격렬한 논쟁을 붙였다. 그다음으로는 두 후보자의 인터뷰가 진행되었고, 관세 문제에 대해 확신에 찬 후보자들의 말이 기사에 실렸다.

"스미스 씨, 차별 관세 축소 제안의 영향에 대한 견해를 듣고 싶습니다." 뉴스 패킷의 기자가 말했다.

"어이쿠, 피트. 난들 알겠소? 시가나 한 대 피워요." 스미스 씨가 말했다.

"스미스 씨, 결과적으로 영국이 종가세從價稅 인하를 선호하고 상호 관세에 따라 미국 물품을 인정할 거라고 생각하십니까?"

"정말 멋지군요. 안 그래요? 당신은 뭘 택하겠소? 외국 맥주입니까, 아니면 영국 맥주입니까?"스미스 씨가 대답했다.

그 짧은 대화에서 스미스 씨가 언론을 다루는 방법을 즉석에서 완전히 파악했다는 것이 드러났다. 이튿날 신문 인터뷰 기사에서는 스미스 씨가 관세 차별 정책이 건전한 국가 재정에 부합하지 않는다고 분명히 말하기를 꺼리면서도 미국과의 상호대응 관세를 선호하면 국내 산업이 위축될 수밖에 없다는 확고한 견해를 지녔다고 했다.

"스미스 씨, 만약 의원으로 당선되면 관세에 대해 어떤 제안을 하시겠습니까?" 마리포사 제조업자 대표단장이 물었다.

"여러분, 저는 관세를 끝장나게 올려서 다시는 내리지 못하게 할 겁니다." 스미스 씨가 대답했다.

"스미스 씨, 저는 오랫동안 자유 무역주의자였습니다…" 또 다른 업계의 대표단장이 말을 꺼냈다.

스미스 씨는 이렇게 대답했다. "일단 악수나 합시다. 저도 그래요. 그만한 게 없죠."

"제국의 방위에 대해서는 어떻게 생각하십니까?" 또 다른 사람이 질문했다.

"어떤 거요?" 스미스 씨가 물었다.

"제국의 방위 말입니다."

"뭐에 대해서요?"

"모든 것에 대해서 말입니다."

"누가 그런 말을 하죠?"

"모두가 그 얘기를 하는데요."

"오타와이(스미스가 '오타와'라는 지명을 어설프게 알고 한 말 – 역자 주) 사람들은 그것에 대해 어떻게 생각합니까?"

"그들은 모두 그것에 찬성합니다."

"그렇다면 저도 찬성합니다."

이런 짧은 대화는 이 치열한 논쟁의 서막에 불과했다. 바로 이 기간에 뉴스 패킷에서 마리포사의 돼지 가격이 캘리포니아 남부의 오렌지보다 60퍼센트 높으며, 미시나바주州의 달걀 수입이 뉴올리언스의 레몬 수입보다 468.2퍼센트 증가했다는 사실을 명백히 밝혔다.

이런 종류의 숫자들은 사람들을 생각하게 만들었다. 가장 확실한 방법이었다.

이 단계가 모두 지나서 조직화 단계가 되었고 뒤따라 대규모 공개 유세 집회가 열렸다. 도시가 이렇게 '조직적인' 모습은 아마도 본 적이 없을 것이다. 참으로 놀라운 광경이었다.

백쇼 선거운동원들은 가장 먼저 마차들을 몰면서 십자형으로 다니다가 나중에는 다시 세로로 긴 대형을 지어 다녔다. 그들은 농부를 만날 때마다 그 집에 들어가서 같이 식사를 했다. 식사가 끝나면 마차로 데리고 가서 술을 한 잔 줬다. 그렇게 완전히 확보한 자유당의 표는 그 농부가 보수당원과 식사를 하고 나면 다시 보수당으로 바뀌었다.

사실 개인의 진정성을 농부에게 보여주는 방법은 오로지 그 집에 들어가서 같이 식사하는 것뿐이다. 식사를 하지 않으면 그 농부는 표를 주지 않는다. 그것은 공인된 정치적 시험이다.

당연하게도 백쇼 선거운동원들이 농부들의 표를 확보하기가 무섭게 스미스 측 마차들이 반대쪽에 와서는 같이 식사하고 시가를 나눠주면서 모든 농부를 보수당으로 돌려놓았다.

무소속 후보인 에드워드 드론도 여기저기서 보이긴 했다. 그는 선거 유세 마차들이 지나간 뒤에 날리는 먼지 속을 돌아다니며 농가 이곳저곳을 방문했다. 농부들 한 명 한 명에게 자신은 뇌물도 주지 않고, 돈도 쓰지 않고, 일자리도 제공하지 않는 공약을 내건다고 설명했다. 그러면 농부들은 하나같이 그의 손을 따뜻하게 잡아주고는 다음 농가로 가는 방향을 알려줬다.

도시 차원의 조직화 이후에는 공개 유세 집회가 속속 열리면서 후보들과 지지자들 사이에 합동 토론이 벌어졌다.

영연방 자치령 전체에서 무역 문제, 즉 상호주의 문제가 마리포사만큼 애국심에 불타서 철저하게 토론이 이루어지는 곳도 없었던 것 같다. 한 달 동안 사람들은 다른 이야기는 하지 않았다. 어떤 사람이 길을 가던 사람을 붙잡아 지난밤에 뉴욕의 달걀 평균 가격이 마리포사보다 1퍼센트 높다는 신문 기사를 읽었다고 말하면, 그 말을 들은 상대방은 그날 중에 그 말을 한 사람을 다시 붙잡아서는 아이다호의 돼지 평균 가격이 마리포사의 쇠고기 평균 가격보다 500그램당 0.6센트 낮았거나 혹은 높았다고 말했다. 막상 그 내용을 말하는 순간에는 가격이 낮았는지 높았는지 기억을 못 했지만 말이다.

사람들은 이런 숫자들을 계속 얘기하면서 지냈다. 대부분의 숫자를 기억할 수 있는 사람은 타고난 지도자로 부각 되었다.

이런 문제들이 가장 충분하게 논의되는 자리는 당연히 유세 집회장이었다. 미시나바주州에서 열린 모든 유세 집회를 공정히 평가하려면 책으로 몇 권이 될 것이다. 그중엔 설득력 있는 웅변의 걸작이라고 할 만한 눈에 띄는 연설들이 간간이 있었다. 예를 들면 티컴세 코너스 자치회관에서 있었던 백쇼의 연설이다. 이튿날 마리포사 타임스-헤럴드는 그 연설이 역사에 기록되어 길이길이 남을 거라고 보도했다.

백쇼의 연설을 들은 사람이라면 그가 참으로 인상적인 연사라는 것을 알게 된다. 그 역사적인 연설을 한 날 밤에 백쇼는 오랜 세월을 살아오면서 오로지 나라에 이바지하고자 하는 애국자의 차분한 품격을 보이며 자신의 평소 연설을 능가했다. 연설이 막바지에 이르렀을 때는 누가 핀을 떨어뜨렸는데 사람들이 어찌나 숨을 죽이고 경청했는지 핀이 바닥에 떨어지는 소리에 창문이 다 흔들릴 정도였다.

"여러분. 저는 이제 나이를 많이 먹었습니다. 정계를 떠나야 할 뿐 아니라 어떤 여행자도 돌아올 수 없는 목적지를 향해 제 길을 가야 할 때가 분명히 곧 올 것입니다."

이 대목에서 깊은 침묵이 흘렀다. 사람들은 그가 곧 미국으로 가려는 생각을 암시한다고 이해했다.

"그렇습니다, 여러분. 저는 나이를 많이 먹었습니다. 제가 가야 할 때가 오면 되도록 적대감을 남기지 않고 떠나고 싶습니다. 하지만 제가 '정말로' 가기 전에, 어떤 품위 있는 지역 사회에서도 용인해서는 안 될 선을 넘는 괘씸한 무뢰한들이 보수당에 있다는 사실을 아주 똑똑히 잘 알아두시길 바랍니다." 백쇼는 계속 말을 이어갔다. "저는 누구에게도 악의를 품지 않고 모두에게 온화하게 이야기하고 싶습니다. 하지만 제가 드릴 말씀은 이성적이고 책임감 있는 사람들이 모였다면, 그런 구린내 나는 사람을 어떻게 보수당 후보로 지명할 수 있는지 도무지 이해가 안 된다는 점입니다. 여러분, 선거운동을 하면서 보복적인 모욕을 할 여유가 없습니다. 우리는 그보다 더 높은 수준으로 올라갑시다. 저의 상대인 스미스 씨는 평범한 술집 주인이라고 하더군요. 그 부분은 넘어가도록 하죠. 그는 말을 훔쳐 유죄 판결을 받았고, 유명한 위증자이며, 미시나바주州에서 가장 속이 시커먼 거짓말쟁이로 알려져 있다고 들었습니다. 그런 사실도 말하지 않기로 합시다. 그런 얘기는 귓속말

로라도 입 밖에 내지 맙시다."

백쇼는 여기서 잠시 물을 한 모금 마시고는 계속 말을 이었다. "여러분, 이제 문제를 국민 복지라는 높은 차원에서 고려해봅시다. 개인의 특정 이익을 생각하지 말고 국가 전체의 이익을 고려합시다. 그러기 위해서 제가 여러분께 티컴세 지역의 보리 가격에 대해 몇 가지 사실을 알려드리겠습니다."

깊은 정적이 흐르는 가운데 백쇼는 16년 동안의, 열여섯 곳의, 열여섯 종류의 곡물 가격이 적힌 목록을 줄줄이 읽었다.

그 목록을 다 읽은 백쇼는 국가적 문제의 다른 측면을 보여주는 화제로 넘어갔다. "그럼 이제 방향을 틀어서 미시나바주州의 건초 가격을 잠시 살펴보겠습니다…"

그날 밤 백쇼가 연설을 마치고 자리에 앉았을 때 티컴세 지역에서는 자유당에 투표하는 것으로 이미 결론이 정해진 분위기였다.

이 시점에서 그들은 스미스 씨의 정치적 천재성을 예상하지 못했다. 이튿날, 자유당 유세 집회 소식을 들은 스미스 씨는 자신의 주요 연사들을 몇 명 소집해서 이렇게 말했다.

"여러분! 저들이 통개(스미스가 '통계'라는 말을 어설프게 알고 있어 잘못 발음함 - 역자 주)를 가지고 우리를 이기고 있습니다. 우리는 아주 열세한 상황입니다."

스미스 씨는 니벤스를 쳐다보며 말했다.

"요전 날 밤에 당신이 여기서 보여준 숫자들이 뭐였죠?"

니벤스가 신문을 꺼내 그 숫자들을 읽기 시작했다.

"잠깐만…" 스미스 씨가 끼어들었다. "베이컨 숫자가 얼마였죠?"

"1,400만 달러입니다." 니벤스가 대답했다.

"그걸로는 부족해요. 숫자를 2,000만 달러라고 하세요. 그들은 찬성할 겁니다. 저기, 농부들 말이죠." 스미스 씨가 말했다.

니벤스는 숫자를 바꿨다.

"그리고 건초 숫자는 얼마였죠?"

"톤당 2달러입니다."

"그럼 4달러까지 밀어붙여요." 스미스 씨는 또 이렇게 덧붙였다. "그리고 말씀드리지만, 만약 농부들 중에 숫자가 정확하지 않다고 말하는 사람이 있으면 그 사람한테 워싱턴에 가서 직접 알아보라고 하세요. 그리고 누구라도 우리 숫자들의 근거를 원하면 영국에 가서 물어보면 된다고 말하세요. 런던으로 곧장 가서 책들을 보고 직접 숫자를 다 확인하라고 말입니다."

그 후로 스미스 씨 측에서는 통계에 대해 더 이상 고민하지 않아도 됐다. 사실 이렇게 적당히 처리한 무역 수치를 알려주는 것은 참으로 놀라운 설득력을 발휘한다고 봐야 한다. 아마도 선거운동에서 이런 일의 최적임자는 바로 은행가 멀린스라 할 수 있겠다. 직업상 숫자를 다루는 사람은 무역이나 인구,

돈과 관련된 숫자에 매우 능통해야 하는데 대중 연설에서 그 효과는 정말 놀랍기만 하다.

이렇게 숫자에 밝은 연사들의 연설을 들어본 적이 있는가? 제4지구의 대규모 집회에서 멀린스가 했던 연설보다 그런 효과를 더 발휘하는 전형적인 연설을 들어본 적이 있는지 궁금하다.

멀린스 본인은 그 숫자들을 너무나 잘 알고 있어서 번거롭게 종이에 적어두지 않아도 되었기에 그 효과는 정말 대단했다.

“자, 여러분!” 멀린스가 매우 열의에 차서 말했다. “지난 10년 동안 증가한 이 나라의 수출액이 정확히 어느 정도인지 여러분 가운데 몇 분이나 아십니까? 10년 동안 우리나라의 수입액이 몇 퍼센트 증가했는지 말할 수 있는 사람이 몇 분이나 됩니까?” 멀린스는 잠시 말을 멈추고 좌중을 둘러봤다. 그 숫자를 아는 사람은 한 명도 없었다.

“저도 완전히 정확한 금액은 기억나지 않습니다. 지금 당장은 그렇습니다. 그저 금액이 어마어마하다는 건 분명합니다. 그럼 인구 문제를 한번 살펴보겠습니다.” 멀린스는 숫자와 늘 가깝게 지내는 타고난 통계 전문가처럼 다시 청중의 관심을 유도하며 말을 이어갔다.

“우리 주요 대도시들에서 10년간 인구 증가율이 얼마인지 여러분 가운데 몇 분이 알고 있고, 몇 분이 말할 수 있습니까?"

여기서 그는 잠시 말을 멈췄다. 이 역시 숫자를 말할 수 있는 사람은 한 명도 없었다.

"정확한 숫자는 저도 기억나지 않습니다. 다만 집에 기록이 있는데 그 수는 확실히 엄청났습니다." 멀린스가 말했다.

선거 분위기가 무르익고 대중 유세가 어느 한 국면에 이르렀을 때 스미스 씨의 입지에 위기가 찾아왔다.

스미스 씨가 주류 전면 금지 강령에 대해 유세해야 하는 자리가 마련되었는데 그들은 곧 그 강령이 실수였다는 걸 깨달았다. 부랴부랴 대도시에서 특별 연사를 섭외했다. 그 연사는 하얀 넥타이를 맨 진중한 사내로 연설 일에 정성을 다했다. 개인 경비와 연설 횟수에 따른 소정의 수고비 외에는 아무것도 받지 않았다. 돈만 빼고 아무것도 받지 않았다는 말이다.

어느 날 밤 스미스 측 연사는 티컴세 코너스 사교장에서 연설했다. 마침 그때 티컴세 코너스 자치회관에서는 자유당 유세가 진행되고 있었다.

연사가 연설을 절반쯤 진행했을 때 잠시 숨을 고르고 이렇게 말을 이어갔다. "여러분! 우리가 여기 모여 열띤 논의를 하는 동안 우리 적들이 모인 곳에서는 무슨 일이 벌어지고 있는지 알고 계십니까? 오늘 오후에 그들이 시내에서 호밀 위스키 열일곱 병을 아무것도 모르는 무고한 자치회관으로 조달한 사실을 알고 계십니까? 적들은 칠판과 벽 사이에 위스키 열일곱 병을 숨겨 놓았습니다. 그리고 유세 집회에 참석한 사람들이 한 사람도 빠지지 않고, 다시 강조하지만 한 사람도 빠짐없이 자유당 후보가 비용을 댄 가증스러운 물질을 잔뜩 마시려고 합니다!"

연사가 이 말을 하자마자 그 자리에 있던 스미스 선거운동원들은 마치 얻어맞은 듯 놀란 표정으로 서로를 쳐다봤다. 아직 연설이 반밖에 진행되지 않았는데도 연설장은 사실상 텅 비고 말았다.

그 뒤로 주류 전면 금지 강령은 내용이 바뀌었다. 제한적 주류 면허 방식을 옹호하는 선언으로 대체되었다. 그 내용은 증류주 제조를 장려하지만, 금주 운동을 촉진하고 주류 유통을 엄격히 규제하여 사람들을 취하게 만드는 물질은 그것을 사용할 적임자들에게만 맡겨야 한다는 것이었다.

마침내 대망의 '선거일'이 되었다. 모두 알고 있듯이 스미스 씨의 경력을 완성하는 승리를 가져온 날이었다. 그것은 역사가 기록할 문제였기에 상세히 거론할 필요가 없다.

마리포사를 본 적이 있는 사람이라면 누구나 선거일에 어떤 광경이 펼쳐지는지 정확히 알고 있다. 상점들은 관습에 따라 모두 문을 닫는다. 술집들도 법에 따라 모두 문을 닫으므로 그 안에 들어가려면 뒷문을 이용해야 한다. 사람들은 모두 가장 좋은 옷을 입고서 마치 '오렌지 행진'이나 '성聖 패트릭의

날'의 흥이 시작되기 전에 그러듯 진지하게 길거리를 왔다 갔다 한다. 여기저기 투표소들을 기웃거리며 다른 사람이 투표를 했는지 안 했는지 계속 살핀다. 그 이유는 하나같이 결국 속아 넘어가서 잘못된 후보에게 투표하게 될까 봐 두려운 나머지 처음으로 투표하고 싶지 않아서다.

스미스 지지자들은 스미스 씨의 지시에 따라 초반 투표를 미루고 있었다. 스미스 씨 생각에 투표는 곰을 사냥할 때와 똑같은 계획으로 실행해야 했기에 그는 지지자들에게 이렇게 말했다.

"여러분! 투표를 보류하고 너무 애태우지 마십시오. 투표 분위기가 달궈질 때까지 기다리다 때가 되면 우르르 나가 투표해서 승기를 잡는 겁니다."

마리포사의 각 투표소에는 한 명의 선거관리위원과 두 명의 투표 참관인이 있다. 유권자들이 그 안을 엿보면서 들락날락하는데 이들은 마치 덫 안을 들여다보는 생쥐 같았다. 일단 투표 참관인들이 유권자 한 명을 기표소 안으로 잘 끌어들이기만 하면 그들은 작은 커튼 뒤에서 그 유권자를 압박해 투표하도록 만든다. 물론 투표는 무기명으로 이루어져 참관인들과 선거관리위원, 기표소 주변에 있을 수 있는 두어 사람 말고는 아무도 투표자가 누굴 찍었는지 알지 못한다.

처음에 나오는 투표 결과는 종종 매우 모순적이고 현실과 어긋난다. 때때로 투표지가 잘못 놓여 있어서 어느 쪽에 기표했는지 참관인들이 제대로 보지 못해 자유당과 보수당을 바꿔서 수를 세기도 한다. 그뿐 아니라 투표자가 너무 서둘러 부주의하게 기표하면 투표함에서 투표지를 다시 꺼내 누굴 찍었는지 확인할 때도 종종 있었다.

그런 이유로 마리포사의 투표 결과가 처음에는 그렇게 현실과 다르게 나왔던 것 같다. 그래서 무소속 후보인 에드워드 드론의 당선이 확실하다고 첫 보도가 나왔을 것이다. 그 소식이 돌았을 때 거리에서 흥분이 고조되는 과정을 직접 봤어야 한다. 자유당과 보수당에서 주최한 큰 집회와 모임에 왔던 사람들은 모두 드론을 까맣게 잊고 있었다. 오후 네 시쯤 드론이 가장 많이 득표했다는 소식이 퍼지자 사람들은 깜짝 놀랐다. 결과가 만족스럽지 않아서가 아니었다. 오히려 그 반대였다. 그들은 기뻐했다. 모두 드론에게 가서 악수하고 축하하며 이 나라가 원하는 인물은 바르고 정직하고 초당적인 대표라는 걸 처음부터 알고 있었다고 말했다. 보수당 지지자들은 당에 질려서 완전히 관계를 끊겠다고 공개적으로 말했고, 자유당 지지자들도 당이 정말 싫다고 말했다. 그들 중 서너 명은 벌써 드론을 데려가서 이 도시에서 정말 필요한 것은 바르고 깨끗하고 초당적인 우체국이라고 했다. 그 건물은 철저히 초당파 성격의 터에 짓고 소속 정당으로 오염되고 부패하지 않은 사업 계약을 맺어 건설되어야 한다고 설명했다. 두어 사람은 그런 성격의 땅을 정확히 어디서 매입할 수 있는지 드론에게 기꺼이 설명해주고 있었다. 그들은 우체국장직 문제도 언급하며 현 우체국장인 트렐로니에게 개인적으로 반감은 없고, 다만 그가 구제할 수 없을 정도로 그 직책에 부적합하다는 것 말고는 나쁘게 말할 게 없다고 했다. 드론이 공약대로 공무원의 정화를 추구한다면 트렐로니를 축출하는 일부터 시작해야 한다고 했다.

벌써 에드워드 드론은 공직을 맡는다는 게 어떤 의미인지 느끼기 시작하면서 그의 마음속에는 권력을 자각하게 되는 첫 징후인 은밀한 자만이 슬금슬금 올라왔다.

사실 30분간의 그 짧은 공직에 있는 동안 드론은 권력의 의미를 조금이나마 알 수 있었다. 헨리 맥기니스는 그에게 와서 자기 처지가 궁하고 겨우내 류머티즘에 시달려 지체 장애인이 되었다는 이유를 대며 연방 인구조사원 일자리를 달라고 노골적으로 청탁했다. 넬슨 윌리엄슨도 겨우내 좌골 신경통으로 몸져누워서 완전히 쓸모없는 사람이 되었다는 핑계를 대며 부두 관리인 자리를 달라고 청탁했다. 이래즈머스 아처는 자기 아들 피트를 오타와에 있는 연방정부 부처 중 한곳에 넣어줄 수 있는지 물었다. 피트에게 일자리를 얻어주려고 다른 곳에 가서 고집을 부려봤지만 아무 소용이 없었다고 설명하면서 아들을 연방정부에 넣어달라고 강력히 주장했다. 그의 말에 따르면 피트가 적극적이지 않아서가 아니라 느린 아이라서 그렇다는 것이다. 아버지인 아처도 인정하지만, 피트는 지독하게 느려 터진 데다가 이 망할 녀석은 숫자 개념도 없고 안타깝게 학교 교육도 제대로 받지 못했다고 했다. 드론이 피트를 오타와의 연방정부 부처에 넣어줄 수 있다면 거기야말로 피트에게 딱 맞는 곳일 거라고 아처는 진짜 믿고 있었다. 인디언 정부나 천문학 분과나 뉴 캐나다 해군 같은 곳이라면 틀림없이 이런 청년을 위한 일자리가 얼마든지 있지 않을까? 이런 모든 요청을 받은 드론은 어느새 자기가 그 문제를 성의를 다해 검토할 것이며 동료들과도 상의해야 하므로 단순히 자기가 바라는 대로 할 수만은 없다는 점을 명심해달라고 청탁자들에게 설명하고 있다는 사실을 깨달았다. 드론이 지금까지 살아오면서 장관을 부러워한 적이 있었다 해도 이 순간만큼은 장관이 전혀 부럽지 않았다.

하지만 드론의 시간은 짧았다. 심지어 마리포사의 투표가 마감되기도 전에 백쇼가 미시나바주州 선거에서 이기고 있다는 소식이 진짜인지 가짜인지 모를 정도로 도시를 휩쓸었다. 티컴세 제2지구는 압도적으로 백쇼를 지지했고, 백쇼의 득표율이 스미스보다 세 배나 높았다. 티컴세 지역의 철도를 따라 건초 농장들이 있는 곳에서는 백쇼가 당선을 눈앞에 두고 있다고들 했다.

이 소식이 마리포사에 퍼지자마자 사람들은 (모든 회원이 자유당 지지자인) 우애 공제회의 마리포사 악단을 중심가로 내보냈다. 거리에는 '영원하라! 백쇼'라는 표어를 대문짝만하게 쓴 커다란 빨간 현수막들을 걸었다. 여태 본 적 없는 엄청난 환호와 열광이 터져 나왔다. 모든 사람이 마리포사 하우스의 정문 계단에 서 있는 백쇼 주위로 몰려들어 그와 악수를 했다. 이런 날을 보게 되어 자랑스럽고 자유당은 영연방 자치령의 영광이며 무당파無黨派의 정치사상은 생각만 해도 질린다고 말했다. 백쇼의 선거운동 위원회는 곧바로 그날 저녁 영상 시청과 연설이 있는 집회를 준비하기 시작했다. 큰 꽃다발을 마련해 하얀 드레스를 입은 (모두 자유당 지지자인) 소녀 네 명이 연단에 선 백쇼에게 전달하도록 계획했다.

그런데 투표 마감을 한 시간 남겨둔 바로 이 중요한 시점에 스미스 씨가 자신의 선거운동 위원회 사무실에서 나와 그의 지지자들을 시내로 나가게 했다. 그 장면은 마치 웰링턴 공작이 워털루 전투에서 전 병력을 돌격시키는 모습 같았다. 모든 선거운동 위원회 본부와 지부에서 옷에 파란 배지를 단 사람들이 떼로 쏟아져 나왔다.

"투표소로 가세요, 여러분!" 스미스 씨가 말했다. "투표하고 또 투표하세요. 그들이 그만하라고 할 때까지 말입니다."

스미스 씨는 고개를 돌려 선거운동 보좌관에게 말했다. "빌리! 내가 압도적 다수의 표를 얻어 당선됐다고 대도시에 전보를 보내고 바로 회신해달라고 하게. 도시의 모든 투표소에 전화를 걸어서 도시가 온통 보수로 단결했다는 말을 전하고 같은 소식을 여기로 보내 달라고 해. 목수를 구해서 호텔 앞에 연단을 만들라고 하게. 그리고 호텔 바의 문을 떼어내라고 얘기해주고 투표가 끝나기 전에 만반의 준비를 해놓으라고 해."

이 모든 일은 바로 투표 막판에 이루어졌다. 대도시에서 조시 스미스의 당선이 보도되었다는 특전特電 내용이 담긴 큰 포스터들이 마리포사 뉴스 패킷 신문사 창문에 나붙었다. 미시나바주州 전역에서 온 전갈들이 잇따르자 유권자들은 더 이상 망설이지 않았다. 그들 중 대부분은 자신의 선택에 실수가 없길 바라며 온종일 투표를 미루고 기다렸었다. 스미스 지지자들이 투표소로 몰려가는 광경을 보고 외부에서 오는 소식을 듣자 그들은 모두 단결해서 우르르 투표하러 달려갔다. 오후 5시에 투표가 마감되었다고 공표됐을 무렵, 미시나바주州가 구원되었고 조시 스미스가 주州 대표로 당선되었다는 사실은 털끝만큼도 의심할 여지가 없었다.

그날 저녁 마리포사의 광경을 직접 봤어야 한다. 그랬다면 분명 마음이 흐뭇해지고 지금껏 본 적 없는 희열과 대중의 환호를 봤을 것이다. 알고 보니 도시 전체에 자유당 지지자는 실제로 없었고 과거에도 없었다. 죄다 보수당 지지자들이었고 아주 오랜 세월 동안 그랬었다. 20년 동안 자유당에 투표했던 사람들은 마음이 괴롭고 슬퍼서 그날 저녁에 공개적으로 자기는 보수당 지지자라고 솔직히 털어놨다. 그들은 그 오점을 더는 참을 수가 없어서 그냥 고백할 수밖에 없었다. 어떤 희생이 따르더라도 그것을 감내할 각오가 되어 있었다.

심지어 장의사 깅엄 씨는 백쇼를 위해 선거운동을 하면서 자신의 양심을 거스르고 있었다고 공개적으로 인정했다. 그는 처음부터 불안했고 그 불안감에 계속 시달렸다고 했다. 조용하게 부지런히 일하는 밤이면 종종 그런 불안이 엄습해서 시체 방부 처리를 계속하기가 힘들었다고 했다. 상호주의가 제안된 바로 첫날에 깅엄 씨가 집에 돌아와 부인에게 그 사상은 순전히 나라를 팔아넘기자는 의미인 것 같다고 말했다는 것이다. 희한하게도 정말 많은 사람이 똑같은 불안을 느꼈었다. 트렐로니도 부인에게 상호주의가 미친 짓이라고 말한 것을 시인했다. 이발사 제프는 상호주의 이야기가 나온 첫날에 저녁을 먹으러 집에 갔을 때 상호주의는 이 나라의 상업을 죽이고 값싸고 조악한 미국식의 이발을 도입할 뿐이어서 국가에 대한 진정한 충성이 불가능해진다고 부인에게 이야기 했다고 인정했다. 깅엄 부인, 트렐로니 부인, 제프 부인은 무려 여섯 달 동안 이 사실을 다 알고도 침묵을 지키고 있었다니! 이 나라에는 그런 부인들이 상당히 많으리라 생각한다.

그날 밤의 마리포사 집회는 결코 잊지 못할 것이다. 거리마다 흥이 넘치고 횃불이 환하게 빛났다. (사실상 보수 단체인) 우애 공제회의 마리포사 악단 연주곡이 울리는 가운데 연설들이 진행되면서 애국심이 발로되었다.

그들은 스미스 호텔 앞에 큰 연단을 만들어 설치했다. 그 위에는 스미스 씨와 주요 선거운동원들이 서 있었으며 그 뒤에는 깃발들이 숲을 이루고 있었다. 스미스 씨에게 큰 꽃다발이 전달되었는데 그 꽃다발을 건넨 이들은 앞에서 얘기했던 하얀 드레스를 입은 네 명의 소녀였다. 알고 보니 그들은 모두 보수당 지지자였다.

그다음으로 연설이 이어졌다. 페퍼리 판사가 연사로 나와 그들이 거둔 승리를 장황하게 늘어놓을 필요가 없다고 했다. 이 승리가 곧 역사이기 때문에 그렇다고 했다. 자신은 공직자 신분이기에 이 승리에 어떤 역할을 했는지 말할 수 없다고 하면서 본인이 한 일은 역사의 문제라고 했다. 다음 연사로 나온 변호사 니벤스는 단지 몇 마디만 이야기하겠다고 하면서 자신이 했던 모든 일은 이제 역사가 되었다고 했다. 그는 후손들이 이 승리의 역사를 읽을 수도 있지만, 자신은 그 내용을 말하지 않을 거라고 했다. 이제 그것은 나라의 역사에 속하기 때문이라고 했다. 그 뒤의 연사들도 같은 논조로 말했다. 그들은 하나같이 자신이 했을 수도 있는 일은 뭐든 미래 세대가 연구하도록 남겨두는 편이 낫다는 이유를 들면서 그 주제를 30분 이상 상세히 늘어놓길 완전히 거부했다. 뭐, 어쨌거나 어떤 면에서는 정말 맞는 말이다.

스미스 씨는 아무 말도 하지 않았다. 그럴 필요가 없었다. 그것도 4년 동안 말이다. 그는 그 점을 잘 알았다.

12장. 에필로그 : 마리포사행 기차

마리포사행 기차는 매일 저녁 5시쯤 대도시에서 출발한다.

그 사실을 몰랐다니 이상하다. 당신은 그 작은 도시 출신이지 않은가. 적어도 오래전에 그곳에서 살지 않았는가.

이렇게 세월이 흐르는 동안 기차가 매일 오후 대도시 역에서 증기를 내뿜고 있었고, 언제든 그 기차에 올라타 집으로 갈 수 있었다는 걸 몰랐다니 의외다. 아니, '집'이 아니지. 당연히 지금은 마리포사에 있는 집을 '집'이라고 부르지 못할 것이다. '집'이라고 하면 대도시의 비싼 동네에 있는 붉은 사암砂岩으로 지은 큰 집을 의미하니까. 어떤 면에서 '집'은 우리가 마리포사에서 보낸 어린 시절에 대해 가끔 이야기하는 '마우솔레움 클럽(마우솔레움은 왕족이나 귀족, 위인 등의 무덤이 있는 건축물을 뜻하는 말로 여기서는 대도시의 화려하지만 고독한 사교 클럽을 의미함 – 역자 주)'을 뜻하기도 한다.

지금 당신은 마리포사행 기차에 대해 모르는 게 당연하다.

그러나 오래전 출세하려고 젊은 나이에 대도시로 처음 왔을 때는 그 기차에 대해 잘 알고 있었다. 너무 잘 알아서 탈일 정도로 말이다. 당시에는 기차표 가격이 문제였다. 그래서 마리포사행 기차를 알고 있어도 탈 수가 없었다. 때로는 향수병에 걸려서 금요일 오후 퇴근길에 기차역까지 어슬렁어슬렁 걸어가 마리포사 사람들이 기차에 올라타는 모습을 보면서 당신도 갈 수 있었으면 좋겠다고 생각했을 것이다.

돈을 처음 벌기 시작했을 때 부자가 되면, 정말 부자가 되면, 곧바로 마리포사에 있는 집으로 다시 돌아가 멋진 베란다가 있는 저택을 지으리라 계획했던 일이 기억나는가? 돈을 아끼지 않고 최고의 집을 짓기 위해 잘 손질된 목재를 구하고, 최대한 넓은 대지를 마련하고, 집 앞에 근사한 말뚝 울타리를 만들려고 했던 계획 말이다.

그 집은 상상할 수 있는 가장 웅장하고 멋진 집 중 하나가 되었을 것이다. 나중에 대도시의 값비싼 동네에 지었던 차량 진입로와 넓은 온실이 있는 거대한 사암砂岩 궁전보다도 훨씬 더 멋졌으리라.

마리포사를 반쯤 잊고서 그곳으로 가는 길을 잃은 지 오래되었다면 당신은 대도시의 이 마우솔레움 클럽에 있는 대다수의 사람들과 전혀 다르지 않다. 실제로 그 클럽의 사람들이 하나같이 옛날에 마리포사에서 왔다는 사실이 믿기는가? 여기 클럽에서 긴 저녁을 지루하고 고요하게 보내면서 다들 언젠가는 마리포사로 돌아가 그곳을 보리라는 꿈을 가끔 꾼다는 사실이 믿기는가?

그들은 모두 그런 꿈을 꾼다. 단지 그걸 인정하기가 다소 부끄러울 뿐이다.

거기 옆 테이블에 앉은 사람에게 요리로 나오는 자고새 partridge를 어린 시절 호숫가의 가문비나무 숲 덤불에서 총으로 사냥했던 새들에 조금이라도 견줄 수 있는지 물어보라. 오사위피강 습지의 검은 오리와 조금이라도 견줄 수 있는 오리고기를 맛본 적도 있는지 물어보라. 물고기와 낚시에 대해서는…, 아니, 그건 물어보지 마라. 만일 그가 연못 아래에서 잡았던 민물고기와 인디언 아일랜드 물가 바위의 물그림자 속에 숨은 큰입우럭에 관한 이야기를 꺼낸다면 마우솔레움 클럽의 길고 지루한 저녁도 짧게 느껴질 테니 말이다.

사람들이 오후 5시 마리포사행 기차에 대해 모르는 것은 놀랍지 않다. 그 기차를 아는 사람은 거의 없다. 수많은 사람이 오후 5시에 출발하는 기차가 있다는 것은 알지만 사실 잘못 알고 있다. 그들 중 대다수가 그저 교외로 가는 기차라고만 생각한다. 그 기차를 매일 타는 많은 이들도 기차가 골프장으로 간다고만 여긴다. 웃긴 것은 대도시와 교외 골프장을 벗어나면 기차가 조금씩 마리포사행 기차로 변신한다는 것이다. 기차 굴뚝에서는 솔송나무 연료가 타면서 올라오는 불꽃이 어둠 속으로 쏟아져 나오고 기차는 아주 요란하게 덜컹거리면서 북쪽을 향해 간다.

물론 처음에는 그게 딱 구분이 되지 않는다. 무릎 아래에서 졸라매는 헐렁한 바지를 입고, 테가 없는 납작한 모자를 쓴 채 골프백을 들고 기차 안으로 죄다 몰려드는 사람들을 보면 누구든 속아 넘어갈 테니까. 근교에 살면서 정기 승차권을 이용해 퇴근하는 무리가 가끔 통로에 빽빽이 서 있을 때가 있다. 그들은 당연히 마리포사 사람이 아니다. 주위를 조금만 둘러보면 마리포사 사람들을 아주 쉽게 발견할 것이다. 그 군중 틈에는 옷차림은 괜찮지만, 어딘가 좀 별나 보이는 사람들이 곳곳에 있다. 가령 특이한 모자를 쓴 여자들이 보이는데 그런 스타일을 뭐라고 하더라? 이월 상품 패션? 맞다. 그렇게들 말하는 것 같다.

어쨌든 이런 사람들은 아주 더할 나위 없는 마리포사 사람이다. 2달러나 하는 파나마모자를 쓰고 번쩍이는 안경을 쓴 저 남자가 보이는가? 그는 미시나바주州 법원을 빛내주는 가장 훌륭한 판사들 가운데 한 명이다. 그리고 저기 챙이 넓은 검은 모자를 쓰고서 옆 사람에게 새로 나온 공기 제동기의 놀라운 구조가 물리적 우주의 신성함을 가장 잘 드러내는 실례 중 하나라고 설명하는 성직자 양반이 보이는가? 그 신사는 확실히 낯이 익다. 모두 마리포사 사람이다! 그렇다. 그 기차에는 매일 꽤 많은 마리포사 사람들이 타고 있다.

기차가 근교 골프장 지역과 대도시에서 멀리 떨어진 지방을 계속 지나는 동안에는 당연히 마리포사 사람들을 거의 알아보지 못한다. 하지만 조금만 기다려라. 대도시가 한참 멀어졌을 즈음 기차의 성격이 조금씩 바뀌는 것을 보게 된다. 대도시의 터널들을 통과한 기관차가 이제 빠지고 그 자리에 나무 땔감을 쓰는 옛날 기관차가 연결되는 것이다. 당신이 수십 년 전 아이였을 때 이후로 이런 나무 연료 기관차는 보지 못했을 거라 짐작한다. 넓은 지붕 위에 모자 같은 굴뚝이 달려 있고 그 굴뚝에서 나오는 불꽃 때문에 1킬로미터씩 나아갈 때마다 손해 배상 소송을 부를 것 같은 낡은 기관차 말이다.

대도시에서 출발해 교외로 가는 고속열차의 근사한 작은 객차들도 이제 중간역에서 하나둘 떨어져 나가고 그 자리에 친숙한 옛날 객차가 대신하는 것도 보이는가? 그 객차 안에는 좌석에 (한때는 참으로 화려해 보였던) 푹신한 빨간 방석이 깔려 있다. 박스형 난로도 하나 설치되어 있다. 요즘 같은 가을 저녁에도 나무토막을 넣은 난로에 불이 활활 타고 있다. 대도시에서 멀어져 소나무 숲과 호수가 펼쳐지는 시골로 갈수록 지대가 점점 높아져서 공기가 쌀쌀하기 때문이다.

기차가 달릴 때 창밖을 한번 보라. 이제 대도시는 점점 멀어져가고 좌우 차창 밖으로 잘 정돈된 농장들과 그 부근에 서 있는 느릅나무와 단풍나무들, 헛간 옆의 큰 풍차들이 보인다. 그 풍경은 땅거미가 질 무렵에도 계속 볼 수 있다.

농장에서 나오는 희미한 빨간 불빛도 창밖으로 보인다. 대도시의 아우성과 소란을 뒤로한 그 전원 풍경을 보고 있으니 확실히 마음이 편안해지고 참으로 고요하다는 생각만 든다.

기차 안에 편안히 앉아 반쯤 몽상에 잠겨 있다 보면 왜 그렇게 오랫동안 한 번도 마리포사에 가지 않았는지 계속 의문이 든다. 바쁘고 힘든 일이 좀 줄어들면 곧바로 기차를 타고 그 작은 도시로 돌아가 지금은 그곳이 어떤 모습인지, 당신이 떠난 뒤로 변한 게 있는지 보려고 계획을 여러 번 세웠는데도 말이다. 막상 휴가를 받으면 늘 마음이 바뀌어 내러갠셋(미국 로드 아일랜드주州 워싱턴 카운티에 있는 도시 - 역자 주)인지, 내거허켓인지, 내거머시긴지로 떠나고 마리포사는 항상 다음번에 가는 것으로 미뤘다.

이제 거의 밤이 되어간다. 여전히 나무들과 울타리, 농장이 보이긴 하지만 그것들은 황혼 속으로 빠르게 사라져간다. 이때 우리가 앉아 있는 객차와 기관차 사이에 화물차들이 한 줄로 길게 연결되면서 기차가 길어진다. 기차가 교차로를 지날 때마다 낮게 으르렁거리는 경적이 길게 울린다. 그 소리는 구슬픈 울음이 되어 사라졌다가 숲속에서 메아리친다. 내가 '숲'이라고 하는 이유는 농장이 드문드문해지고 넓게 펼쳐진 수풀 여기저기에 내리막길이 나타나서다. 이 숲에는 키 큰 아메리카 낙엽송과 붉은 버드나무 관목이 마구 엉켜 있는 덤불이 있는데 두 세대 동안 그것을 제거해 밭으로 만들려는 온갖 공격을 받고도 용케 살아남았다.

아! 어스름한 저녁 빛 속에 펼쳐진 저 광대한 풍경을 한번 보라. 그렇다. 바로 오사위피강이다. 사람들이 '큰 호수'라고 불렀던 그 강은 '작은 호수'인 위사노티호수로 흘러 들어간다. 바로 그 호숫가에 자리 잡은 도시 마리포사가 30년 동안 그 자리에서 당신을 기다리고 있다.

이곳은 확실히 오사위피강이 맞다. 벌써 서리가 내려 잔물결도 일지 않는 그 넓고 고요한 검은 물을 보면 어디서든 오사위피강이라는 것을 알게 된다. 강은 넓게 펼쳐진 검은 판처럼 보인다. 요란한 소리를 내며 강가를 따라 달리던 기차는 강의 곡면을 지나면서 둑을 따라 무시무시한 속도로 커브를 돈다.

이 가을밤에 기차가 얼마나 빨리 달리는지! 당신도 분명히 기차 여행을 해봤을 것이다. '엠파이어 스테이트 급행열차', 파리에서 마르세유까지 1,000킬로미터에 가까운 거리를 단숨에 질주했던 '마리타임 급행열차' 같은 기차를 타고서 말이다. 자기 집을 향해 열심히 달리는 '마리포사 로컬'의 무시무시한 속도와 우레 같은 소리에 비하면 그런 기차들이 다 웬 말이냐! 마리포사 로컬의 속도가 시속 40킬로미터밖에 안 된다고 말하지 마라. 속도가 얼마든 상관없다. 정말이다. 당신도 마음만 먹으면 그것을 직접 증명할 수 있다. 화물차와 객차가 섞인 마리포사 로컬은 전 세계에서 가장 빠른 기차다. 어두운 밤을

뚫고 달리면서 기관차의 경적으로 조용한 숲속에 날카로운 경고를 보내면 그 소리는 음산하고 고요한 호수 위로 메아리친다.

마리포사 로컬은 최고의 기차다. 편안하고, 믿을 수 있고, 호화로우며, 커브를 가장 빨리 도는 기차다.

가장 친절하고 사교적인 기차이기도 하다. 승객들이 모두 몸을 돌려 서로 이야기를 나누다 보면 그들은 어느새 점점 가까워진다. 교외를 달리는 고속열차의 지루하고 서먹한 분위기는 온데간데없이 사라져버린다. 승객들은 농작물 수확, 최근의 선거, 지역 의원이 내각의 후보로 거론되는 이야기 등 평소 친숙한 모든 화제를 놓고 대화한다. 벌써 차장은 광택을 낸 모자로 바꿔 썼다. 승객들은 차장을 '빌'이나 '샘' 같은 애칭으로 부르면서 마치 모두 한 가족이 된 것만 같다.

그런데 지금 몇 시지? 저녁 9시 30분이라고? 아, 그러면 우리는 분명히 마리포사에 가까워지고 있다. 지금 통과하는 큰 수풀이 오사위피강 위의 철교 옆에 있는 거대한 습지라는 걸 기억하는가? 습지 위에 솟아 있는 이 철교 위에서 기차가 돌진하자 굉음이 일어난다. 기차가 신호기를 지나고 신호등이 바뀔 때 선로 변환기가 덜컹거리는 소리를 들어라! 이제 거의 다 온 게 틀림없다!

뭐라고? 이렇게 세월이 흘러 마리포사에 다시 가고 있으니 기분이 이상하고 긴장된다고? 분명히 그럴 것이다. 밤 그림자가 내려앉은 차창 유리에 비친 얼굴은 신경 쓰지 마라. 오랜 세월이 흘러 이제는 아무도 알아보지 못할 테니까. 당신은 그 긴 세월 동안 대도시에서 돈을 버느라 얼굴이 변했다. 아마도 이따금 틈틈이 이곳에 왔더라면 그렇게 되진 않았을 텐데….

저기 소리가 들리는가? 기관차가 경적을 길게 울리는 소리가. 기차가 마리포사 역으로 가는 호숫가 둑의 마지막 커브를 돌 때 속도를 급히 늦추는 게 느껴진다. 커브를 돌 때 일렬로 반짝이는 불빛들과 역사驛舍의 환한 창문도 보인다.

그 광경이 얼마나 생생하고 또렷한지, 30년 전 모습 꼭 그대로다. 죽 늘어서 있는 호텔 승객 마차들은 만반의 준비를 하고서 기차를 기다리고 있다. 기차가 증기를 내뿜으며 승강장 안으로 들어서니 다른 소리 가운데 무엇보다 짐꾼들이 외치는 소리가 들린다.

"마리포사! 마리포사!"

가만히 귀를 기울이고 있는데 그 소리는 귓가에서 점점 멀어져가고 우리는 다시 여기 마우솔레움 클럽의 가죽 의자에 앉아, 우리가 한때 알았던, 햇살이 비치는 작은 유쾌한 도시에 관해 이야기하고 있다.

끝.

RAINBOW
PUBLIC BOOKS

어느 작은 도시의 유쾌한 촌극

발 행 일 초판 1쇄 2020년 2월 28일

발 행 인 박성범
지 은 이 스티븐 리콕
옮 긴 이 허윤정
편 집 강수진, 김호준
디 자 인 서은주
마 케 팅 이선영
발 행 처 레인보우 퍼블릭 북스
등 록 제 2018-000140 호

주 소 ㊥05542 서울시 송파구 올림픽로 336, 1501호
전 화 02-415-9798
팩 스 0504-209-1941
이 메 일 submit@rpbooks.co.kr

ISBN 979-11-966846-3-1 (03840)

이 도서의 국립중앙도서관 출판예정도서목록(CIP)은 서지정보유통지원시스템 홈페이지(http://seoji.nl.go.kr)와 국가자료종합목록 구축시스템(http://kolis-net.nl.go.kr)에서 이용하실 수 있습니다.
(CIP제어번호 : CIP2020005804)

• 책값은 뒤표지에 있습니다.
• 파본이나 잘못 인쇄된 책은 구입하신 서점에서 교환해 드립니다.